잃어버린 지평선

Lost Horizon

James Hilton

잃어버린 지평선

제임스 힐턴 | 이경식 옮김

문예출판사

차례

잃어버린 지평선 • 7

작품 해설 • 285

제임스 힐턴 연보 • 291

• 본문의 주는 모두 옮긴이 주다.

프롤로그

여송연은 거의 다 타들어가고 있었다. 그리고 우리들, 옛 학교 친구들은 어른이 되어 재회하였으나 자신들이 생각했던 만큼 서로들 사이에 공통성이 없음을 알았을 때의 그 환멸감을 느끼기 시작하고 있었다. 러더퍼드는 소설을 쓰고 있었다. 와일랜드는 대사관의 서기였으며, 얼마 전에 템펠호프에서 우리에게 저녁을 대접하였던 참이었다. 그것도 아주 유쾌하다기보다는, 이런 경우에도 외교관이라면 항상 갖추고 있는 그 조용하고 침착한 태도를 가지고 행동했다.

낯선 나라의 수도(首都)에서 우리가 한 자리에 모일 수 있었던 것도, 세 사람이 모두 영국의 독신자(獨身者)들이라는 사실 때문이었다고 생각된다. 게다가 나는 이미 셋 중에서 가장 하급반이었던 와일랜드가, 옛날에 이미 보았던, 약간 잘난 체하는 버릇이 빅토리아 훈장을 받았다는 이유와 겹쳐서 세월이 흐른 지금에도 여전히 남아 있다고 결론을 내려버렸다. 나는 오히려 러더퍼드 쪽을 좋아했다. 옛날에는 깡마르고 조숙한 소년이었던 그를 나는 괴롭히기도 하고 귀여워하기도 했다. 하지만 그는 지금은 완전히 성숙한 사람이 되어 있었다. 더욱이 추측컨대 그가 우리 두 사람보다는 훨씬 더 부자가 되어 재미있게 살아가고 있다는 점이 와일랜드와 나에게 유일한 공통된 감정, 즉 그에 대한 한 가닥 부러운 감정을 안겨주고 있었다.

그러나 그날 저녁이 결코 따분하였다는 것은 아니다. 중앙 유럽의 각 지방에서 그 비행장으로 속속 도착하고 있는 대형 루프트한자기(機)의 광경을 바라볼 수 있었으며, 어둠 속으로 아크등이 켜지는 무렵이면 마치 호화롭고 현란하기 짝이 없는 무대와도 같은 정경이 벌어지는 것이었다.

그 비행기 중 한 대는 영국기였다. 그 조종사는 비행복 그대로 우리 테이블 옆을 지나가다가 와일랜드에게 인사를 했다. 처음에는 누구인지 몰라보다가, 이윽고 그를 우리 모두에게 소개를 하고, 합석시켰다. 이름이 샌더즈라고 하는 유쾌하고 시원스러운 청년이었다. "시블리 복장에다 비행모를 쓴 옷차림으로는 누가 누구인지 알 수 있어야지" 하고 와일랜드가 변명 비슷한 말투로 말을 건네자 샌더즈는 웃으면서 대답했다.

"저는 그 일을 오히려 잘 기억하고 있는데요. 제가 바스쿨에 있었던 것을 잊으신다면 좀 곤란한데요."

와일랜드도 웃기는 했으나 덜 자연스러웠다. 이윽고 화제는 다른 데로 옮겨졌다.

샌더즈는 우리의 조촐한 좌석에 즐거움을 더해주었고, 우리는 맥주를 꽤 마셨다. 10시경 와일랜드는 옆 테이블에 있던 한 사람과 얘기를 하기 위해서 잠깐 자리를 떴다. 갑자기 끊어진 대화를 러더퍼드가 이었다.

"그런데 당신은 조금 전에 바스쿨에 대해 말했지요? 나도 그곳은 약간 알고 있습니다. 무슨 일이 있었던 모양인데, 무슨 일입니까?"

샌더즈는 수줍은 듯이 미소를 지었다.

"아니, 별다른 일은 아닙니다. 다만 사소한 소동이 있었을 뿐입니다. 그 무렵 저는 군대에 있었습니다."

그러나 그는 언제까지고 일을 비밀리에 감추어둘 수 있는 그런 청년은 되지 못하였다.

"실은 말씀입니다. 아프가니스탄 사람인지 아프리디 사람인지, 하여간 어떤 사람이 여객기 한 대를 납치해서 도망을 가버렸댔습니다. 능히 상상하실 수 있겠습니다만, 그 후에 정말 혼이 났었습니다. 그렇게 뻔뻔스런 일은 듣지도 보지도 못한 일이었으니까요. 글쎄, 그놈이 말입니다. 길목에 숨어 있다가 갑자기 조종사를 불러 세워서는 때려눕힌 후, 그의 비행복을 뺏어 입고 누구에게도 발각되지 않은 채 조종석에 잠입했던 것입니다. 더욱이 그놈은 경비원들에게 떳떳하게 신호를 보내고 감쪽같이 날라버렸는데, 문제는 그놈이 두 번 다시 되돌아오지 않았다는 것입니다."

러더퍼드는 흥미가 끌린 것처럼 보였다.

"언제 일어난 일입니까?"

"글쎄요, 한 일 년쯤 됐나 봅니다. 1931년 5월의 일이었습니다. 혁명소동 때문에 바스쿨의 거류민을 페샤와르로 소개(疏開)하고 있었습니다. 아마 여러분께서도 그 사건을 기억하고 계실 줄 믿습니다만, 아무튼 적지 않게 혼란스러웠습니다. 그렇지 않으면 절대로 그런 일이 발생할 리가 없으니까요. 그런데 그런 일이 기어이 일어나고 말았어요. 그놈이 조종사의 옷을 입고 있어서 모두 감쪽같이 속은 거죠."

러더퍼드는 여전히 흥미진진한 모양이었다.

"그렇지만 그런 경우에 비행기 한 대에 승무원 한 사람이라는 법은 없지 않습니까?"

"네, 그렇습니다. 보통 수송기에는 각각 두 사람 이상의 승무원이 탑승하기로 되어 있습니다만, 그 비행기만은 회교군주를 위해서 만들어진 약간 특수한 비행기라서 간단한 장비만 설치되어 있었습니다. 인도의 탐험대가 카슈미르 지방의 고공 비행에 사용하고 있었던 것입니다."

"그래서 그 비행기는 페샤와르에 착륙하지 않았단 말입니까?"

"착륙하지 않았습니다. 그리고 우리가 조사해본 바로는 다른 어느 장소에도 착륙하지 않았습니다. 요컨대 그 점이 이상하다는 것입니다. 물론 그 사나이가 토착민이었을 경우에는 몸값을 목적으로 승객을 산속으로 납치해갔으리라고 추측할 수도 있습니다. 그렇다면 승객은 전원 사망했을지도 모를 일입니다. 국경은 그야말로 산악지대여서 추락하여도 흔적조차 찾을 수 없으니까요."

"그럴 겁니다. 나도 그 근방을 약간 알고 있습니다만, 그런데 승객은 몇 사람이나 되었나요?"

"네 사람이라고 기억하고 있습니다. 남자가 셋, 그리고 선교사 비슷한 신분의 여자가 한 사람이었습니다."

"그런데 그 남자 세 사람 중 한 사람은 혹시 이름이 콘웨이라고 하지 않던가요?"

샌더즈는 깜짝 놀라는 듯한 눈치였다.

"네, 맞습니다. 확실히. '글로리' 콘웨이… 아시는 분이십니까?"

"같은 학교를 다녔습니다."

러더퍼드는 약간 꺼리는 듯한 말투로 대답했다. 왜냐하면 같은 학교를 다녔다는 것은 사실이었으나, 그것을 입 밖에 내기에는 자신에게 너무 어울리지 않는 일이라고 느꼈기 때문이었다.

"바스쿨에서 그분이 하셨던 일을 여러 번 들었습니다만, 아주 훌륭한 분이었다지요."

샌더즈는 계속해서 말하였다. 러더퍼드는 고개를 끄덕였다.

"그것은 확실합니다. 그것은 그렇다 치더라도… 이상한 일입니다… 정말 이상한 일인데요……."

그는 한참 무슨 생각을 멍하니 하고 있는 듯하다가 이윽고 생각을 가다듬고 다시 이렇게 말하였다.

"신문에는 나지 않았지요. 나왔다면 내가 읽지 않았을 리가 없지요. 어떻게 된 셈이지요?"

샌더즈는 갑자기 침착성을 잃은 듯이 보였다. 뿐만 아니라 그는 내가 보건대, 당장에라도 얼굴을 붉힐 듯한 기색이었다.

"아니, 진실을 말씀드리자면 저는 말해서는 안 되는 것까지 말을 해버린 것 같습니다. 이제 와서 엎지른 물을 어떻게 하겠습니까… 시장바닥에서는 말할 나위도 없이 도처에서 화젯거리가 되었던 뉴스이니까요. 그러나 아무튼 그 일은 비밀이었습니다. 요컨대 어떻게 그렇게 됐는지가 문제입니다. 무엇보다도 듣기 좋은 이야기는 아니었으니까요. 정부 관계자는 단지 비행기 한 대가 행방불명이 됐다는 것만 발표하고 그 네 사람의 승객 이름만을 밝혔습니다. 더더구나 국외자의 주의를 크게 끄는 그런 사건이 아니었다는 것도 사실입니다만."

그때 와일랜드가 테이블로 돌아왔다. 그리고 샌더즈는 그에게 몸을 돌리면서 변명하듯이 말했다.

"와일랜드 씨, 이분들은 지금 실은 '글로리' 콘웨이의 얘기를 하고 있던 참이었습니다. 그래서 제가 그만 바스쿨의 사건을 얘기해버렸는데 크게 별다른 문제는 없겠지요?"

이 말을 듣자 와일랜드는 엄숙한 표정으로 한참 침묵을 지키고 있었다. 확실히 그는 같은 나라 사람에 대한 예의와 직무상의 엄정성을 절충시키려고 애쓰는 듯이 보였다. 그리고 마침내 이렇게 말하였다.

"그 사건을 티타임의 잡담거리로 얘기한다는 것은 퍽 유감스러운 일인데. 그리고 나는 항상 자네들 항공 관계자는 그런 부류의 사건은 외부 사람들에게 발설하지 않는 것을 원칙으로 여기는 줄 알고 있었는데 말이야" 하고 우선 청년을 나무란 그는, 이번에는 훨씬 태도를 누그러뜨리면서 러더퍼드 쪽으로 향해 몸을 돌렸다.

"물론 상대가 자네들이라면야 괜찮지. 그렇지만 이해할 줄 아네만, 국경 주변에서 발생하는 사건은 때로는 다소 수수께끼로 남겨둘 필요가 있기 때문이야."

"그렇지만 말이야, 한편으론……" 하고 러더퍼드는 약간 냉랭한 태도로 말했다. "사람이란, 진실을 알고 싶다고 생각하면 묘하게 안절부절못하기도 하니까."

"그러나 그 사건은, 어떤 이유가 있어 알고 싶어 하는 사람들에게는 일체 감추지 않았을 텐데. 그 당시 나도 페샤와르에 있었기 때문에 그 점을 보증할 수 있어. 그런데 자네는 콘웨이를 잘 알고 있었다지? 학교 시절부터라는데 말이야."

"옥스퍼드에서 좀 알고 있었지. 그 후 두세 번 만났을까. 자네는 자주 만났나?"

"머리가 좋은 친구라고 생각했지만, 좀 태만한 데가 있더군."

러더퍼드는 얼굴에 웃음을 띠었다.

"확실히 녀석은 머리가 좋았어. 대학 때 경력치고는 최고의 활약을 했었지. 전쟁이 발발할 때까지는 말이야. 보트 선수이며, 클럽의 회장이기도 하며, 여러 가지 상의 수상자이기도 했지. 게다가 아마추어로서는 최고의 피아니스트라고 나는 생각하고 있었지. 아무튼 놀라울 정도로 다재한 사나이였으며 아마도 자웨트*라면 미래의 수상감이라고 해서 경의를 표했을 것이고, 누구나가 그렇게 느끼고 있었지. 그런데 사실은 옥스퍼드 시대가 끝난 후 그에 관해서 얘기를 들은 사람이 아무도 없었던 거야. 물론 전쟁이 그의 인생을 찢어버리고 만 거야. 너무나 젊었기 때문에 그는 진저리가 날 정도로 전쟁을 경험했으리라고 추측이 되는군."

---

* 영국의 언어학자이며 옥스퍼드 대학 교수였다.

"아마도 폭풍 같은 것에 날려갔을 거라는 얘기도 있구 말이야" 하고 와일랜드도 끼어들었다. "별로 그리 대단한 것도 아니긴 했지만 말이야. 그렇다고 해서 아주 형편없었던 것도 아니구, 프랑스에서는 훈장 같은 것도 타곤 했으니까 말이야. 그 후 분명히 옥스퍼드에 돌아가서 잠시 지도교원 비슷한 일을 했었던 것도 같았어. 1921년에 그가 동양에 갔었다는 사실을 알고 있지. 그는 동양의 언어에 능통해서 정규 수속을 밟지도 않고 직장을 얻을 수 있었지. 대여섯 개의 직책을 가지고 있었나 봐."

러더퍼드는 조금 전보다 더욱 활짝 웃음을 띠었다.

"그랬었군. 그것으로 설명이 다 되겠군. 외무부의 암호 전문을 해독하기도 하고 공사관의 시시한 회의에서 차를 접대한다는 따위가 얼마나 총명한 재능이 낭비되는가를 역사는 결코 밝혀주지는 못할 거야."

"그는 영사관에 근무하고 있었지, 외교관이 아니야" 하고 와일랜드는 거만스럽게 말하였다. 그는 확실히 야유당한 것이 불쾌했던 모양이었다. 그래서 러더퍼드가 계속 같은 종류의 농담을 두세 차례 던진 후 자리를 떴을 때도 그는 애써 만류하려 들지 않았다. 어쨌든 시간도 늦은데다가 나도 이젠 가봐야겠다고 말했다. 우리가 작별을 고했을 때 와일랜드의 태도는 여전히 묵묵히 참아내는 외교관의 예절을 지키고 있었으나 샌더즈 쪽은 극히 다정했다. 그리고 "언젠가 다시 만나뵈었으면" 하고 말하기까지 하였다.

다음 날 나는 이른 새벽녘에 대륙횡단 열차를 탈 예정이었는데 택시를 기다리고 있을 때, 러더퍼드는 그동안 자기가 묵고 있는 호텔에 와서 시간을 보내면 어떻겠냐고 물었다. 객실도 있으니 얘기도 나눌 수 있지 않느냐고 말했다. "그것 참 멋있군" 하고 내가 말하자 그는 이렇게 말했다.

"잘 됐어. 콘웨이에 대한 얘기도 할 수 있구 말이야. 만일 자네가 좋다면, 그리고 자네가 그의 얘기에 싫증이 나지 않았다면 말이야."

콘웨이에 대해서는 전연 아는 것이 없지만 절대로 싫증을 낸 일이 없다고 나는 대답했다.

"내가 첫 학기를 마쳤을 때 그는 졸업을 하고, 그 후 한 번도 만난 일이 없지만 어떤 때에는 그가 나에게 아주 친절하게 대해줬던 일이 생각난다네. 그때 갓 입학한 풋내기인 내게 그가 일부러 그런 친절을 베풀 이유가 조금도 없었거든. 그것은 단지 사소한 일에 지나지 않았지만, 나는 그 일을 언제까지고 잊을 수가 없단 말일세."

러더퍼드도 동의를 표하였다.

"그렇구말구, 알 만하지. 나도 그 친구가 무척 좋았거든. 더더구나 자네 얘기를 듣고 보니 나도 놀라울 정도로 짧은 교제에 지나지 않았음을 알게 되는군."

이윽고 그 후에 이상야릇한 침묵이 계속되었으나, 확실히 그동안에 두 사람은 그러한 우연한 접촉을 통해서는 도저히 생각해낼 수 없을 만큼 우리 마음에 깊은 자국을 남겼던 사나이를 생각하고 있었던 것이었다. 그 후에도 나는 사람들이 콘웨이를 단지 의례적으로 짧은 기간 동안 만났더라도, 그를 끝까지 또렷하게 기억하고 있다는 사실에 자주 마주쳤다. 확실히 그는 출중한 청년이었다. 그리고 자칫하면 영웅 숭배에 빠지기 쉬운 나이에 그를 만났던 나로서는, 지금도 아직 로맨틱한 색조로 선명하게 기억하고 있는 것이다. 그는 키가 훤칠하게 컸고 유달리 잘생긴 청년이었다. 게다가 운동 경기에 우수했을뿐더러 아마도 학교에서 내놓을 수 있는 상이란 상은 모조리 휩쓸어 갔을 것이다. 약간 감상벽이 있었던 교장도 일찍이 그의 눈부신 활약을 가리켜 "글로리(glory)"라고 평한 일이 있었으며, 그 후 그것이 그의 별명이 되어버렸다. 그 명성을 잃지 않고 있을 수 있는 사람은 아마 콘웨이 한 사람뿐이었을 것이다. 웅변대회에서 그가 그리이스어로 웅변을 했던 것도, 교내 연극에서는 최고의 연기자였다는 것도 나는 잘 기억하고 있다. 그의 자연스럽기까지 한 다재다능함, 그 빼어난 용모, 정신과 육체적 행동의 끓어오르는 듯한 결합, 거기에는 무언가 엘리자베스 왕조적인 것을 느낄 수 있었다. 어딘가 필립 시드니*적인 데가 있었다.

오늘날의 문명은 이미 그와 같은 유형의 인간을 그리 흔하게 만들어낼 수는 없을 것이다. 내가 그와 같은 의견을 말하자 그는 이렇게 대답했다.

"정말 자네 말 그대로야. 더더구나 그러한 사람을 헐뜯지 않는가 말이야. 왜 있지 않은가, 딜레탕트라는 호칭 말일세. 아마 어떤 친구들은 틀림없이 콘웨이를 그렇게 부르고들 있을 것이 틀림없을 것 같아. 예를 들자면 저 와일랜드 같은 놈 말이야. 나는 아무래도 와일랜드 놈이 마음에 안 든단 말이야. 그런 형의 사나이, 시치미를 떼

* 1554~1586년, 영국의 시인이자 군인, 정치가. 엘리자베스 시대에 문무를 겸비한 눈부신 활약을 하였다.

고, 잘난 체하면서 거드름을 부리는 꼬락서니란 삼 년 전에 먹었던 송편이 도로 올라올 지경이야. 더구나 자기보다 나은 사람은 없다는 그 근성, 자네는 알아차리지 못했나? 할 말이 없으면, '자랑으로 생각하지 않았다'라는 둥, '외부 사람에게는 말하지 않는다'는 둥 그 따위로 나오다가는 대영제국도 성(聖)도미니크학교의 오학년짜리밖에 못 되겠단 말일세! 그러니까 언제나 나는 저런 외교관님들과 다투고 있지 않은가 말일세."

우리는 차를 타고 아무 말도 없이 거리를 몇 개나 통과하였다. 이윽고 그는 다시 말을 계속하였다.

"그래도 오늘 밤은 별로 손해 본 것은 없었지. 샌더즈에게서 바스쿨의 사건을 들었다는 것은 나에게는 특별한 경험이랄 수 있으니까 말이야. 그런데 말이야, 이전에도 그 이야기를 나도 들은 적이 있기는 있었지. 그렇지만 믿을 수가 있어야지. 이전에 들은 이야기는 터무니없는 것이어서 전혀 믿을 만한 점이라곤 없었다는 말일세. 아니, 겨우 한 군데는 믿을 만했지. 이제는 그 겨우 믿을 만한 점이 둘이 된 셈이지. 그런데 나라는 사람이 그렇게도 속아 넘어가기 쉬운 사람이 아니라는 것은 자네도 짐작하고 있을 테지. 나는 내 평생의 태반을 이곳저곳 여행이나 하며 보냈는데, 세상에는 이상한 일도 많다는 것은 나도 알고는 있지… 물론 직접 눈으로 보고서 하는 말이어야 하겠지만 말이야. 사람을 통해서 들은 이야기는 좀체로 그럴 수는 없는 일이지. 그러나 그것은 그렇다 치더라도……."

갑자기 그는 자기가 지껄이고 있는 것이 상대방에게는 그리 뜻있는 이야기가 못 된다는 것을 알아차렸는지 왈칵 웃음을 터뜨리고 말았다.

"아니, 확실한 것이 한 가지 있네. 그것은 내가 나의 비밀을 와일랜드 따위에게 고백할 생각은 털끝만치도 없다는 걸세. 《가십》 잡지에 서사시(敍事詩)를 팔아 넘기는 것이나 마찬가지가 될 테니까 말이야. 차라리 나로서는 자네한테 털어놓고 싶은 걸세."

"아니, 나를 치켜세우는 겐가?" 하고 나는 말했다.

"자네의 책을 읽으면 그렇지 않다는 것은 알 것 아닌가."

나에게 약간 전문적인 저서가 있었다는 것은 입 밖에 낸 일이 없었기 때문에(결국 신경병학자의 책 같은 것이 누구에게든 무슨 관계가 있겠냐 싶었기 때문이지만), 러더퍼드가 그것을 알고 있다는 사실을 알게 되었을 때, 나는 상쾌한 놀라움을 금치 않을 수 없었다. 그래서 그것을 말하자, 그는 이렇게 대답하였다.

"글쎄, 들어보게. 나는 흥미가 생기지 않았겠나. 그 이유인즉 콘웨이가 한때 기억상실증에 걸린 일이 있었기 때문이야."

우리가 탄 차는 어느덧 호텔에 도착하였다. 러더퍼드는 카운터에 방 열쇠를 가지러 갔다. 그리고 둘이서 5층까지 올라가는 동안 그는 이렇게 말했다.

"지금까지는 모두가 뜬소문을 가지고 말했지만, 실은 콘웨이가 죽지 않았다는 거야. 적어도 이삼 개월 전까지만 하여도 죽지는 않았다는 말일세."

엘리베이터 안은 비좁고, 게다가 시간도 없었기 때문에 재빨리 의견을 내놓을 수도 없었다. 잠시 후 복도에 나와서 나는 이렇게 말했다.

"그 말 정말인가? 어떻게 알았지?"

그러자 그는 방문을 열면서 대답했다.

"작년 이월, 일본 배편으로 상하이에서 호놀룰루까지 그와 함께 여행을 했기 때문이지."

그 후 우리가 음식과 여송연을 모두 준비하고 안락의자에 앉을 때까지 그는 입을 열지 않았다.

그는 이렇게 말하였다.

"내 말 들어보게. 작년 가을 나는 중국에 가 있었다네. 휴가를 얻어서 말이야. 사방을 돌아다녔지. 그런데 콘웨이와는 몇 년 동안 만난 일이 없었고, 서신 왕래도 없었다네. 늘 그의 생각이 머리에 떠오르는 것도 아니고 말이야. 그리고 그의 얼굴은 생각해내려고 마음만 먹으면 쉽게 머리에 떠오르는, 드물게 생긴 얼굴이었다는 건 자네도 잘 알지 않는가. 나는 한구(漢口)에 있었던 친구를 방문했다가 북경(北京)행 급행열차를 타고 돌아오는 도중이었다네. 그런데 그 열차 안에서 우연하게도 프랑스 자선부인회의 아주 매력적으로 생긴 여수도원장과 얘기를 나누게 되었단 말일세. 그녀는 중강(中江)의 수도원으로 돌아가는 도중이었네. 내가 프랑스 말을 약간 할 수 있다는 사실이 기뻤는지 그녀는 자기의 사업 이야기와 세상 사정에 관한 얘기를 꺼내더군. 사실을 말하자면 나도 일반적인 전도 사업에는 별로 공감을 느끼지 못하지만 많은 사람들과 마찬가지로 로마 가톨릭교도들만은 어느 누구 못지않는 훌륭한 사업을 하고 있다고 인정하고 싶네. 온갖 계층의 인간들이 들끓는 세상에서 적어도 그들은 권력을 코에 걸고 있는 장교 같은 얼굴을 하지 않고 열심히 일하고 있으니까 말일세. 그런데 문제는 이 부인이 중강에 있는 어느 교회 병원에 대해서 얘기하는 중에, 몇 주일 전에 그곳에 온 어느 열병 환자에 관한 이야기를 하기 시작했다는 걸세. 그녀들의 생각으로는 아무리 보아도 유럽 사람 같다는데 장본인은 자기 자신에 대한 설명도 할 수 없고, 또한 증명서 비슷한 것은 전혀 가지고 있지 않았다는 거야. 옷차림은 토착민처럼 형편없었고, 수녀들에게 인도되었을 때는 병세가 위태로울 정도였던 모양이야. 그는 상당히 유창한 프랑스 말을 할 수 있었을 뿐만 아니라 중국어도 유창하게 하였고 더군다나 그 수녀가 말하는 바에 따르면 그녀들의 국적을 알게 될 때까지는 세련된 발음의 영어로 말을 걸어왔다는 거야. 그래서 나는 그런 일은 상상할 수 없다고 했지. 그리고 모르는 말의 세련됨을 어떻게 알 수 있느냐고 약간 비꼬아주기도 했지. 우리는 이런 저런 일들을 가지고 농담도 주고받게 되고 마지막으로 그녀는 혹시 그 근처에 오게 될 일이 있으면 꼭 자기네 교회에 들러달라고 초대를 하지 않겠나. 물론 그런 일은 내가 에베레스트에 등산을 한다는 것이 거의 불가능한 것이나 마찬가지로 있을 수 없는 일이지. 그래서 열차가 중강에 도착했을 때는 우연한 만남이라 작별을 고할 수밖에 없어 섭섭하기는 했지만 악수를 나누었지.

그런데 그 후 몇 시간이 지나서 나는 다시 중강에 되돌아가 있었다는 거야. 열차가 일이 마일을 달린 후 고장이 나서 겨우 역에 되돌아와서 알고 보니 다른 기관차가 오기까지 열두 시간이나 걸린다는 거야. 이런 일은 중국의 철도에는 흔히 일어나는 일이지. 그래서 부득이 나는 중강에서 반나절을 보내지 않으면 안 되게 되어버린 것이지. 그래서 얼마 전에 헤어진 점잖은 부인네들의 말을 믿고 그 수도원을 방문하기로 결심한 거야. 좌우간 나는 찾아갔네.

물론 상대방은 약간 놀라는 눈치이기는 하였으나 정중하게 맞아주더군. 가톨릭교도가 아닌 사람에게 가장 이해하기 어려운 일의 하나는 말일세, 가톨릭교도들이 공적인 경우의 엄격함과 그렇지 않은 경우의 관대함을 어떻게 그렇게도 쉽게 양립시킬 수 있을까라는 문제일 거야. 아니, 그런 문제는 어떻든 상관이 없는 일이고, 아무튼 수도원에 있는 사람들은 지극히 친절하게 응대해주더군. 그리고 그곳에 도착하여 한 시간이 채 못 되는데도 어느 틈에 식사 준비까지 되어 있더군. 젊은 중국인 크리스천인 의사가 나와 합석을 해주고 프랑스어와 영어를 섞어가며 유쾌하게 대화를 이어주더군. 그 후 그와 수도원장이 나를 그들의 자랑거리인 병원으로 안내해주었다네. 그것은 그런대로 괜찮았는데, 이전에 내가 작가라고 그들에게 말했기 때문에 그들은 아주 단순하게 자기들의 일을 어쩌면 책에다 쓰게 될지도 모른다고 생각했는지 태도들이 약간 들뜬 것 같았단 말이야.

우리는 차례차례로 병상을 돌아다녔고, 의사는 그때마다 환자에 대해서 설명해주더군. 병원 안은 얼룩 하나 없이 깨끗했고, 얼핏 보기에도 아주 잘 운영되는 것처럼 보였다네. 그런데 사실은 내가, 그곳에서 원장으로부터 다시 얘기를 듣게 될 때까지는, 세련된 발음으로 영어를 말한다는 환자에 대해서는 까맣게 잊어버리고 있지 않았겠나. 그 사나이는 분명히 잠든 것 같았고, 나에게는 그의 뒷머리밖에는 보이지 않았네. 뭔가 영어로 몇 마디 건네보는 것이 어떠냐고 하기에 나는 '안녕하십니까' 하고 말했지. 이 말은 그리 신통한 말이 못 되지만 별안간 생각난다는 것이 그 말밖에는 없더군. 그러자 그 사나이는 갑자기 이쪽을 쳐다보면서 '안녕하십니까' 하고 대답하더군. 정말이지 그의 발음에서는 교양이 풍겨오더군. 그러나 나는 그런 일에 놀랄 틈도 없었다네. 왜냐하면 그때 벌써 나는 그 사나이가 누구인지 알아보았단 말일세. 수염은 덥수룩하고 알아볼 수 없게 변해버린 몰골, 그리고 오랫동안 만나지 못했다는 사실에도 불구하고 나는 즉시 그를 알아버린 걸세. 다름 아닌 콘웨이, 틀림없는 콘웨이였네.

그러나 그때 내가 생각할 여유가 조금이라도 있었다면 역시 그런 일은 있을 수 없다는 결론에 도달했을 걸세. 다행하게도 나는 그 순간에 충동에 따라서 행동했다는 걸세. 곧 나는 그의 이름을 부르고 나의 이름을 댔지. 그러자 그는 확실치 않은 듯한 눈길로 이쪽을 바라다보고 있었으나 나는 점점 더 틀림없다는 것을 알게 되었네. 이전부터 눈치 채기는 했지만 안면의 근육 한 군데가 이상하게 씰룩거리고 있었으며, 밸리올대학에 다니고 있었을 때, 모두가 옥스퍼드의 짙은 곤색보다는 케임브리지의 하늘색에 더 가깝다고들 말하던 눈빛도 그대로였네.* 그러나 그런 것보다는 원래 그라는 사람은 잘못 알아볼 수 없는 위인이란 말일세. 한 번 만나보면 언제까지나 잊히지 않는 사나이란 말일세. 두말 할 나위도 없이 의사도 원장도 몹시 흥분했지. 나는 그들에게 그 사나이를 알고 있으며, 영국 사람이며 게다가 나의 친구이며, 그리고 설령 그가 나를 알아보지 못

---

* 각각 양 대학의 운동선수의 상징 빛깔을 나타낸다.

한다고 하더라도 그것은 아마 그가 완전히 기억을 상실하고 있음에 틀림없을 것이라고 얘기해준 거야. 그러자 두 사람은 놀란 표정을 지으면서도 내 말에, 나의 말에 찬성을 했었네. 그리고 우리는 그의 증상에 대해서 오랫동안 얘기를 나누었으나, 콘웨이가 그와 같은 상태로 어떻게 중강이라는 데까지 당도할 수 있었는지에 대해서는 도무지 종잡을 수가 없었네.

간단히 얘기를 줄이자면, 나는 어떻게 해서든지 콘웨이가 기억을 되살리기를 염원하면서 중강에 이 주일 동안이나 머무르게 된 걸세. 결국 그 일은 성공하지 못하였으나 그의 건강만은 회복하였기 때문에 둘이서 얘기를 많이 나눌 수 있었다네. 내가 솔직하게 나라는 사람이 누구이며, 그가 누구인가를 얘기해주면 그는 아주 온순하게 귀를 기울이기는 하였으나 특별히 말을 하지는 않았네. 말하자면 막연하기는 하였으나 유쾌하게 말벗이 되어준 것을 매우 기뻐하고 있었던 것 같았네. 그리고 '당신도 나와 함께 고국으로 돌아가게 될 것입니다'라고 말했더니 '상관없습니다'라고 대답을 했네. 개인적인 의욕을 완전히 잃어버린 그 태도에는 나도 기가 꺾이지 않을 수 없더군 그래. 그러나 나는 즉시 출발할 수 있도록 준비를 서둘렀네. 한구(漢口)의 영사관에 있었던 친구에게 사정을 털어놓고 그 덕분으로 귀찮은 수속이랑 법석을 떨지 않고도 패스포트와 필요한 서류 일체를 얻게 되었는데 보통 경우라면 그렇게는 할 수가 없었을 걸세. 사실상 콘웨이를 위해 이 사실이 신문 기사거리나 사람들의 소문에 오르내리게 된다면 재미없다고 생각했고, 또 그 점에서 잘 되었다고 기뻐하고 있었다네. 이 일은 신문에게는 둘도 없는 특종감이 될 것은 틀림없거든. 그래서 우리 두 사람은 아무 지장 없이 중국에서 빠져나올 수 있었다네. 양자강을 따라 배로 남경까지 내려온 후, 다시 상하이행 기차를 탔다네. 그리고 같은 날 밤 샌프란시스코를 향해서 출항하는 일본의 배편이 있었기 때문에 우리는 서둘러서 그 배를 탔던 걸세."

"자네는 그를 위해서 대단한 수고를 했었군 그래."

러더퍼드는 별로 그것을 부인하려고는 하지 않았다.

"그렇지. 다른 사람에게는 그렇게까지 하지 않았을 걸세. 그런데 그 사나이에게는 무언가가 있단 말이야. 옛날부터 있었지. 말로 표현하기는 어렵지만 다시 말해서 기꺼이 무언가를 해주고 싶은 그런 감정을 불러일으켜주는 무언가가 있다는 말일세."

"그렇군, 옳은 말이야" 하고 나도 동의하였다. "그에게는 일종의 독특한 매력이 있지. 지금 생각하여도 즐거운, 무언가 애교 비슷한 것이 있었지. 물론 지금도 내가 기억하는 것은 그가 크리켓용의 플란넬 바지를 입고 있는 학생 시절의 모습이기는 하지만 말이야."

"자네가 옥스퍼드 시절의 그를 몰랐다는 것은 유감스러운 일이야. 다만 빛났다고 할 수밖에 없어. 전쟁 뒤 모두들 그가 변했다고 했지. 나도 그렇게 생각해. 그러나 나는 그만한 재능을 지닌 친구는 좀 더 큼직한 일을 시작했어야 했다고 느끼네. 정부의 관리 따위는 내 생각으로는 위대한 사람이 할 일이 아니야. 그리고 콘웨이는 위대했다… 라고 할까, 그랬어야 할 사람이었어. 자네나 나나 그러한 콘웨이를 알고 있지만 그것은 우리에게는 영원히 잊히지 않는 하나의 경험이라고 해도 별로 지나친 말은 아니라고 생각해. 중국 한복판에서 텅 빈 마음으로 자신의 과거를 신비의 베일로 닫아버린 그와 만났을 때에도 그 묘한 매력의 본질은 여전히 그의 내면에 있었으니까."

러더퍼드는 잠시 회상에 잠긴 듯 입을 다물고 있었으나 이윽고 다시 말을 하기 시작하였다.

"자네가 상상하듯이 우리는 배 안에서 다시 옛날의 우정을 새롭게 할 수 있었네. 나는 그에 대해 알고 있는 한에서 얘기를 다 해주었더니 그는 약간 멍청하다고 생각할 수 있는 태도로 열심히 귀를 기울이고 듣고 있었다네. 그는 중강에 당도한 이후의 일들은 남김 없이 잘 기억하고 있었고, 게다가 흥미로운 것은 언어는 하나도 잊어버리지 않고 있었다는 거야. 가령 자기는 힌두어를 말할 수 있었기 때문에 아마 인도에 관계된 일을 하고 있었던 게 틀림없을 거라고 나한테 말하지 않겠나.

요코하마에서는 배가 만원이 되었네. 그리고 새로운 승객 중에는 피아니스트인 지페킹도 있었지. 연주 여행으로 미국에 가는 도중이었던 모양이야. 그는 우리와 같은 테이블에서 가끔 콘웨이와 독일어로 대화를 나누고 있었다네. 그래서 콘웨이가 외견상으로는 얼마나 정상이었는가를 자네도 알 수 있으리라고 생각하네. 기억을 상실했다는 것은 일반적인 교제로는 눈에 띄지도 않지만, 그것만을 별도로 한다면 그에게는 이상하게 생각되는 점은 한 군데도 없었다는 말일세.

일본을 출발한 지 이삼 일이 지난 후 사람들의 권유에 못 이겨서 지페킹이 선실에서 피아노 연주회를 열게 되어 콘웨이와 나는 들으러 갔었네. 물론 훌륭한 연주였다네. 브람스와 스카를랏티의 작품 몇 가지와 쇼팽의 곡을 많이 들려주었네. 한두 차례 나는 콘웨이 쪽으로 시선을 돌려, 그도 연주를 즐기고 있다는 것을 확인한 셈일세. 그런데 프로그램이 진행되고, 이번에는 연주가 비공식적인 앙코르로 옮겨진 것일세. 피아노 주변에 모여든 너덧 명의 열렬한 팬들의 간청에 못 이겨서 지페킹이 승낙한 걸세. 극히 상냥하다고 나는 생각했었네. 이번에도 주로 쇼팽의 작품뿐이었네. 자네도 알다시피 그는 꽤 유명한 쇼팽 전문가가 아닌가 말이야. 드디어 그는 피아노를 떠나서 문 쪽으로 갔었네. 숭배자들은 여전히 우르르 뒤를 따라갔었지. 그러나 그는 충분히 들려주었다는 그런 인상을 풍기고 있었네. 그러는 동안에 이상한 일이 일어났다네. 어느 사이엔가 콘웨이가 건반 앞에 앉아서 빠른 템포로 활기에 넘치는 곡을 치고 있었던 걸세. 나는 처음 듣는 곡이었지만, 지페킹이 몹시 흥분해서 피아노 옆으로 달려가서 무슨 곡이냐고 묻지 않겠어. 콘웨이는 한참 동안 침묵에 잠겨 있다가 결국 모른다는 대답을 했었다네. 지페킹은 그런 일이 어디 있을 수 있느냐고 소리치면서 점점 더 흥분하고 있었네. 그러자 콘웨이는 전심전력을 다해서 기억해내려고 무진 애를 쓰다가 결국은 쇼팽의 곡이라고 말했네. 나 자신도 그럴 리가 없다고 생각하고 있었기 때문에 지페킹이 단호하게 부정하였을 때도 별로 놀라지는 않았다네. 그런데 이번에는 콘웨이 쪽이 갑자기 그것에 대해서 분개하기 시작했다네… 이것이야말로 나도 놀라지 않을 수 없더군. 왜냐하면 그때까지도 그는 어떤 일에 대해서도 감정의 동요를 나타낸 적이 없었기 때문일세. '이것 보십시오.' 지페킹은 그를 타일렀네. '나는 현존하는 쇼팽의 작품은 다 알고 있습니다. 그렇기 때문에 당신이 지금 연주한 것은 쇼팽의 작품이 아니라는 것을 똑똑히 말씀드릴 수 있습니다. 그라면 그 작품을 작곡할 수 있었을 것입니다. 스타일이 아주 흡사하기 때문입니다. 그러나 그가 작곡한 것이 아닙니다. 어디 그런 악보가 있다면 한번 보여주실 수 있겠습니까?' 이 말을 듣고 콘웨이는 한참 후에 이렇게 대답하였네. '아, 이제 생각이 납니다… 이 곡은 전혀 인쇄된 일이 없습니다. 나는 이 곡을 쇼팽의 제자였던 어느 분을 만나 직접 익힌 것에 지나지 않습니다……. 그렇습니다. 그분으로부터 배운 미발표 작품이 또 하나 있습니다.'"

러더퍼드는 눈으로 나를 제지하면서 말을 계속하였다.

"자네가 음악에 정통한지 어떤지는 모르지만 설사 자네가 음악을 모른다고 하더라도 콘웨이가 다시 연주를 시작하였을 때 나나 지페킹이 얼마나 흥분했는지 다소라도 상상할 수 있으리라 믿네. 물론 나에게는 이 사건이 그의 과거를 별안간 힐끗 바라볼 수 있게 하였던 정말 신비로운 한 순간이었다네…. 아무튼 그것은 그때까지 잊혔던 것에 대한 최초의 열쇠였다니까. 한편 지페킹은 당연한 일이지만 음악상의 문제에 완전히 열중하고 있었던 걸세. 쇼팽이 1849년에 죽은 것을 생각한다면, 그것은 아무래도 아리송한 이야기가 아니겠는가 말이야.

어떤 의미에서 이것은 너무도 헤아릴 수 없는 사건일세. 따라서 그 장소에서는 적어도 십여 명의 목격자가 있었다는 것을 덧붙여 두는 것이 좋을 것 같네. 그중에는 상당히 유명한 캘리포니아대학의 교수도 있었다네. 물론 콘웨이의 설명은 연대적으로도 불가능할

뿐더러, 오히려 불가능에 가깝다는 것은 극히 간단한 일일세. 그것은 그렇다 치더라도 그 곡 자체를 어떻게 설명하느냐 하는 문제는 여전히 그대로 남아 있지 않냐는 말이야. 가령 콘웨이가 말하는 그런 곡이 아니라면 그 곡은 대체 무슨 곡이란 말인가? 지페킹은 만일 그 두 작품이 발표된다면 틀림없이 육 개월 이내에 모든 음악 거장들의 레퍼토리에 들어갈 것이 틀림없다고 나에게 말했네. 비록 그것이 약간 과장된 말이라 할지라도 그 작품에 대한 지페킹의 의견은 그러했다네. 그 장소에서 상당한 논의가 오갔지만 이렇다 할 결론은 얻을 수가 없었네. 콘웨이가 막무가내로 자기의 설을 고집하였기 때문일세. 게다가 그는 상당히 피곤한 기색까지 나타내기 시작한 걸세. 그래서 나는 걱정이 되어 그를 모든 사람으로부터 떨어지게 해서 침대로 데려가야겠다고 마음을 먹었네. 마지막 화제는 어느 레코드에라도 그 곡을 취입시켜야 한다는 얘기였네. 지페킹은 미국에 도착하는 즉시 모든 절차를 밟겠다고 하였고, 콘웨이는 마이크 앞에 서기로 약속을 했었다네. 모든 점을 고려해볼 때 콘웨이가 그 약속을 지키지 않은 것은 정말 유감 천만의 일이라고 생각하지 않을 수 없다네."

러더퍼드는 손목시계를 잠깐 들여다보고, 자기 이야기의 자초지종은 사실상 끝났고, 기차 시간에도 아직 시간이 많이 남았다는 것을 표시했다.

"그런데 그날 밤 말일세. 즉 연주회가 끝난 밤 말인데… 그가 기억을 되찾은 걸세. 둘 다 침대에 들어 있었을 무렵인데 나는 눈을 뜬 채 누워 있었다네. 그때 콘웨이가 나의 선실로 들어와서 나에게 말을 걸어오지 않겠나. 그의 얼굴은 굳어져 있었고 압도적인 슬픔이라고밖에는 형언할 길이 없는 표정이었던 걸세. 보편적인 비애라고나 할까… 내 말 뜻을 알겠지? 독일 사람들이 말하는 저 우수(憂愁)라고 할까, 세계적 고뇌라고나 할까. 아무튼 무언가 막막하기 짝이 없는, 인간사를 초월한 비애의 표정이었다네. '이제 무엇이든지 다 기억할 수 있다네' 하고 그는 말했네. 지페킹의 연주를 듣는 동안에 처음에는 단편적으로, 그리고 차츰 모든 기억이 다 되살아났다는 거야. 그는 나의 침대 끝에 오랫동안 앉아 있었네. 그리고 나는 그에게 마음껏 시간을 갖게 해주고, 얘기하는 대로 내버려두었네. 그리고 그의 기억이 되살아난 것은 그지없이 기쁜 일이지만, 차라리 그렇게 되지 않았으면 하고 생각한다면 유감스러운 일이라고 말하였더니, 그는 나를 쳐다보면서 비할 바 없이 훌륭한 찬사로서 언제까지나 기억해둘 만한 말을 해주더군. '저런 러더퍼드' 하고 그는 말하고, '자네는 아주 상상력이 뛰어난 사람인걸' 하고 말하지 않겠는가 말이야. 잠시 후 나는 옷을 갈아입고 그에게도 옷을 갈아입으라 하고, 이윽고 우리는 갑판 위를 어슬렁거렸다네. 별이 무성한 밤이었고 게다가 아주 따뜻한 밤이었다네. 바다는 연유(煉乳)처럼 담청색으로 차분히 달라붙는 듯한 느낌이었네. 엔진의 진동이 아니었다면 아마 어느 해변을 산책 삼아 걷는 기분이었을 거야. 처음에는 아무런 말참견을 받지도 않고, 그는 생각나는 대로 띄엄띄엄 얘기를 하고 있었네. 그러나 새벽녘이 가까울 무렵부터 그는 갑자기 둑 안에 갇혀 있던 물이 터져나오는 것처럼 마구 얘기를 쏟아놓더니, 오전 반나절 무렵, 태양이 이글이글 타오를 무렵이 되어 그는 얘기를 겨우 끝냈네. '얘기를 끝냈다'라고 말하지만, 그것은 그의 최초의 고백에서 그가 모든 것을 다 얘기해버렸다는 것은 아닐세. 그는 그 후에도 일주야가 걸려서 자신의 고백에서 중요한 빠진 부분을 채워나갔던 걸세. 그는 아주 불행하였던 것 같았으며, 게다가 잠을 못 잤던 것 같았네. 그래서 우리 두 사람은 끊임없이 얘기를 계속하였던 걸세. 그날 자정 무렵에 배는 호놀룰루에 도착할 예정이었네. 그래서 우리 둘은 나의 방에서 함께 술을 마셨지. 그리고 열 시쯤 헤어졌는데, 그 후 다시는 그의 모습을 볼 수 없었네."

"아니, 설마 자네는……."

나는 일찍이 홀리헤드에서 킹스타운으로 가는 배편에서 목격한, 극히 조용하고 계획적인 자살자의 일을 머릿속에서 그리고 있었던 것이다.

러더퍼드는 웃었다.

"천만에, 그런 일은 있을 수 없어. 그는 그런 사나이가 아니야. 그는 단지 나의 눈을 속이고 도망간 것에 지나지 않을 걸세. 상륙하는 것은 간단한 일이니까 말이야. 그러나 그로서는 내가 수색대라도 내기만 한다면 방금 꼬리가 잡힐 줄로 생각한 것이 틀림없었던 것 같아. 물론 나는 수색대를 내기는 하였지. 나중에 알게 된 것이지만 그는 피지섬을 향해서 남하하고 있었던 바나나 보트의 선원으로 가장해서 교묘하게 배를 탔다는 얘길세."

"어떻게 그것을 알았는가?"

"복잡하게 처리할 문제가 아니었다는 말일세……. 삼 개월쯤 지나서 장본인이 방콕에서 편지를 보낸 거야. 자기 때문에 여러 가지 비용도 들었을 것이 틀림없을 터이니 하면서 어음까지 동봉한 걸세. 그는 나에게 감사를 표하고 아주 건강하다고 했네. 그리고 이제부터 북서를 향해서 긴긴 여행을 떠날 참이라고도 했네. 그리고 끝이야."

"북서라니, 어디를 말하는 것일까?"

"그러게 말일세. 아주 막연한 소리가 아닌가 말이야. 방콕에서 북서쪽이라고 한다면 여러 고장이 있는데, 베를린도 그렇지 않는가 말이야."

러더퍼드는 입을 다물고 두 사람의 잔에 술을 따랐다. 정말 기기묘묘한 이야기였다. 그렇지 않다면 그가 일부러 그렇게 꾸며낸 이야기일 것이다. 나는 어느 쪽인지 분간할 수가 없었다. 그 음악의 대목에 가서는 과연 당황케 하는 수수께끼 같은 데도 있었지만, 콘웨이가 중국의 교회병원에 있었다는 불가해한 대목만큼은 나의 흥미를 끌지는 않았다. 그래서 나는 그것을 러더퍼드에게 물어보았다. 그러자 그는 실제적인 문제로서 그것들은 같은 사실의 양측면을 나타내는 문제라고 대답하였다.

"글쎄, 그렇다면 말일세, 그가 어떻게 중강에 당도할 수 있었는가 말이야?" 하고 나는 물었다. "그날 밤 그는 배 위에서 그 일에 관해서도 모조리 이야기하지 않았나?"

"그래, 뭐라고 하긴 했지. 그러나 여기까지 얘기해놓고 그 뒤를 숨겨놓는다는 것도 어리석은 일이겠군. 다만 무척 긴 이야기가 될 테니까 말이야. 요약해서 말한다고 하여도 자네의 기차 시간 내에는 도저히 못다 할 얘기니까 말일세. 그런데 한편 편리한 방법이 있기는 하지. 자신의 대단치 않은 직업을 드러내 보이는 것이 약간 쑥스러운 일이겠으니 말이야. 그렇지만 실토하자면, 나중에 곰곰이 생각해보니 콘웨이의 얘기가 너무 마음에 들어버렸던 걸세. 선상에서 둘이 여러 가지 얘기를 나눈 다음에 나는 사소한 점이라도 잊어버리지 않기 위해서 간단하게나마 노트에 적어두기 시작했다네. 그것은 나중에는 사건의 여러 국면이 나의 마음을 사로잡아버리고 말았다는 말일세. 그래서 나는 차라리 노트에 기록해둔 단편들을 정리해서 하나의 소설로 완성하면 어떨까 하는 마음을 먹게 되었다네. 그렇다고 해서 내가 꾸며냈다거나 얘기를 변경시켰다는 것은 아닐세. 그건 그가 나에게 해준 이야기 속에 재료가 충분히 넘칠 정도로 많았다는 말일세. 그는 거기다가 재담이 보통이 아니었고 분위기를 전하는 데도 천부적인 재질이 있었다는 말일세. 덧붙여서 말하자면 나는 비로소 그라는 인간을 알기 시작하였다는 기분도 들었던 걸세."

러더퍼드는 손가방 있는 곳으로 다가가더니 타이핑된 한 뭉치의 원고를 꺼냈다.

"좌우간 이것인데 말이야, 자네 좋을 대로 해석하게나."

"뭔가, 내가 자네의 이야기를 믿지 않는다는 말투 같구먼."

"아니, 그렇다고 분명히 말하려는 것은 아닐세. 그러나 마음에 새겨두어야 할 것은 말일세, 만일 자네가 그 얘기를 확실히 믿는다면 그것은 테르툴리아누스*의 저 유명한 이유 때문이겠지. 기억하고 있는가? '불가능하기 때문에 확실하다.' 괜찮은 문구이군 그래. 아

---

* 카르타고 출신의 그리스도교 신학자. 그리스도의 부활 기적은 불가능한 것이므로 확실하다고 주장하였다.

무튼 자네의 의견을 들어보기로 하세."

나는 그 원고를 들고 출발하였다. 그리고 오스텐드행 급행열차 속에서 대부분을 읽었다. 영국에 도착하는 즉시 긴 편지와 함께 그 원고를 그에게 돌려줄 생각이었는데 지체하고 말았다. 그런데 아직 우송도 하기 전에, 러더퍼드로부터, 지금부터 다시 방랑 여행에 오르니까 몇 개월 동안은 주소가 일정치 않을 것이라는 짧은 편지가 당도하였다. 그는 카슈미르에 갔다가 그다음 다시 "동쪽"으로 향하노라고 써 보냈다. 나는 별로 놀라지도 않았다.

1

5월의 2, 3주 동안 바스쿨의 정세는 몹시 험악한 공기가 되었다. 그리고 20일에는 페샤와르에서 온 연락에 따라 백인 거주자들을 소개시키기 위해서 영국 공군의 비행기가 도착하였다. 거주자의 수는 약 80명, 그리고 그 대부분은 군수송기로 산맥을 넘어, 무사하게 소개를 끝냈다. 군수송기와는 별도로, 각각 기종이 다른 몇 대의 비행기도 준비되어 있었는데, 그중에는 찬더포르의 회교 군주가 제공해 준 소형 여객기도 포함되어 있었다. 오전 10시경 네 사람의 승객이 이 비행기에 탑승하였다. 즉 동방 전도회의 로베타 브린클로 여사, 미국 시민인 헨리 D. 바너드, 영국 영사인 휴 콘웨이, 부영사 찰스 맬린슨 대위 등이었다.

이 이름들은 그 후 인도와 영국의 각 신문에 발표된 그대로였다.

콘웨이는 37세였다. 바스쿨에서는 2년간 체류하였으며, 결과적으로 생각해볼 때, 그곳에서의 일은 이를테면 나쁜 말에다 줄곧 돈을 걸어온 것이나 다를 바가 없었다. 그의 인생의 한 단계가 그것으로 막을 내린 것이나 마찬가지였다. 2, 3주 동안 혹은 2, 3개월 동안 본국으로 귀환했다가, 다시 다른 나라에 파송될 것이다. 동경, 테헤란, 마닐라 혹은 무스카트 등지로, 아무튼 그와 같은 직업을 가진 사람에게는 다음에 어떤 일이 일어날지 모를 일이었다. 그가 영사관에 근무한 지 벌써 10년이 된다. 다른 사람의 행운을 평가하기에 충분한 세월인 동시에 자기 자신의 행운을 점쳐보기에도 충분한 세월이었다. 그는 말하자면 출세 따위는 제격이 아니라는 것을 알고 있었다. 그가 그런 출세 따위는 자기 취미에 맞지 않는다고 생각하는 것은 단순한 심술이라기보다는 오히려 마음에서 우러나오는 위안이기도 하였다. 만일 주어진다면, 그는 격식 바른 일보다는 파란만장한 일을 더 좋아하는 편이었다. 또한 그런 일들이 아직 훌륭한 일들은 아니었기 때문에 다른 사람의 눈에는 그가 아주 서투른 일꾼처럼 보였을 것이 틀림없다. 그러나 그는 자신을 오히려 능란한 솜씨의 일꾼이라고 생각하고 있었다. 그에게는 변화무쌍하고 무엇보다 즐거운 10년이 아니었던가.

그는 키가 크고 피부색은 짙은 청동색으로 탔으며, 짧게 깎은 갈색의 머리칼, 그리고 약간 회색빛이 감도는 푸른 눈을 갖고 있었다. 보통 때는 무언가 깊은 생각에 잠긴 듯한 근엄한 표정을 짓고 있었으나 일단 웃으면(그렇게 자주 웃는 일은 없었지만), 아주 순진한 티가 흘렀다. 너무 과로했다거나 과음했을 때면 눈에 띄게 왼쪽 눈 근처의 근육이 씰룩씰룩 경련을 일으켰다. 그날도 소개를 앞두고 꼬박 일주일 동안 짐을 꾸리고 서류를 불태우는 일에 쫓겼기 때문에 그가 비행기에 탑승했을 때는 그 경련이 몹시 눈에 띄었다. 그는 기진맥진하고 있었다. 따라서 승객으로 콩나물 시루가 되어버린 군수송기가 아니라 마하라자의 호화로운 전용기에 운 좋게 탑승할 수 있었던 것을 무척 기뻐하였다. 기체가 하늘 높이 솟아올랐을 때 그는 몸을 편안하게 좌석에 깊숙이 자리 잡았다. 그라는 사나이는 어렵고 큰일을 하고 난 다음에는 그 대가로 작은 기쁨을 얻는, 그런 종류의 인간이었다. 즉 사마르칸드로 가는 험한 길에는 즐겁게 참고 견딜 수 있으나 런던에서 파리로 가는 골든애로우호에서는 마지막 남은 10파운드까지 몽땅 털어버리는 그런 사나이이기도 하였다.

한 시간 이상이나 비행한 후, 맬린슨은 조종사가 아무래도 직선 코스를 잡고 있는 것 같지 않다고 말하였다. 맬린슨은 그의 바로 앞 좌석에 앉아 있었다. 그는 20대의 홍안의 청년이었으며 영국 퍼블릭 스쿨의 한계와 장점을 겸비한, 지성적이라고까지는 할 수 없으나 상당히 머리가 좋은 사나이였다. 맬린슨이 바스쿨에 파송된 중요한 이유는 시험의 실패이기도 했지만 그곳에서 6개월 동안 함께 지내는 사이에 점점 콘웨이는 그가 좋아졌다.

그러나 콘웨이는 일부러 애써서 대화를 나눌 생각은 나지 않았다. 그는 졸리운 듯이 눈을 떠서 어떤 진로를 잡는지는 조종사가 제일 잘 알 게 아니냐고 대답하였다.

약 30분 후, 피로와 엔진의 둔한 소리 때문에 그가 거의 잠이 들락말락했을 때, 또다시 맬린슨이 말을 걸었다.

"그런데 콘웨이 씨, 조종사는 펜너인 줄 알았는데요."

"그럼, 그가 아니란 말이오?"

"사나이가 방금 막 얼굴을 돌렸을 때 보니 절대로 그가 아니었습니다."

"저 유리 칸막이를 통해서는 잘 알아볼 수 없지 않을까?"

"펜너라면 어디서든지 저는 잘 알아볼 수 있거든요."

"그럼 다른 사람이 틀림없겠지. 그게 무슨 문제가 되겠어."

"그렇지만 펜너는 자기가 이 비행기를 꼭 조종한다고 분명히 저에게 말했다니까요."

"마음이 변해서 그가 딴 비행기로 돌려진 것이겠지."

"그럼 도대체 저 사나이는 누구일까요?"

"이것 보게, 내가 그것을 어떻게 알 수 있단 말인가? 설마 자네는 내가 공군 중위의 얼굴을 하나하나 다 기억하고 있다고 생각하는 것은 아니겠지."

"좌우간 저는 꽤 많이 알고 있습니다만 저 사나이는 도무지 기억이 나지 않습니다."

"그럼 자네가 알지 못하는 사람 중의 한 사람이겠지" 하고 콘웨이는 웃었다. 그리고 다시 덧붙였다.

"곧 페샤와르에 도착하면 그와 친분이 생길 테니까, 그때 자세히 물어보도록 하지."

"이런 꼴로는 페샤와르에 절대로 도착할 수 없습니다. 코스가 전혀 다른걸요. 게다가 그가 자기 위치를 알지 못한다고 하여도 저는 놀라지 않습니다. 이렇게 높이 날고 있으니까요."

콘웨이는 별로 신경을 쓰고 있지 않았다. 그는 하늘 여행에 익숙해져 있었기 때문에 모든 것을 당연한 일로 간주하고 있었다. 뿐만 아니라 그는 페샤와르에 도착한들 각별히 할 일도 없거니와 각별히 만나고 싶은 사람도 없었다. 그래서 이 여행이 네 시간이 걸리든지 여섯 시간이 걸리든지 그에게는 아랑곳없는 일이었다. 그는 아직 미혼이었다. 도착을 반갑게 맞이하여줄 사람은 아무도 없었다. 친구는 여럿 있었다. 그리고 그들 중 몇 사람은 아마 그를 클럽으로 안내하여 축배를 들어주기는 할 것이다. 그것은 확실히 즐거운 예상임에는 틀림없지만, 탄식을 하면서까지 기대를 걸 만한 일은 못 되었다.

미래에 대해서뿐만 아니라 과거에 있어서도 즐겁기는 하였으나 마음속 깊이 만족스러웠다고는 할 수 없었던 지난 10년 동안을 돌이켜 보더라도 별로 탄식하면서까지 그립다고 생각한 일은 없었다. 맑은 하늘이 가끔 얼굴을 내보이면서도 항상 변화하였고 차츰 험상스러운 정세로 바뀌어갔던 지난 10년이었다. 그것은 세계 정세에 대해서나 마찬가지로 자기 자신에 대한 기상학적인 개요이기도 하였다. 바스쿨, 북경, 마카오, 그 밖의 많은 고장에 대해서 그는 생각해보았다. 그는 꽤 자주 이동을 한 셈이었다. 그중에서도 가장 멀다고 생각된 곳이 옥스퍼드였다. 전후 2년간, 그는 그곳에서 지도교원으로 동양사를 가르치기도 하고, 햇빛이 잘 들어오던 도서관에서 먼지를 털기도 하고, 자전거를 타고 대로를 배회하기도 하였다. 그 추억들은 그립기도 하였으나 그의 마음을 뒤흔들어놓을 정도는 아니었다. 다만 그 시절의 자신의 모습이 그 어딘가에 남아 있을 것이라는 그런 느낌만을 가지고 있었다.

지금까지 몇 번이나 경험했듯이 속이 뒤집히는 것으로 보아 그는 기체가 급강하하기 시작하고 있다는 것을 알았다. 그는 맬린슨이 안절부절못하고 있는 것을 보았을 때 호통을 쳐주고 싶은 생각이 들었다. 아마도 맬린슨이 갑자기 자리에서 벌떡 일어나서 천장에 머리를 부딪히지 않았더라면 호통을 쳤을지도 모를 일이었다. 맬린슨은 그렇게 자리에서 일어나자 좁은 통로의 반대편 자기 자리에 앉아서 꾸벅꾸벅 졸고 있던 미국인 바너드를 흔들어 깨웠다.

"이봐!" 하고 맬린슨은 창밖을 내다보면서 소리쳤다. "저기를 내려다보란 말이야!"

콘웨이도 바라보았다. 그 경치는 분명히 예상 밖의 경치였다. 사실상 만일 그가 어떤 경치를 예상하고 있었다면 말이다. 거기에는 기하학적으로 질서정연하게 늘어선 임시 병영이라든가 커다란 장방형의 격납고 대신에 우윳빛 안개에 덮인, 강렬한 태양 광선에 타버린 다갈색의 황량한 경이 이외에는 아무것도 보이지 않았다. 기체는 급속도로 강하하고 있었으나 그래도 통상적인 비행으로서는 비정상적인 고도에 있었다. 긴 파상형의 산맥의 지붕들이 보였고, 그 아래로 약 1마일 될락말락한 곳에 구름에 뒤덮인 계곡이 무슨 오점처럼 점점이 산재하고 있었다. 콘웨이는 이러한 고도에서 아래를 내려다본 일은 한 번도 없었으나 그러나 그것은 전형적인 변경(邊境)의 경치였다. 게다가 더욱 이상하게 느껴진 것은 페샤와르 근방이라고 상상할 수 있는 데가 한 군데도 없다는 점이었다.

"여기가 어딘지 도무지 알 수 없는데" 하고 그는 말했다. 그러고

나서 그는 다른 친구들을 걱정시키고 싶지 않았던지 더 한층 나직한 목소리로 맬린슨에게 귓엣말을 하였다.

"아마 자네 말이 맞는 것 같군. 저 사나이가 진로를 잃어버린 거야."

비행기는 무시무시한 속도로 급강하를 계속하고 있었다. 그리고 급강하함에 따라서 공기도 더 한층 뜨거워졌다. 눈 아래 작열하는 대지가 마치 뚜껑을 열어놓은 가마솥처럼 느껴졌다. 산봉우리가 하나씩하나씩 지평선 위에 겹쳐지는 것처럼 울퉁불퉁한 그림자를 만들고 있었다. 기체는 지금 곡선을 그리고 있는 계곡을 따라 비행하고 있었고, 그 계곡 바닥에는 물이 말라버린 물줄기의 암석과 그 파편이 마구 여기저기에 뒹굴고 있었다. 그것은 마치 마룻바닥 위에 호두 껍데기를 어질러놓은 것처럼 보였다. 기체는 몇 번이나 에어포켓 속으로 들어가서 바다 위에서 요동치는 보트처럼 전후좌우로 기분 나쁘게 흔들리고 있었다. 네 사람의 승객은 각자 자기 좌석에 매달려 있어야만 했다.

"저 자식 착륙할 속셈인데!" 하고 그 미국인이 쉰 목소리로 소리쳤다.

"어림도 없지!" 하고 맬린슨이 대꾸하였다. "만일 그렇다면 저놈은 미친놈이지 성한 놈은 못 돼! 충돌해버리지. 그렇게 되면……."

그러나 조종사는 착륙하였다. 협곡 옆에는 작은 평지가 있었다. 기체는 약간 상하좌우로 흔들리기는 하였으나 그는 상당히 훌륭한 솜씨로 기체를 정지시킬 수 있었다. 그러나 그 후에 발생한 일은 더 한층 모든 사람을 당황하게 만들었으며 불안한 기분을 자아내게 하였다.

수염을 텁수룩하게 기르고 터번을 두른 토착민의 무리가 사방에서 밀어닥쳐와서 기체를 둘러싸고 조종사를 제외한 나머지 사람들은 기체 밖으로 나오지 못하게 하였던 것이다. 조종사는 지상으로 기어나온 후, 그들과 흥분된 어조로 무언가 열심히 지껄이고 있었다. 그 바람에 조종사가 펜너이기는커녕 영국인도 아니며, 더군다나 유럽 사람도 아니라는 것이 분명해졌다. 그럭저럭 하는 사이에 근처의 하치장으로부터 석유통이 몇 개나 운반되어왔다. 그리고 보통 것보다 훨씬 더 큰 빈 드럼통을 계속 채워나갔다. 기체 속에 갇힌 네 명의 승객은 소리를 지르기도 하고 고함치기도 하였지만, 토착민들의 빈들거리는 웃음과 냉담한 침묵과 마주칠 따름이었다. 그리고 또 한편 기체 밖으로 나오려는 듯한 움직임이 보이기만 하면 수십 자루의 소총들이 위협적으로 그쪽을 향하는 것이었다. 아프가니스탄 말에 다소 조예가 있었던 콘웨이가 알고 있는 단어를 모조리 구사하여 토착민에게 열심히 이야기를 걸어보았으나 허사였다. 그리고 조종사에게 여러 나라 말로 떠벌려보았으나 의미심장하게 권총을 흔들어댈 뿐이었다. 승객실 안으로 들어오는 이글대는 햇빛 때문에 실내 공기는 찌는 듯하였고 네 사람의 승객은 그 열기와 고함을 지르느라 기진맥진하여 거의 실신할 지경이었다.

그들은 속수무책이었다. 소개의 조건으로 무기의 휴대는 일체 금지되어 있었던 것이다.

드디어 탱크의 마개가 닫히고 가솔린 통 하나가 객실 창을 통해 안으로 들여보내졌다. 토착민들은 개인적으로는 별로 적의를 품고 있는 것 같아 보이지는 않았으나 무슨 말을 하여도 대답은 없었다. 꽤 한참 동안 무슨 말을 주고받은 다음 조종사는 다시 조종석에 기어오르고 회교도인 한 아프가니스탄인이 서투르게 프로펠러를 돌리기 시작하였다. 그리고 다시 비행을 계속할 속셈이었다. 그렇게도 협소한 공지와 여분의 가솔린 공급에도 불구하고 이륙하는 솜씨는 착륙 때보다 훨씬 능란한 것이었다. 그로부터 마치 진로를 결정하려는 듯이 기수는 동쪽으로 향하고 있었다. 꼭 오후 중간 무렵이었다.

정말 황당무계한 사건이었다! 상공의 냉기로 한숨을 돌린 승객들은 실제로 그런 일이 있었는지 어떤지를 믿을 수 없을 지경이었다. 이렇게 난폭한 행위는 불온한 사건이 많은 변경에서도 달리 비할 바가 없는 그런 행위였으며, 도대체 믿기 어려운 일이었다. 극히 당연한 일이겠지만 최초의 의심은 차츰 격렬한 분노로 바뀌어갔다. 그리고 분개하는 것도 지쳐버리자 이번에는 불안한 억측이 나돌기 시작하였다.

그 무렵 맬린슨은 자기의 설을 발전시키고 있었는데 달리 이렇다 할 설도 없어 모두 그의 설을 받아들이고 있었다. 즉 자기들은 몸값을 목적으로 유괴당하고 있다는 설이었다. 그 계략 자체는 결코 새로운 것이라는 할 수 없었지만 역시 그 특수한 기술은 독창적이라고 할 수밖에 없었다. 그들이 특별나게도 역사상 처음 있는 일을 하고 있는 것이 아니라고 생각하기에 이르자 다소 안심은 되었다. 요컨대 납치된 사람은 지금까지도 있었으며 더욱이 그들의 상당수가 돌아왔다는 사실이다. 토착민들은 자기들을 어느 산중의 암자에라도 감금하고, 이윽고 정부가 몸값을 치르면 석방될 것이다. 그동안에는 상당히 친절하게 대우받을 것이고 치르게 될 몸값도 따로 자기들의 돈일 까닭이 없는 것이다. 다만 그 일이 끝날 때까지 다소 불쾌한 생각을 하게 될 것이라는 정도의 얘기, 물론 그 후에는 공군이 폭격대를 파견할 것이고 이쪽으로서는 한평생 두고두고 할 수 있는 얘깃거리가 생긴다는 정도의 얘기가 아니겠는가. 맬린슨은 약간 신경질적으로 그런 억측을 피력하였다. 그러나 미국인 바너드는 몹시 놀란 태도였다.

"글쎄요, 어느 분의 생각인지는 모르겠으나 제법 그럴듯한 말씀이군요. 그러나 제 생각으로는 당신네 공군이 멋지게 일을 처리하고 있다는 생각이 들지는 않는군요. 당신네 영국인들은 시카고 등지의 강도 등속을 얕잡아 보고 있지만, 그러나 저는 지금까지 미국의 비행기가 갱한테 탈취당하였다는 소리를 도대체 들어본 일이 없습니다. 그런데 저자식이 진짜 조종사를 어떻게 하였는지 궁금하군요. 제 생각으로는 모래 주머니로 내리쳐버린 것이나 아닌지 모르겠습니다."

바너드는 하품을 하였다. 그는 몸집이 크고 디룩디룩 살진 아주 심통맞은 얼굴을 하고 있었다. 그 얼굴에는 염세적으로 보이는 아랫눈까풀의 축 늘어진 부분에 의해서도 여전히 상쇄되지 않는 제법 애교 있는 잔주름이 박혀 있었다. 그가 페르시아에서 왔다는 사실 이외에 바스쿨에서는 그에 대해서 잘 알고 있는 사람은 아무도 없었다. 아무튼 그는 그곳에서 석유에 관계된 무슨 일에 종사하고 있었다는 것이었다.

그동안에 콘웨이는 매우 실제적인 일을 하고 있었다. 네 사람이 가지고 있는 종이를 한 장도 남기지 않고 모아서 여러 나라 말로 메시지를 작성하여 일정한 간격으로 지상에 투하하고 있었던 것이다. 이렇게 인구가 적은 고장에서 그것은 백에 하나 정도의 기회도 되지 못하는 일이었다. 그러나 그것은 해볼 만한 가치는 있는 일이었다.

네 번째 승객인 브린클로 여사는 의견도 잔소리도 없이 다만 입을 굳게 다물고 자세를 꼿꼿이 한 채 앉아 있었다. 그녀는 몸집이 작은 편이었으며, 어느 편인가 하면 좀 완고한 여성이며 어딘가 억지로 끌려나간 파티장이 도저히 인정할 수 없는 난장판이라도 그런대로 시인하는 그런 얼굴이었다.

콘웨이는 다른 두 사나이보다는 말수가 적었다. 그 까닭인즉 SOS의 메시지를 여러 가지 다른 나라의 말로 고치는 일은 상당한 집중력을 필요로 하였기 때문이다. 그럼에도 불구하고 무엇인가 질문을 받으면 대답을 하였다. 그리고 감정적이기는 했으나 맬린슨의 유괴설에 동의를 표시하였다. 그리고 또 바너드가 영국 공군에 대해서 던진 혹평에도 어느 정도 동의를 표하고 있었다.

"물론 어떻게 일이 이렇게 되어버렸는지 남들이 알아주기는 하겠지만, 그렇게 혼란된 장소에서 비행복을 입고 있으면 누구나 다 똑같이 보이게 될 겁니다. 정규 복장으로 몸단장을 하고 아주 자신의 임무에 충실하다는 표정을 짓는 사람을 의심할 사람은 없습니다. 더더구나 저 사나이는 그것을 정확하게 염두에 두고 있었던 것 같군요. 신호 따위 말입니다. 게다가 그가 조종법을 알고 있다는 것이 벌써 확실한 증거가 되는 일이 아니겠소……. 그러나 역시 당신 말 그대로입니다. 이 일 때문에 누군가가 좀 타격을 입게 될 겁니다. 그래서 누군가가 당할 것이 틀림없어요. 물론 그 사람에게 책임이 있는 것은 아니지만 말입니다."

"그렇군요" 하고 바너드가 대답했다. "문제의 양면을 꿰뚫어 보시는 당신의 태도에는 찬사를 보낼 도리밖에 없습니다. 정말입니다. 가령 자동차로 유괴되어 살해당하게 된다고 하여도 그런 마음가짐을 꼭 가져야만 하겠습니다."

미국 녀석은 상대방의 기분을 상하게 하지 않으면서 생색내는 말을 잘도 하는구나 하고 콘웨이는 생각하였다. 그는 너그럽게 미소는 지어 보였으나 더는 말을 하지 않았다. 아무리 위험이 가까이 닥쳐왔다고 할지라도 개의할 수 없으리만큼 그는 기진맥진해 있었던 것이다. 오후도 깊어갈 무렵, 논의를 계속하던 바너드와 맬린슨은 그에게 무언가 말을 걸려고 하였으나 그는 잠이 들어버린 것처럼 보였다.

"아주 녹초가 되어버렸군요" 하고 맬린슨이 말했다. "이런 식으로 이삼 주일을 겪은 후니 무리도 아닙니다."

"당신 친구이신가요?" 하고 바너드가 물었다.

"영사관에서 함께 일하고 있습니다. 지난 나흘 밤을 한숨도 못 잤다는 것을 우연히 알게 됐지요. 사실 말씀입니다만 이런 궁지에 몰렸을 때 그와 함께 있게 된 것은 우리에게는 대단한 행운이라고 보아야 합니다. 어학에 능통하다는 것은 고사하고라도 사람을 다루는 방법이 능란한 분입니다. 누군가 우리를 이 역경에서 구출할 수 있다면 그것은 이분뿐입니다. 어떤 일을 당해도 침착하시니까요."

"그렇습니까? 그럼 한숨 푹 주무시도록 내버려두십시다" 하고 바너드는 말했다.

거의 말이 없던 브린클로 여사가 그때 불쑥 한마디 하였다.

"매우 용감한 분인 것처럼 뵈는군요."

콘웨이는 자기가 매우 용감한 사나이라고는 털끝만치도 생각하지 않았다. 그는 육체적으로 완전히 피로하여 눈을 감고 있기는 하였으나 사실 잠들어 있지는 않았다. 그는 순간순간 기체의 움직임을 알고 있었으며 맬린슨이 자기에게 보내는 찬사도 복잡한 심경으로 다 엿듣고 있었다. 그리고 그가 자신에게 회의를 품게 된 것도 그때였다. 그는 위장이 조여오는 듯한 기분을 느꼈다. 그것은 그가 자신의 불안한 정신 속으로 깊이 파고들어 갔을 때 생기는, 이를테면 생리적 반응이었다. 그는 지금까지의 경험을 통해서 자신은 위험을 위한 위험을 즐기는 사람이 아니라는 것을 알고 있었다. 확실히 위험에는 이따금 재미있다고 생각되는 면도 있기는 하였다. 그러나 그는 그것 때문에 목숨을 거는 일은 없었다. 20년 전 프랑스의 참호전에서 그는 위험을 몹시 싫어하게 되었다. 그리고 감히 불가능한 일을 시도하는 행위를 물리침으로써 그는 몇 번인가 죽음을 면하게 된 일도 있었다. 그가 수훈 훈장을 받은 것도 육체적인 용기에 의해서라기보다는 엄격하게 단련된 인내의 기술에 의해서였다. 그리고 대전 이후에는, 위험이 닥쳐오는 경우에는 항상 그 스릴 가운데 상당한 몫이 돌아온다는 약속이 없는 한 혐오감을 갖고 그것에 직면

할 도리밖에 없다는 생각을 하고 있었다. 그는 여전히 눈을 감고 있었다. 맬린슨이 한 말을 듣고 감동을 받았고, 또한 약간 당황하고도 있었다. 그의 침착성이 항상 용기로 잘못 생각되었다는 것은 그에게는 숙명적인 일이었다. 그런데 사실 말하자면 그것은 좀체로 감정에 치닫지 않는다는 것이었으며 장차 기다리고 있을지도 모를 거북한 일에 대해서도 심한 혐오감밖에 느낄 수 없었다. 예를 들자면 브린클로 여사의 문제였다. 그녀가 여성이라는 것 때문에 어떤 상황에서는 다른 세 남자를 합친 것보다 더욱 성가신 문제가 발생할지도 모른다는 것을 전제로 하고 행동해야 할지도 모른다는 것을 그는 이미 예측하고 있었다. 그러나 그와 같은 자기 분수에 맞지도 않는 행동이 불가피하게 될지도 모르리라는 것을 생각만 하여도 그는 몸이 움츠러드는 것 같았다.

그러나 그가 완전히 잠을 깬 기척을 보이고 제일 먼저 말을 건넨 것은 다름 아닌 브린클로 여사였다. 그는 여사가 젊지도 아름답지도 않다는 것을 간파했다. 소극적인 미덕이라는 것이었다. 허나 이윽고 자기들이 직면하게 될지도 모를 곤란한 처지에서 그것은 예측할 수 없으리만치 도움이 될지도 모를 일이었다. 게다가 그는 그녀를 어느 정도는 동정하고 있었다. 왜냐하면 미국인 역시 전도사, 특히 여자 전도사를 좋아하지 않다는 것을 짐작하고 있었기 때문이다. 자기 자신은 별로 편견이 있는 것은 아니었지만, 어쩌면 그녀는 이쪽의 솔직한 심정을 이해하지 못하고, 따라서 심지어는 얼토당토 않은 사태가 발생하게 될지도 모른다는 염려가 있었다.

"아무래도 사태가 이상하게 될 것 같습니다그려" 하고 그는 상대방 귓전에 몸을 기울이면서 말하였다.

"그렇지만 여사께서 사태를 냉정하게 받아들이고 계시기 때문에 기쁘게 생각하고 있습니다. 정말 끔찍한 일이 일어날 것 같지는 않습니다."

"틀림없을 겁니다. 만일 당신께서 그것을 방지하실 수 있다면 말입니다" 하고 그녀는 대답했다. 위로가 되는 대답은 아니었다.

"좀 더 여사를 편안히 해드릴 수 있는 일이 있다면, 사양치 마시고 말씀해주십시오."

바너드가 그 말꼬리를 잡았다.

"편안하게라구?" 하고 그는 목쉰 소리로 말했다. "아니, 물론 편안하구말구요. 하늘의 여행을 즐기고 있으니까요. 다만 트럼프가 없는 것이 유감스러울 뿐이지요. 네 사람이 함께 브리지 놀이라도 할 수 있겠는데 말입니다."

콘웨이는 브리지 따위는 좋아하지 않았으나, 그런 말이 나올 만큼의 정신적인 여유를 환영하였다.

"브린클로 여사께서 하시리라고는 생각되지 않는군요" 하고 그는 웃음을 띠면서 말했다.

그러나 여사는 활기 있게 되돌아보면서 대꾸하였다.

"하다뿐입니까. 카드 놀이가 무슨 해가 있겠습니까. 성경에도 그것을 하지 말라는 말씀은 없습니다."

모두 소리 내어 웃었다. 게다가 그들은 그 말이 트럼프 놀이에 대한 구실을 만들어준 데 대해서 그녀에게 감사하는 듯한 눈치까지 보았다. 아무튼 그녀는 히스테리를 부리는 그런 여자가 아니로구나

하고 콘웨이는 생각했다.

오후 내내 비행기는 높은 상공의 엷은 안개 속을 계속 비행하였으나 고도가 너무 높기 때문에 하계가 어떤 모습인지를 알 수가 없었다. 이따금 오랜 간격을 두고 그 엷은 안개의 장막이 걷히고 그 틈새로 험준한 산정의 윤곽이라든가 혹은 이름 모를 강의 번쩍임 따위가 엿보였다. 대략의 방향은 태양으로 판단할 수 있었다. 비행기는 가끔 북쪽을 벗어나는 듯하면서도 여전히 동쪽을 향하고 있었다. 그러나 도대체 어디를 목적지로 하는지는 그 비행 속도에 달려있는 것이며, 콘웨이는 어떠한 정확한 판단도 내릴 수가 없었다.

그러나 지금까지의 비행으로 보아 상당한 양의 연료가 소비되었음은 틀림없었다. 그러나 역시나 여기에도 상당한 불확실한 요소가 있기는 하지만, 콘웨이는 비행 기술의 지식을 갖추지는 못하고 있었다. 그러나 모두가, 조종사가 완전한 숙련가인 것은 틀림없다고 생각하고 있었다. 그것은 그 바위 투성이의 계곡 사이에 착륙하였다는 사실과 그 후에 있었던 여러 가지 사건이 분명히 말해주고 있었다. 더욱이 콘웨이는 훌륭하고 나무랄 데 없는 능력 앞에서 항상 느끼지 않을 수 없었던 어떤 종류의 감정을 도저히 억누를 수가 없었다.

그는 과거에도 도움을 요청하는 데 너무 익숙하였기 때문에 도움을 요청하지도 않고 도움이 필요하지도 않은 사람과 마주치게 되면 장차 더욱 커다란 곤란이 기다리고 있을지도 모를 판국에서도 얼마만큼 마음이 안정되는 것이었다. 그러나 그는 다른 동료들에게 그와 같은 단순한 감정을 알아달라는 마음도 없었다. 자신보다 훨씬 개인적인 이유로 그들이 염려하고 있다는 것을 그는 너무나 잘 알고 있었다. 예를 들자면 맬린슨은 영국에 있는 어떤 아가씨와 약혼한 상태였다. 바너드는 아마 결혼을 하였을 것이다. 그리고 브린클로 여사에게는 사업이랄 수도 있고 사명이랄 수도 있는, 아무튼 그녀가 생각하고 있는 것이 있다. 한편 맬린슨은 다른 사람들에 비해서 훨씬 침착성을 잃고 있었다. 시간이 흘러감에 따라 차츰 더 흥분하고 좀 전에는 남모르게 칭찬하던 콘웨이의 침착성에 대해서까지도 불쾌한 태도를 명백히 나타내고 있었다. 한번은 엔진의 굉음보다 더 시끄러운 격론이 벌어지기도 하였다.

"잠깐 내 말 좀 들어보시오" 하고 맬린슨은 화가 치민 듯이 소리를 쳤다. "우리는 단지 속수무책으로 저 미친놈에게 자기가 하고 싶은 대로 하도록 내버려두어야 한단 말입니까? 저 칸막이 창을 때려 부수고 저놈을 끌어내서 혼을 내주면 안 된다는 법이라도 있다는 말입니까?"

"별로 그런 것은 없지" 하고 콘웨이가 대답했다. "단지 그는 무기를 가졌고 우리는 가지고 있지 않다는 것뿐이야. 좌우간 우리 중에서 아무도 그 후에 비행기를 지상에 착륙시킬 수 있는 사람은 없다는 말이지."

"그건 별로 어려운 일이 아닙니다. 당신 같으면 할 수 있는 일이에요."

"여보게 맬린슨, 자네는 왜 항상 나에게 기적만을 기대한단 말인가?"

"글쎄요. 아무튼 지금은 신경이 곤두서서 견딜 수 있어야죠. 어떻게 해서든 저놈에게 착륙시키도록 할 수는 없을까요?"

"자네 같으면 어떻게 했겠는가?"

맬린슨은 점점 더 흥분할 뿐이었다.

"그런데 말입니다, 저놈은 저쪽에 있지 않습니까. 그렇죠? 여기서 6피트도 못 되는 거리입니다. 더욱이 저놈은 혼자고 여기는 네 사람이 아닙니까! 그런데 말입니다. 우리는 저놈의 밉살스러운 등만 노상 바라보고 있어야 한단 말이죠? 적어도 저 녀석한테 이것이 도대체 무슨 놀음이냐고 얘기라도 하게 만들어야죠."

"그럼, 좋아. 한번 해보세" 하고 콘웨이는 그렇게 말하면서 객실과 조종석 사이에 있는 칸막이를 향해서 두세 발자국 걸어갔다. 그 칸막이는 전방의 약간 높은 곳에 있었다. 거의 6인치 사방으로 된, 밀어서 열리는 유리창이 달려 있고 조종사가 목을 돌려 약간 몸을 굽히기만 하면 승객과 대화할 수 있도록 되어 있었다. 콘웨이는 주먹으로 유리창을 똑똑 두드렸다. 그것에 대한 응답은 그가 예상한 그대로 아주 우스꽝스러운 것이었다. 유리창을 옆으로 탁 열더니 권총의 총신을 삐죽이 내미는 것이었다. 한마디 말도 없이 다만 그뿐이었다. 콘웨이는 용건을 전하지도 못하고 물러나버렸다. 이윽고 유리 창문은 다시 닫히고 말았다.

이 광경을 바라보던 맬린슨은 흡족할 리가 없었다.

"정말 쏘지는 못할 겁니다. 아마 협박일 것입니다" 하고 그는 말했다.

"그럴 거야" 하고 콘웨이도 동의하였다. "그렇지만 그 일은 자네가 확인해주었으면 좋겠네.”

“그런데 말이죠, 우리가 이렇게 양순하게 당하고만 있기 전에 한 차례 무언가 해볼 만하다고 생각합니다만.”

콘웨이도 그의 심중을 모르는 바는 아니었다. 붉은 코트를 착용한 군인이라든가, 교과서에서 연상할 수 있는 영국인은 아무것도 두려워하지 않고 결코 굴복하지 않고, 따라서 절대로 패배하는 일이 없다는 자부심을 모르는 바가 아니었다. 그는 이렇게 말했다.

“승산이 없는 싸움을 거는 것은 밑지는 장사야. 게다가 나는 영웅은 더더구나 아니니까 말이야.”

“정말 댁이 말씀하시는 그대로입니다” 하고 바너드는 진심으로 찬성한다는 듯이 말참견을 했다. “누군가가 목덜미를 누르고 있을 때는 차라리 깨끗이 항복하고 승복하는 것이 좋다는 말씀이죠. 나로서는 목숨이 붙어 있는 동안에는 그놈을 죽이고 싶거든요. 여송연도 피우면서 말이에요. 그런데 또 다른 위험이 닥친다고 하여도 별반 문제 삼지 않으시겠죠.”

“나는 상관없습니다만, 브린클로 여사는 난처하시겠지요.”

그러나 바너드는 재빨리 말을 수정하는 것이었다.

“여사님, 실례했습니다. 담배를 한 대 피워도 괜찮겠습니까?”

“좋으실 대로” 하고 그녀는 상냥하게 대답했다. “저는 못 피우지만 여송연 냄새는 퍽 좋아합니다.”

이러한 식으로 말하는 모든 여성 중에서도 그녀는 아마도 전형적인 여성일 것이라고 콘웨이는 생각했다. 하여간 맬린슨의 흥분도 다소 가라앉았는지라 콘웨이는 그에게 담배를 권하면서 친근한 정을 표시했다. 자기 자신은 담배에 불을 붙이지는 않았지만.

"자네 심정은 나도 잘 알겠네" 하고 콘웨이는 다정하게 말했다. "형세가 불리하니까 말이야. 그리고 보는 관점에 따라서는 아주 나쁘다고도 할 수 있으니까 말이야. 손을 쓸 도리가 없기 때문이지."

'그리고 또 다른 관점에서 볼 때는 아주 절호의 기회라고도 볼 수 있는 거지.'

한편 그는 이렇게 혼잣말을 하지 않을 수가 없었다. 왜냐하면 그는 아주 피곤했기 때문이었다. 게다가 그의 성격에는 사람에 따라서는 게으름이라고 부를지도 모를, 절대로 그런 것은 아니었지만 특질 비슷한 것이 있었다. 어떤 일을 꼭 해야만 했을 때, 그만큼 열심히 하는 사람도 없었고 그만큼 책임을 질 줄 아는 사람도 없었다. 그럼에도 불구하고 덮어놓고 활동을 열렬히 좋아한다거나 조금도 책임지기를 좋아하지 않는다거나 하는 일은 없었기 때문이다. 이 두 가지 사실은 그가 하는 일에 꼭 포함되어 있었으며 그는 그 일에 대해서 최선을 다했던 것이다. 그러나 그는 자기와 똑같이 또는 그 이상으로 일을 해낼 수 있는 사람이 있으면 언제든지 그에게 양보를 했었다. 그가 자신의 근무에 있어서 생각한 만큼 성공을 거두지 못하였다고 한다면 그것은 어느 정도 이런 사실에 기인하고 있었다. 다른 사람을 제쳐놓고 앞으로 나아간다거나 실제로 할 일이 없음에도 불구하고 마치 무슨 대단한 일이라도 하는 것처럼 과장할 만큼 그는 야심가는 아니었다. 그는 사무를 기민하게 처리했으며 이따금 지나칠 정도로 간결하였고, 더욱이 긴급사태에 봉착하였을 경우에는 침착성을 찬양받기는 하였으나 때때로 그 진위가 의심스러울 정도였다. 대체로 관리라는 것은 항상 자기가 무슨 일을 하고 있다고 생각하거나, 그 외견상의 무관심도 사실은 훌륭한 태생이라는 것을 밖으로 나타내지 않기 위한 가면에 지나지 않는 것이라고 생각하기를 좋아한다. 그런데 콘웨이에게 있어서는 보이는 그대로 실제로 침착하며 어떤 일이 발생한다고 할지라도 전혀 개의치 않을 것이라는 풍문이 돌고 있었다. 그러나 이것 역시 게으름에 대해서 이러쿵저러쿵 말이 떠돌아다닌 것처럼 겨냥을 바로 맞춘 해석은 아니었다. 대부분의 사람들이 그에게서 빠뜨린 것은 어처구니없을 정도로 간단한 것이었다. 즉 조용하고 명상과 고독을 즐기는 사나이에 지나지 않는다는 바로 그것이었다.

이제 그는 몹시 졸린데다 별로 할 일도 없었기 때문에 좌석에 몸을 깊이 묻고 기댄 채 그대로 잠이 들어버렸다. 다시 잠에서 깼을 때, 다른 친구들 역시 각자 걱정거리를 안고 있었음에도 불구하고 마찬가지로 곤히 잠들어 있는 것을 알았다. 브린클로 여사는 마치 빛이 낡아버린 고풍 어린 조각과도 비슷하게 상반신을 똑바로 세운 채 눈을 감고 있었다. 맬린슨은 한 손으로 턱을 고이고 좌석에서 볼품없이 앞으로 몸을 기울이고 있었다. 미국인은 코까지 골고 있었다. 모두 꽤 분별은 있구나 하고 콘웨이는 생각하였다. 소리를 치고 체력을 소모한댔자 별 도리가 없는 것이었다. 그러나 그는 바로 그 순간에 몸이 갑작스럽게 이상해지는 것을 느꼈다. 가벼운 현기증, 심장의 고동, 그리고 한 차례 한 차례 아주 힘들게 커다랗게 숨을 쉬어야만 했다. 그는 전에 스위스의 산에서 이와 똑같은 징후에 부딪쳤던 것을 상기하였다.

그래서 그는 얼굴을 창 쪽으로 돌리고 밖을 내다보았다. 주위의 하늘은 완전히 쾌청하였다. 그리고 늦은 오후의 태양 광선 속에서 한 광경이 전개되었다. 그리고 일순간 그의 폐 속에 남아 있던 숨을 깡그리 앗아가버렸다. 먼 아득한 곳, 시계의 끄트머리에 빙하로 장식이 된, 눈 덮인 산맥들이 연면히 가로놓여 있었으며, 광대한 구름바다 위에 떠 있는 것과도 같았다. 그들 산맥들은 커다란 반원을 그리면서 대기권 전체에 걸쳐 있었으며 반쯤 미쳐버린 천재의 붓으로 그려진 인상파 그림의 배경을 방불케 하는, 험악하기 짝이 없고 야한 색조를 나타내는 서쪽 지평선과 융합하고 있었다. 그동안에도 비행기는 단조로운 엔진 소리를 내면서 이 경이적인 무대 위를 날고 태양이 비쳤을 때까지는 하늘의 일부라고 생각되던 하얀 절벽을 앞에다 두고 있는 가물가물한 심연을 넘었다. 바로 그때 뮈렌*에서 바라본 융프라우를 몇 겹으로 겹친 듯한, 순백색의 절벽이 장려하고 눈이 부실 정도의 백열로 타올랐다.

콘웨이는 그렇게 쉽게 감동을 받는 사나이가 아니었으며, 무엇보다 경승지(景勝地)라고 불릴 만한 것, 특히 친절한 행정 당국이 관광용 벤치 등을 준비한 유명한 관광지 따위는 호감이 전혀 없었던 것이다. 한 번은 에베레스트산에서 해 뜨는 것을 구경하기 위해서 다질링에 가까운 타이거 힐에 끌려간 적이 있었으나, 그때도 그는 세계 최고의 명산에 아주 환멸을 느꼈다. 그러나 지금 창 너머로 보이는 그 놀라운 광경은 전혀 성질이 달랐다. 찬사를 받고 싶어 하는 그

* 스위스의 벨른주의 도시 이름. 융프라우의 등산 입구.

런 모습은 추호도 보이지 않는 것이었다. 그 기이한 빙벽들에는 어딘가 원시적인 괴이한 느낌이 있었다. 그리고 가까이 다가가는 것이 불손한 행위처럼 느껴지기까지 하였다. 그는 마음속의 지도를 이리저리 뒤적이면서 거리를 측정해보기도 하고 시간과 속도를 추정하기도 하면서 곰곰이 생각했다. 그때 그는 맬린슨도 눈을 뜨고 있는 것을 알았다. 그는 젊은이의 가슴을 가만히 건드렸다.

2

다른 사람들이 제각기 마음대로 잠에서 깨도록 내버려두고 더욱이 눈을 뜬 그들이 경탄의 소리를 질러도, 작은 반응밖에 나타내지 않았던 것은 역시 콘웨이다운 일이었다. 그러나 이윽고 바너드가 의견을 물었을 때는, 문제를 해명해 보이는 대학 교수처럼 초연하게 거리낌 없이 자기의 소견을 진술하는 것이었다. 우리는 아직 인도 영토 내에 있는 것 같다고 그는 말하였다.

몇 시간이나 동쪽을 향해서 비행을 계속하고 있으나 고도가 너무 높아서 잘 보이지 않았다. 그렇지만 어느 계곡 사이를 흐르는 강, 이를테면 동서로 뻗어나간 강을 따라 흐르는 강 위의 항로를 비행하고 있는 것 같았다…….

"너무 기억에 의지하지 말았으면 좋겠습니다만, 저의 인상으로는 이 계곡은 인더스강 상류와 너무나도 흡사한 것 같습니다. 만일 그렇다고 한다면 우리는 세계에서 제일 장대한 광경에 마주치게 될 것입니다. 사실 이미 보고 있지 않습니까?"

"그럼 우리가 어디에 있는지 아신다는 말씀이군요?" 하고 바너드가 말했다.

"글쎄요, 이 근처에는 한 번도 와본 일이 없기 때문에 잘은 모르겠습니다만, 그러나 저 산이 낭가파르바트라고 하여도 나는 별로 놀라지 않습니다. 머머리*가 목숨을 잃은 산입니다. 산 전체의 구도나 위치로 보아서 내가 지금까지 들어온 얘기와 일치하는 것처럼 보입니다."

"당신은 등산가였습니까?"

"젊었을 때는 산에 미친 적이 있었지요. 물론 스위스의 보통 산 정도이기는 하였습니다만."

맬린슨이 불유쾌한 어조로 말참견을 해왔다.

"그런 것보다는 우리가 어디로 가고 있는가를 더 논의해야 하지 않겠습니까? 누군가 말해줄 사람이 있는지 하느님에게 빌고 싶은 심정입니다."

"글쎄요. 훨씬 더 먼 산맥 쪽을 향해서 날고 있는 것 같은데요" 하고 바너드가 말했다.

"그렇게 생각하지 않으시오, 콘웨이? 이렇게 부르는 것이 실례가 될지는 모르겠습니다만, 함께 위험한 다리를 건너고 있을 때니까 이상하게 격식을 차리면 어색하지 않겠습니까."

콘웨이는, 누구든 이름을 부르는 것이 당연한 것이 아닌가, 일일이 변명하다니 바너드도 쓸데없는 잔소리를 하는구나 하고 생각하

---

* 영국의 등산가이며 낭가파르바트의 중턱에서 실종되었다.

였다.

"물론이죠"라고 그는 동의하고 이렇게 덧붙였다. "저 산맥은 카라코람이 틀림없다고 생각합니다. 만일 저 사나이가 저 산맥을 넘을 생각이라면, 코스는 몇 개 있죠."

"저 사나이라니요?" 하고 맬린슨이 큰 소리로 외쳤다. "저 미친놈 말이죠? 이제 유괴설 따위는 버릴 시간이 됐겠는데요. 제 생각으로는 우리가 국경지대는 이미 통과한 것으로 생각됩니다. 이 근처에는 토착민 같은 것은 살고 있지 않습니다. 생각할 수 있는 설명은 하나밖에 없습니다. 저놈은 터무니없이 미친놈이라는 것입니다. 도대체 미친놈 아니고서야 어떻게 이런 곳을 비행할 수 있단 말입니까?"

"나도 여간 능숙한 비행사가 아니고서는 아무도 이런 곳을 비행할 수 없다는 것쯤은 알고 있지만" 하고 바너드가 말대꾸했다.

"게다가 나는 그렇게 지리에 밝지는 못하지만 이 근처의 산이 세계에서 제일 높다는 정도는 알고 있지. 그래서 만일 그렇다면 비행 솜씨가 보통이 아니라는 말이 되지 않겠는가 말이오."

"뿐만 아니라 하느님의 뜻이 있습니다" 하고 뜻하지 않는 곳에서 브린클로 여사의 의견이 튀어나왔다.

콘웨이는 별로 자신의 의견을 나타내지 않았다. 하느님의 뜻인지 인간의 광기인지, 대부분의 사건의 이유를 알고 싶다면 어느 편을 선택하거나 마찬가지라고 생각하였다.

아니면 그와는 반대로 (창을 배경으로 한 이렇게도 미친 듯한 자연의 광경에 대해서, 객실의 질서에 대해서 궁리하면서 생각하는 것이었지만) 인간의 광기와 신의 의지 중에서 어느 견해를 받아들이면 좋을 것인지 확신할 수 있다면 자못 만족스러울 것이리라. 그런데 그때 그가 바깥 경치를 바라보면서 깊은 생각에 잠겨 있는 동안에 어떤 이상한 일이 발생하였다. 산맥을 비추고 있던 태양이 어느 사이엔가 창백한 빛을 띠기 시작하였으며 아래쪽의 경사면이 오랑캐꽃 빛깔로 변하고 있었던 것이다. 그의 내부에 도사리고 있었던 여느 때의 초연함과는 다른 뭔가 더욱 깊은 그 무엇이 솟아올라오고 있었다. 흥분 같은 것은 아니고 공포는 더더구나 아닌 일종의 예민한 기대감과도 비슷한 것이었다.

그는 이렇게 말했다.

"바너드 당신 말 그대로야. 이 일이 더욱더 주목할 만한 일이 되어 가는 것 같구먼."

"주목할 만한 일이건 아니건 이 일에 감사하자고 제안하고 싶은 심정은 조금도 없습니다" 하고 맬린슨이 주장하였다. "누가 이런 데에 데려다 달라고 부탁한 일도 없었으니까요. 게다가 어디에 도착할지는 모르지만 거기 도착하게 된들 도대체 우리는 어떻게 해야 한다는 말입니까. 그리고 가끔 저놈이 곡예사처럼 훌륭하게 조종하고 있다고 해서 저놈의 악행이 감소되는 것은 절대 아닙니다. 가령 조종이 우수하다고 하여도 역시 미친놈은 미친놈입니다. 저는 일찍이 공중에서 미쳐버린 조종사의 이야기를 들어본 적은 있습니다만, 저놈은 처음부터 미친놈입니다. 이것이 나의 이론입니다, 콘웨이 씨."

콘웨이는 너무 말이 없었다. 엔진 소리보다 더 크게 소리 지르면서 말할 기력도 없거니와 결국에는 아무리 논쟁을 벌여보았자 별

도리가 없었던 것이다. 그러나 맬린슨이 귀찮을 정도로 의견을 물어보았기 때문에 드디어 그는 이렇게 대답했다.

"아주 비상한 두뇌를 가진 미친놈인 것 같군. 그렇다면 좀 전에 가솔린 보급을 위해서 착륙했었다는 사실을 잊어서는 안 되네. 더욱이 이만한 고도를 날 수 있는 것은 이 비행기 한 대밖에 없다는 것도 잊어서는 안 되구 말이야."

"그것만으로는 저놈이 미친놈이 아니라는 증거는 못 됩니다. 도대체 미친놈이니까 이런 계획을 했는지도 모르지 않습니까?"

"그것도 그렇군. 있을 수 있는 일이지."

"그렇다면 말이에요. 이쪽에서도 어떤 행동 계획을 세워야 하지 않겠습니까. 놈이 착륙한 후에는 우리는 어떻게 할 작정입니까? 그건 그렇고, 놈이 충돌해서 우리 모두를 죽이지 않는 것만도 천만다행이지만. 그렇다고 멋진 비행을 한다고 해서 축하해줘야겠습니까?"

"천만의 말씀" 하고 바너드가 말했다. "돌진하는 것은 작전상 당신에게 맡기겠습니다."

콘웨이는 또다시 논의를 계속한다는 것이 지겨워졌다. 특히 미국인이 제법 냉정한 농조로 잘 구슬러주리라는 것을 생각하자 더욱 더했다. 이미 콘웨이는 일행이 잘못하면 더 못한 구성원이 되었을지도 모른다는 것을 반성하는 자신을 깨닫고 있었다. 맬린슨만이 걸핏하면 비뚤어지고 있기는 하지만 그것도 어느 정도는 고도의 탓이라고 생각하고 있었다. 공기가 희박해지면 사람은 각자 제 나름대로 다른 반응을 나타내게 되는 것이다.

예를 들자면 콘웨이의 경우에는 정신의 명석함과 육체의 무감각의 결합이라는 것을 얻음으로써 더욱이 그것이 불쾌하지 않은 것이다. 실제로 그는 다소간 경련하는 듯한 만족감을 가지고 차갑고 신선한 공기를 들이마셨다. 전체적인 상황은 확실히 소름 끼치는 데가 있기는 했으나 현재로서는 그는 아무튼 이렇게도 계획적으로, 더더구나 이렇게도 매력적으로 흥미를 끌면서 일을 진행시키는 것에 대해서 분노를 느낄 기력조차 없었다.

그리고 또, 그 장려한 산맥들을 바라보고 있노라니 이와 같은 장소, 아득히 멀어 접근하기 어려울 뿐만 아니라 더욱이 비인간적인 장소가 이 지상에 아직도 남아 있구나 하는 만족감이 가슴을 조여오는 듯 절실하게 느껴졌다. 지금은 저 카라코람 연봉들의 빙벽이 무시무시한 회색으로 변해버린 북방의 하늘을 배경으로 더 한층 뚜렷이 부각되어 있었다. 산정은 차디차게 빛나고 있었다. 형언을 못할 만큼 숭고하고 먼 자태 그리고 그것들이 알려지지 않았다는 사실이 더욱더 위엄을 안겨주고 있었다.

잘 알려진 거봉보다 겨우 2, 3천 피트 정도 낮기 때문에 등반대에 의해서 영원히 정복되지 않았는지도 모른다. 신기록을 목표하는 사람에게는 크게 매력이 없기 때문일 것이다. 콘웨이는 그러한 타입의 사람과는 정반대였다. 그는 최고를 이상으로 하는 서구의 사고방식에 자주 비속함을 느끼고 있었으며, 또한 "최고의 것에 최고의 지위를"이라는 것은 "높은 것에 많은 것을"이라는 것보다 합리적이 아니며, 더욱더 진부한 명제라고 생각하고 있었다. 사실상 그는 과도한 노력을 좋아하지 않았으며 위업이라고 불리는 것에 대해서 염증을 느끼고 있었다.

그가 경치를 바라보고 있는 동안에도 황혼은 밀려와 깊은 계곡 위쪽을, 물감처럼 퍼져나가는 진하디진한 벨벳과 같은 그늘 속으로 물들여나갔다. 이윽고 더 가까워진 산맥 전체가 새로운 광채에 휩싸여서 청백색으로 빛났다. 만월이 떠오르고, 마치 하늘의 등불 켜는 사람처럼 봉우리들을 하나씩하나씩 비추자 마침내 검푸른 밤하늘을 배경으로 긴 지평선이 빛나면서 나타났다. 공기도 차츰 차가워지면서 바람도 더욱 세차게 불기 시작하고, 기체도 기분 나쁘게 흔들리기 시작하였다. 이 새로운 재난들이 승객들의 마음을 우울하게 만들었다. 해가 진 후까지도 비행을 계속하리라고는 아무도 생각지 않았던 일이었다. 따라서 지금 와서는 연료를 다 써버리는 것만이 유일한 희망이 되고 말았다. 그리고 그것은 곧 닥쳐올 일이었다. 맬린슨은 그 일에 대해서 또 이러쿵저러쿵 잔소리를 하기 시작했다. 콘웨이는 실제로 아무것도 아는 바가 없었기 때문에 자기의 추정으로는 최고 항속 거리는 1천 마일 정도라고 생각한다고 시큰둥하게 대답하였다. 그리고 그들은 이미 그 정도의 거리는 비행하였음에 틀림없었다.

"그렇다면 우리를 어디로 데려갈 작정일까요?" 하고 젊은이는 비참한 어조로 말했다.

"그것은 판단하기 어렵지만 아마 티베트 지방일 것 같군. 이 산들이 카라코람이라고 한다면 그 너머가 티베트일 테니까 말이야. 그런데 이 정상들의 하나가 K2임에 틀림없을 거야. 일반적으로 세계에서 두 번째로 높은 산이라고들 하지."

"그럼 에베레스트 다음이라는 말이지" 하고 바너드가 말했다.

"야, 이건 구경거린데."

"더욱이 등산가의 의견으로는 에베레스트보다 훨씬 더 험준하다는 말까지 있으니까. 아브루치 공작*은 등반이 절대 불가능하다고 단념했었지."

"맙소사!" 하고 맬린슨이 투덜댔다. 그러나 바너드는 웃고 있었다.

"내 생각으로는 당신이 이번 여행의 공인 안내자 격이 된 것 같군요. 콘웨이 씨, 그런데 저로서는 카페 코냑 한 병만 있으면 여기가 티베트이건 테네시이건 아무런 상관이 없겠는데 말입니다."

"그런데 도대체 우리는 어떻게 할 작정입니까?" 하고 또다시 맬린슨이 재촉하기 시작하였다. "왜 여기서 이러고 있다는 말입니까, 우리는? 도대체 무슨 영문입니까? 왜 쓸데없는 농담이나 하고 있는지 알다가도 모르겠습니다."

"글쎄, 이 사람아, 지금 푸념을 연출하고 있는 것이나 마찬가지란 말이야. 자네가 말한 것처럼 저 사나이가 미친놈이라고 하면 영문을 모르고 뭐고가 없지 않는가 말이야."

"미친놈에 틀림없어요. 달리 설명할 도리가 없습니다. 어떻습니까, 콘웨이 씨?"

콘웨이는 고개를 좌우로 흔들었다.

브린클로 여사가 마치 연극의 막간에서 행하는 것처럼 고개를 돌렸다.

"별로 청하지도 않는데 의견을 말씀드린다는 것은 주제넘고 뻔

---

* 이탈리아의 군인, 등산가이며 탐험가.

뻔스러운 짓이라고 생각합니다만" 하고 겸손해하면서도 날카롭고 높은 음성으로 말하기 시작했다. "그렇지만 저는 맬린슨 씨의 의견에 동의하고 싶습니다. 확실히 저 조종사는 정상적인 사람이 아닌 것 같습니다. 그리고 비록 미친 사람이 아니라고 할지라도 자기가 한 짓에 대해서 변명의 여지는 없을 것입니다." 그녀는 엔진의 소음 속에서 목청을 높이면서도, 마치 비밀 이야기라도 하는 듯한 격조로 말을 계속했다.

"그런데 사실은 제가 비행기를 탄 것은 이번이 처음입니다! 저는 친구가 기어이 저를 런던에서 파리까지 비행기를 태우려고 애를 쓴 적이 있었습니다만 저는 이전에는 한 번도 비행기를 탄 일이 없었습니다."

"그런데 지금은 인도에서 티베트까지 비행기를 타고 계시다는 그 말씀이시군요" 하고 바너드가 말했다. "세상 일이란 것은 다 그렇습니다."

그녀는 말을 계속했다.

"이전에, 저는 티베트에 와 있었던 한 선교사를 알고 있었습니다. 그런데 그분 말에 의하면 티베트인은 정말 괴짜들이라고 하더군요. 사람이 원숭이의 자손이라고 믿고 있다고 하니까요."

"정말 머리가 영리한 사람들입니다."

"저런, 아니에요. 현대의 전문적인 의미로 하는 말이 아닙니다. 몇백 년 전부터 그렇게 생각하고 있다니까요. 그들의 미신 중 하나에 불과합니다. 물론 저는 그따위 생각엔 반대이죠. 절대로요. 게다가 다윈은 티베트인 따위보다 훨씬 나쁜 인간이라고 생각합니다.

저는 성서에다 제 자신의 입장을 두고 있으니까요."

"근본주의*라는 말씀이시군요."

그러나 브린클로 여사는 이 말의 뜻을 이해하지 못한 것처럼 보였다.

"저는 지금까지 LMS에 소속하고 있었습니다" 하고 그녀는 금속성의 소리를 질렀다.

"그러나 유아 세례에 대한 의견이 맞지 않은 것이죠."

"LMS"가 런던전도협회의 머리 글자라는 것을 우연히 알아차린 다음부터 콘웨이는 그녀의 의견이 약간 우스꽝스럽다고 계속 생각해왔었다. 그러나 유스턴 정거장 앞에서 항상 들었던 신학 설교의 불편함을 회상하면서도 브린클로 여사를 약간은 매력 있는 여자라고 생각하기 시작하였다. 콘웨이는 또 밤이 왔기 때문에 자기가 입고 있는 옷을 그녀에게 줄까말까 궁리하던 끝에, 드디어 그녀가 자기보다 몸이 더 튼튼한 것이 틀림없다고 결정해버렸다. 그래서 그는 몸을 웅크리고 눈을 감고 쉽게 잠이 들어버렸다.

그리고 비행은 여전히 계속되었다.

갑자기 기체가 기우는 바람에 모두가 일제히 잠에서 깼다. 콘웨이는 창에 머리를 부딪쳐서 한참 얼떨떨했다. 그러자 이번에는 거꾸로 기울면서 그는 두 줄로 늘어선 좌석 사이에서 버둥거렸다. 추위는 훨씬 더 심해졌다. 그는 우선 먼저 시계를 보았다. 시계는 1시

* 천지창조와 같은 성서의 기록을 절대로 옳다고 믿는 미국의 한 교파.

30분을 가리키고 있었다. 상당한 시간 동안 잠을 잔 셈이었다. 날개에 부딪히는 바람 소리에 귀가 멍멍하였다. 처음에는 기분 탓이려니 하고 생각하였으나 이윽고 정신을 차리고 보니, 어느 틈에 엔진은 정지해 있었고 기체는 돌풍 속을 돌진하고 있었다. 이윽고 그는 창밖을 내다보았다. 그러자 지상이 눈앞에 다가오고 있는 것이 보였다. 달팽이처럼 생긴 회색의 지면이 홱 스치고 지나갔다.

"놈은 착륙시킬 셈이다!" 하고 맬린슨이 소리를 질렀다. 그리고 마찬가지로 좌석 밖으로 내던져진 바너드가 우울하기 짝이 없는 목소리로 이렇게 말했다.

"만일 운이 좋으면 말이야."

이런 소란에도 아랑곳없다는 듯이 브린클로 여사는 이제 겨우 도버 항구가 보이는구나 하는 태도로 천연스럽게 모자를 고쳐 쓰고 있었다.

이윽고 기체가 땅에 닿았다. 그러나 이번 착륙은 지독했다.

"아, 이건 지독한 착륙이군."

10초 가량의 충격과 동요 속에서 맬린슨이 좌석에 매달린 채 신음소리를 냈다. 무엇인가가 잡아당겨지더니, 부러지는 소리가 났다. 그리고 타이어 한 쪽이 파열되는 소리가 났다.

"끝났군!" 하고 맬린슨이 괴롭고 슬픈 듯이 소리를 질렀다. "꼬리의 활공이 부러졌다. 우리는 여기서 꼼짝 못하게 됐군. 틀림없어."

위기에 직면하게 되면 말수가 적어지는 콘웨이는 뻣뻣한 두 다리를 쭉 뻗은 채 좀 전에 창에 부딪친 머리 부분을 만져보았다. 상처가 났으나 대단치는 않았다. 그는 이 승객들을 구하기 위해서 뭔가를 하지 않으면 안 되었다. 그러나 비행기가 착륙했을 때, 네 사람 중에서 그가 제일 마지막으로 일어났다.

"침착해야지." 맬린슨이 객실의 문을 비틀어 열고 지상에 뛰어내리려 했을 때, 콘웨이가 등 뒤에서 말을 걸었다. 이윽고 한참 후에 깊은 정적 속에서 청년의 섬뜩한 말소리가 들려왔다.

"침착할 필요조차 없습니다. 세계의 끝 같습니다. 아무튼 쥐새끼 한 마리 보이지 않습니다."

잠시 후 그들은 추위에 떨면서, 청년이 말한 그대로라는 것을 깨달았다. 살을 에는 듯한 찬 바람과 땅을 깨무는 듯한 자신들의 발자국 소리 이외에는 아무 소리도 들리지 않았다. 그런 가운데서 그들은 대지와 대기가 흠뻑 적시고 있는 듯한 분위기, 침울하고 살점을 떼어가는 듯한 고독에 몸을 떨었다. 달은 구름장 사이에 숨어버린 듯, 다만 별빛만이 바람에 쓸려가고 있는 공허한 땅을 비추고 있을 뿐이었다. 상상력이나 지식이 없다손 치더라도, 이 황량한 세계가 산꼭대기이며 더욱이 거기에 치솟아 있는 산들이 이를테면 정상에서 다시 솟아오르고 있는 산들이라는 것쯤은 추측할 수 있었다. 그런 산맥들이 아득히 먼 지평선 위로 마치 개 이빨처럼 굽이쳐나가고 있었다.

맬린슨은 열에 들뜬 사람처럼 활기를 띠면서 이미 조종석 쪽으로 걸어가고 있었다.

"어떤 놈이든 간에 지상에서라면 무섭지 않다" 하고 그는 소리치고 있었다. "당장에 저놈을 사로잡고 말 테다……."

그 무서운 정력 때문에 최면에 걸린 듯 다른 사람들은 염려가 되면서도 다만 우두커니 지켜보고 있을 따름이었다. 콘웨이가 즉시 뒤를 쫓았지만 이미 때는 늦었고, 그의 정찰을 말릴 수가 없었다. 그러나 몇 초 후에 청년은 다시 뛰어내려왔다. 그리고 콘웨이의 팔을 잡으면서 진지하고 잠긴 목소리로 띄엄띄엄 이렇게 말하였다.

"이것 보세요, 콘웨이 씨… 이상합니다… 놈은 어디가 아픈지, 죽었는지… 말 한마디 없습니다. 가서 보십시오… 좌우간 권총만은 빼앗아놓았습니다."

"그것은 내가 맡아두는 것이 좋겠군."

콘웨이는 이렇게 말하면서 좀 전에 부딪쳤던 머리가 여전히 아프다는 것을 느끼면서도 기운을 차려 행동에 옮겨나갔다. 시간도 그렇거니와 장소와 지세 모두가 일부러 골라놓은 듯 악조건만이 준비되어 있다고 그는 생각하였다. 그는 잘 보이지는 않았으나 닫혀져 있던 조종석을 거북스럽게 몸을 일으켜 들여다보았다. 가솔린의 강한 냄새가 꽉 차 있었다. 그래서 성냥을 켜고 들여다볼 수는 없었다. 그는 간신히 몸을 앞으로 웅크리듯 머리를 조종단 위에 얹은 채 앉아 있는 조종사를 식별할 수 있었다.

그는 사나이를 흔들었다. 비행모를 벗기고 목 둘레의 옷을 느슨하게 풀어주었다. 이윽고 그는 모두에게 고개를 돌려 보고하였다.

"확실히 무슨 일이 일어난 모양이군. 밖으로 끌어내야겠는데."

그러나 누군가가 관찰하고 있었더라면, 콘웨이도 이상하다고 말했을 것이다. 그의 목소리는 날카롭고 통렬하였다. 이미 그 깊고 깊은 의혹의 변두리를 배회하고 있다는 그런 느낌은 조금도 없었다. 시간과 장소와 추위와 피로 따위는 이젠 문제가 되지 않았다. 해야 할 오직 한 가지 일만이 있을 따름이었다. 그리고 그의 내면에 있는 습관적인 부분이 제일 먼저 얼굴을 내밀고 실천하도록 대기하고 있었던 것이다.

바너드와 맬린슨의 도움으로 조종사는 조종석 밖으로 운반되고, 지상에 옮겨졌다. 그는 의식을 잃었으나 죽지는 않았다. 콘웨이는 특별히 의학지식을 가지고 있는 것은 아니었으나 두메 산간에 사는 사람이 대개 그러하였듯이, 병의 증상에 대해서 상당히 정통하고 있었다.

"이것은 아마도 너무 고공(高空)을 오래 비행하였기 때문에 일어난 심장마비의 증세일 거야" 하고 낯선 사나이 위에서 진찰을 하면서 말했다. "이런 바깥에서는 어떻게 손을 쓸 도리가 없는데, 이렇게 지독한 바람을 막을 도리도 없고 말이야. 객실 안으로 도로 운반하는 것이 좋겠는데, 그리고 우리도 안으로 들어가는 것이 좋아. 우리가 어디 있는지도 분간할 수가 없으니 동이 틀 때까지 수선을 피운댔자 아무 소용이 없어."

그 판정과 제안에 모두가 별 반대 없이 동의했다. 맬린슨까지도 동의를 표했다. 그들은 그 사나이를 객실 안으로 다시 운반해서 좌석 사이의 통로에다 반듯이 눕혔다. 기체 안이 바깥보다 더 따뜻한 것은 아니지만, 그래도 바람을 막아주었다. 그리고 이 바람은 시간이 얼마 지나기도 전에 그들 일행에게 중심 관심사, 이를테면 고뇌에 가득 찬 하룻밤을 통해서 "라이트 모티브"가 되었다.

그것은 흔하디흔한 바람은 아니었다. 단순히 강한 바람, 차가운 바람 정도가 아니었다. 그것은 그들의 사방팔방에서 살고 있는 광란자, 노성을 지르면서 자신의 영토 안을 확보하는 거인이었다. 그 바람은 그들이 탑승한 기체를 공격하여 심술궂게 뒤흔들고 있었다. 그리고 콘웨이가 창을 통해서 바깥을 내다보았을 때 그 같은 강풍이 별들로부터 그 빛을 빼앗고, 주변 일대에 뿌리고 있는 것처럼 보였다.

그 미지의 사나이는 축 늘어진 채 누워 있었다. 그리고 그동안에도 콘웨이는 어두컴컴하고 좁은 장소에서 할 수 있는 데까지 손을 써보았다. 그러나 별로 효과가 없었다.

"심장이 약해지고 있군" 하고 그는 드디어 말했다. 그러자 그때 브린클로 여사가 핸드백을 뒤진 후 주변에 약간의 혼란을 일으켰다.

"혹시나 말이에요, 이것이 저 딱한 사람에게 무언가 소용이 될지도 모르겠습니다" 하고 그녀는 그것을 내놓았다. "저는 술을 한 방울도 못 마십니다만, 만일의 경우를 대비해서 항상 가지고 다닙니다. 그리고 지금이 바로 그때가 아니겠습니까?"

"그렇겠군요" 하고 콘웨이는 심각한 어조로 대답했다. 그리고 병마개를 열어 냄새를 맡고, 사나이의 입 속으로 브랜디를 흘렸다.

"그에게는 다시 없는 약입니다. 고맙습니다."

콘웨이는 엄숙하게 대답했다. 한참 후 성냥불 밑에서, 가냘프게 눈까풀이 흔들렸다. 맬린슨이 갑자기 히스테릭하게 되었다.

"할 수 없군" 하고 그는 사납게 웃으면서 말했다. "성냥을 켜서 시체를 보다니 우리는 정말 터무니없는 바보야… 대단한 미남자도 아닐 텐데, 그렇죠? 말하자면 중국 놈 아닌가 말이에요."

"그런 것 같군" 하는 콘웨이의 어조는 조용하고 약간 근엄하였다.

"그러나 아직 시체는 아니야. 운이 좋으면 다시 소생시킬 수 있을지도 몰라."

"운이 좋다라니요? 놈의 운 말이지, 우리의 운은 아니겠죠?"

"지나치게 자신을 가지지는 말게. 좌우간 당분간은 입을 다물고 있게."

맬린슨은 분명히 자제력을 잃고 있기는 하였으나 선배의 무뚝뚝한 명령에 따를 만큼의 학생 기분은 아직 남아 있었다. 맬린슨에게는 미안한 감이 있었으나, 콘웨이는 그 이상으로 조종사가 처한 당장의 문제에 신경을 쏟고 있었다. 왜냐하면 조종사만이 그들의 역경에 대해 어떤 설명이라도 할 수 있는 사람이었기 때문이다. 또 콘웨이는 더는 문제를 단순한 억측의 형태로만 논하고 싶은 생각이 없었기 때문이었다. 그것은 비행 중 내린 억측들로도 충분하였다. 이제 와서는 그는 지금까지 계속되어온 호기심 이상으로 불안을 느끼고 있었기 때문이다. 상황 전체는 이미 아슬아슬한 위기가 아니라 파국으로 몰고 갈지도 모르는 인내의 시련이 될 우려마저 있었던 것이다. 강풍에 시달리는 밤을 지새우면서 그는 일부러 다른 동료들에게 털어놓지는 않았지만 사실을 직시하고 있었다. 그의 추정으로는 그들은 히말라야 산맥의 서부를 훨씬 넘어서 많이 알려지지 않은 쿤룬의 고원지대에 와 있었다.

만일 그렇다면 그들은 이제 이 지구에서도 가장 높은, 또한 가장 살기 힘들고 가장 낮은 계곡이라 할지라도 해발 2마일은 족히 되는 티베트 고원, 광막하기 짝이 없고 인간이 살지 않는, 바람만이 휘몰아치는 거의 미개의 고원지대에 와 있었던 것이다. 즉 그들은 황량하기 짝이 없는 무인고도에 버려진 것보다도 훨씬 더 곤란한 상태로 그 절망적인 대지의 어느 곳에 와 있는 것이었다. 그때 갑자기 마치 그의 호기심에 답하는 듯 오히려 경외감에 엄습당할 때의 변화가 일어나서 그 호기심을 점점 더 부채질하였다. 구름장 사이에 숨어버린 것으로 지금까지 생각하였던 달이 직접 그 자태를 드러낸 것은 아니었으나, 어렴풋이 떠오른 고원의 돌출부 위를 돌아서 전방의 어둠을 벗겨나가기 시작했던 것이다. 콘웨이에게는 기나긴 계곡의 윤곽이 보였다. 그 양쪽에는 드높은 산봉우리가 슬프게 도사리고 있었으며, 파리하게 빛나는 밤하늘을 배경으로 거뭇거뭇하게 젖은 듯이 빛나고 있었다. 그러나 그의 눈이 불가항력적으로 이끌렸던 것은 그 계곡의 끝부분이었다. 왜냐하면 그곳에도 계곡을 가르듯, 이 세상에서도 가장 아름답다고 생각되는 산이 달빛을 받으면서 치솟아 있었기 때문이었다. 그것은 거의 원추형으로 눈에 덮여서 마치 아이들이 그린 그림처럼 단순한 윤곽을 보이고 있었으며, 그렇다고 해도 그 크기와 높이, 그리고 거리 등은 도저히 판별하기 어려웠다. 너무나 밝은 빛이었고 너무나 고요한 자태를 하고 있었기 때문에 그는 한참 동안 과연 이것이 진실일 수 있을까 하고 의심하고 있었다. 이윽고 그가 응시하고 있는 동안, 그 피라미드의 한쪽 끝이 구름으로 가려지더니 그 광장에 입김을 불어넣는 찰나에 멀리서 눈사태가 일어나는 소리가 들려왔다.

그는 모두를 깨워서 그 장관을 보여주고 싶은 충동이 일었지만, 오히려 곰곰이 생각해보니까, 그들의 마음을 공연히 설레게 만들 것 같았다. 상식적으로 생각해도 그랬다. 그와 같은 처녀지의 장관이라는 것은, 오직 고독감과 위기감을 더욱 조장시킬 따름이었다. 인간이 살고 있는 장소는 여기서 수백 마일이나 떨어져 있는 곳일 것이다. 게다가 그들에게는 식량이 없었다. 호신용으로는 권총 한 자루뿐이었다. 가령 누군가가 조종법을 알고 있다손 치더라도 비행기는 파손되고 연료도 거의 다 떨어졌을 것이다. 게다가 이 무서운 추위와 바람을 막을 수 있는 복장도 아니었다. 맬린슨의 드라이브용 웃옷도, 얼스터 외투도 부적당하였다. 마치 극지탐험이라도 나설 듯한 털 스웨터에 머플러를 두른 복장의 브린클로 여사까지도 (처음 그녀를 보았을 때 우스꽝스러운 복장을 하고 있다고 그는 생각했다) 그렇게 쾌적한 복장이라 할 수 없었다. 거기다가 또 그를 제외한 모두가 고도(高度)의 영향을 받고 있었다. 바너드까지 비참하게 고독에 빠져 있는 것이었다. 맬린슨 혼자 투덜거리고 있었다. 이 곤란이 장시간 계속되면 그에게 어떤 일이 일어날지 분명했다. 이와 같은 암담한 전망 속에서 콘웨이는 브린클로 여사를 감탄의 눈으로 바라보지 않을 수 없었다. 그녀는 보통 사람이 아니라고 생각하였다. 우선 무엇보다도 아프가니스탄인에게 찬송가를 가르치려고 하는 여성이니까 보통은 아니라는 것이 당연하다. 그러나 그녀는 이러한 재난을 겪고 난 다음에도, 역시 보통대로 남다를 수가 있으니까 말이다. 그는 그것이 몹시 고마울 따름이었다.

"여사께서 기분이 나쁘시지 않아야 할 텐데요" 하고 그는 그녀와 눈이 마주쳤을 때 매우 상냥하게 말했다.

"전쟁 중에는 군인들이 더욱 심한 고초를 겪지 않습니까" 하고 그녀는 대답했다.

그 비교는 콘웨이에게는 매우 납득이 갈 만한 것은 아닌 것 같았다. 사실상 다른 친구들은 틀림없이 그러했다고 할지라도, 그는 참호 속에서 이렇게도 철저하게 기분 나쁜 밤을 지샌 적은 한 번도 없었기 때문이다. 그는 다시 조종사에게 주의를 집중하였다. 간헐적으로 호흡을 하면서 이따금 꿈틀꿈틀 몸을 움직였다. 맬린슨이 이 사나이를 중국인이라고 한 것은 옳았다. 영국의 공군 중위로 감쪽같이 변장하고 있었으나, 전형적인 몽고인의 코와 광대뼈를 가지고 있었다. 맬린슨은 그를 추하게 생겼다고 하였으나, 중국에 살았던 경험이 있는 콘웨이는 흔하디흔한 얼굴이라고 생각하였다. 더욱이 지금 성냥불 밑에서 드러난 그의 창백한 피부와 괴로움에 헐떡이고 있는 입 가장자리가 잘생겼다고는 할 수 없지만.

밤은 시시각각으로, 무언가 무겁고 손으로 만질 수 있는 것을 헤쳐나가고 있는 것처럼 차츰 깊어갔다. 그사이 달빛은 서서히 흐려지고 그것과 더불어 아득히 멀리 있는 산들의 망령도 사라져갔다. 그리고 새벽녘까지는 어둠과 추위와 바람의 삼중 재난이 점점 그 정도가 강렬해졌다. 그러나 새벽이 동터오는 신호와 더불어 바람은 자기 시작하고 세계는 다시 자비로운 정적으로 되돌아왔다. 전장의 창백하고 삼각형으로 자리 잡고 있는 산이 다시 그 모습을 드러냈다. 처음에는 회색으로, 이윽고 은빛으로 그리고 다음에는 태양의 최초의 빛을 봉우리에 받아 핑크색으로 변했다. 어둠이 서서히 걷히기 시작함에 따라 계곡 자체도 그 모습을 드러내고 위쪽으로 경사를 그리면서 뻗어나가고 있는 암석과 돌멩이들이 뒹굴고 있는 강바닥이 나타나기 시작하였다. 그것은 낯익은 그림은 아니었으나 콘웨이에게는 자세히 관찰할수록 무언가 기묘한 우아함과 로맨틱한 호소는 전연 없었다고 할지라도 냉엄하고 극히 지적인 특성을 구비한 무언가가 그 속에서 감득되는 것이었다. 멀리 바라다보이는 백색의 피라미드는 유클리드의 공식처럼 냉정하게 인간의 동의를 강요하고 있는 듯하였다. 그리고 드디어 태양이 델피닌의 풀처럼 짙푸른 하늘에 떠올랐을 때 그는 거의 쾌적하리만큼 상쾌한 기분을 맛보았다.

공기가 따뜻해짐에 따라 다른 동료들도 눈을 떴다. 그래서 그는 조종사를 밖으로 운반하자고 제의하였다. 메마른 대기와 햇빛이 그를 소생시킬지 모르기 때문이었다. 이윽고 그것은 실행에 옮겨지고 그들은 처음보다는 좀 덜 어려운 두 번째의 간호를 시작하였다. 마침내 사나이는 눈을 뜨고 반사적으로 입을 열려고 애를 썼다. 네 사람은 그를 내려다보면서 열심히 알아들으려고 했으나 콘웨이를 제외하고는 아무도 그 뜻을 이해하지 못하였다. 콘웨이는 이따금 대답을 했다. 한참 후에 다시 사나이는 기력이 빠져나가면서 점점 말하는 것이 곤란하게 되고 드디어 숨이 끊어지고 말았다. 오전도 상당히 깊어진 무렵이었다.

콘웨이는 이윽고 동료들 쪽으로 몸을 돌렸다.

"유감천만으로 그는 조금밖에는 말을 못 하고 말았소. 즉 우리가 알고 싶어 하는 것에 비하면 말이오. 그러나 우리가 티베트에 와 있다는 것, 그것은 듣지 않아도 알 수 있는 일일 터이고 왜 우리를 이런 곳으로 데려왔는지에 대해서도 무엇 하나 논리가 선 설명은 못하고

만 거요. 그러나 그는 이 장소를 알고 있는 듯하였소. 그가 지껄인 중국 말은 좀체로 알기 힘들었으나, 이 근방 어딘가에 라마교의 사원이 있다고 한 것 같소. 계곡을 따라가야 한다고 생각되는데, 그곳으로 가면 식량과 잠자리도 있는 모양이야. 샹그릴라, 그는 그렇게 부르고 있었어. 라라는 말은 티베트 말로 고개라는 뜻이지. 아무튼 그는 꼭 그곳으로 가라고 말하고 있었던 것 같아."

"그렇다고 해서 우리가 꼭 그쪽으로 가야 한다는 법은 없지 않습니까?" 하고 맬린슨이 말했다. "요컨대 그놈은 머리가 돈 놈이었으니까요. 그렇지 않습니까?"

"그것은 아무도 모를 일이지. 그러나 그곳으로 가지 않는다면 어디로 가면 되겠는가?"

"당신이 가시는 곳이라면 아무 데라도 상관없습니다. 다만 그 샹그릴라라고 하는 곳이 그쪽 방향이라고 한다면 그곳은 문명에서 더욱 멀어진다는 것만은 장담할 수 있습니다. 저로서는 문명에서 멀어지기보다는 가까워지고 싶은 겁니다. 이것 보세요. 우리를 도로 데려갈 생각이 있으십니까?"

콘웨이는 참을성 있게 대답했다.

"여보게 맬린슨, 자네는 아무래도 입장을 잘 이해하고 있지 않은 것 같군. 우리는 말이야, 장비를 완전히 갖춘 탐험대들에게도 곤란하고 위험한 곳이라는, 세상의 인간들에게는 그렇게 잘 알려져 있지 않은 장소에 와 있는 거야. 그러한 대지가 아마도 우리 주위를 수백 마일이나 둘러싸고 있지. 그 일을 생각하면 페샤와르까지 걸어간다는 것은 별로 희망적인 일이 아닌 것 같이 생각되는데."

"저도 거의 불가능한 일처럼 생각이 되는군요" 하고 브린클로 여사가 진지하게 말했다. 바너드도 고개를 끄덕였다.

"그럼 라마교의 사원이 이 근방에 있다는 것은 굉장한 행운이다, 그 말씀이시군요."

"비교적 행운이라고 할 수 있소" 하고 콘웨이는 동의하였다. "결국 식량도 없고, 보다시피 여기는 살 만한 곳은 못 되는 것 같소. 두세 시간만 지나면 우리는 배고파 죽을 지경이 되고 말 게요. 그리고 이곳에 이대로 앉아 있으면 오늘 밤도 바람과 추위에 시달릴 뿐이지 다를 게 뭐가 있겠습니까. 길한 전망은 되지 못합니다. 따라서 유일한 기회는 어떤 다른 인간을 발견해야 하는 일이라고 생각합니다. 들은 대로 그들이 살고 있다는 장소 말고 다른 곳을 찾을 수 있을 것 같습니까?"

"그래서 만일 그것이 함정이라면 어떻게 하시겠습니까?" 하고 맬린슨이 질문하자, 바너드가 그 질문에 대답했다.

"그 속에 치즈라도 들어 있는 따뜻하고 평안한 함정이라면 참 좋겠는데 말이오. 나한테는 안성맞춤이라는 게지."

모두 웃음을 터뜨렸으나 맬린슨은 웃지 않았다. 그는 마치 신경통이라도 앓고 있는 사람처럼 괴로운 표정을 짓고 있었다. 그리고 다시 콘웨이는 말을 이었다.

"그럼 모두 다 좌우간 찬성이라고 생각합니다. 좋습니까? 계곡을 따라 길이 분명히 나 있습니다. 그렇게 험준하게 보이지도 않습니다. 물론 천천히 나아가야지요. 아무튼 여기 있어서는 백해무익입니다. 다이너마이트가 없이는 여기서 저 사나이를 묻어줄 수도 없는 형편이니 말이오. 게다가 돌아오는 여행길에는 라마교 사원의 사람들이 인부를 차출해줄지도 모릅니다. 뭐니뭐니 해도 우리에게는 그들이 필요하니까요. 아무튼 당장이라도 출발합시다. 그렇게 해도 오후 늦도록 그 장소가 발견되지 않는다면, 다시 여기로 돌아와서 기내에서 밤을 지내도록 합시다."

"그럼 그곳을 발견할 수 있으리라고 생각하십니까?" 하고 맬린슨은 여전히 타협하지 않으면서 물었다. "우리가 살해되지 않을 것이라는 보장이라도 있습니까?"

"전연 없지만, 그럴 가능성은 희박하지. 그런데 말이오, 굶어 죽거나 동사하기보다는 위험을 무릅쓰고 모험을 해보는 것이 좋지 않을까."

그러나 이와 같은 냉혹한 논리가 이런 경우에는 별로 어울리지 않는다고 생각하면서 그는 다시 이렇게 덧붙였다.

"사실 불교 사원에서 살인 같은 것은 생각할 수도 없는 일이야. 영국의 대성당에서 살해되는 것보다 가능성은 더 희박해."

"캔터베리의 성 토마스처럼 말이죠" 하고 브린클로 여사가 크게 끄덕이면서 동의했다.

그래서 그녀의 말은 그가 이야기하려는 요점을 완전히 망치고 말았다. 맬린슨은 어깨를 움츠리고 우울한 초조감을 나타내면서 이렇게 대답했다.

"그럼, 좋습니다. 그 샹그릴라에 가도록 해봅시다. 어디에 있는지 어떤 곳인지 알 수 없으나 좌우간 부딪쳐보기로 합시다. 그렇지만 저 산중턱에 있지 않으면 좋겠습니다."

그 말에 모두는 계곡 저쪽 너머에 반짝반짝 빛나고 있는 원추형에 시선을 옮겼다. 대낮의 태양을 바로 쪼이면서 더할 나위 없이 장려한 광경이었다. 때마침 모두의 시선은 응시로 변했다. 멀리 아득한 경사면 아래로 내려오고 있는 몇 사람의 그림자를 보았기 때문이었다.

"하느님의 뜻입니다!" 하고 브린클로 여사가 소근거렸다.

3

콘웨이는 한편으로는 항상 방관자의 입장에 서 있었다. 다른 부분이 아무리 활동적이라고 할지라도 낯선 인간들이 다가오는 것을 기다리는 지금, 그는 장차 어떠한 예측 불허의 사건이 일어난다고 하여도 해서 좋은 일, 해서는 안 될 일을 성급하게 결정하는 일은 절대로 하지 않기로 마음먹었다. 그것은 용기도 냉정함도 아니었다. 또는 즉흥으로 일을 결정하는 자신의 능력을 특별하게 과신(過信)하기 때문도 아니었다. 가장 나쁘게 본다고 하여도 그것은 일종의 게으름 탓이라고나 할까, 사건에 다 떠맡겨버리는 전적인 방관자의 흥미를 방해받고 싶지 않은 기분이었다.

사람들의 그림자가 계곡 아래로 더 가까이 내려옴에 따라 그것은 지붕이 달린 가마를 운반하고 있는 열두세 명의 일행이었음을 알게 되었다. 그리고 더 자세히 보았을 때 그 가마에 푸른 의상을 두른 사람이 타고 있는 것도 분간할 수 있었다. 콘웨이에게는 그들이 어디로 갈 셈이었는지 상상할 수도 없었지만 별안간 그와 같은 일행을 만나게 된 것이 브린클로 여사가 속삭인 것처럼 분명히 하느님의 섭리처럼 생각되었다.

이윽고 소리를 지르면 들을 수 있을 정도의 거리까지 그들이 다가오자마자 그는 자기의 동료들을 떠나 앞으로 나아갔다. 그러나 그는 서두르지 않았다. 그 까닭인즉, 동양인은 다른 사람과 만날 때의 의식을 즐기며 더욱이 시간을 끌면서 그것을 행하기를 좋아한다는 것을 잘 알고 있었기 때문이다. 2, 3야드 앞에서 발을 멈추자 그는 예법에 따라 경례를 하였다. 그런데 놀랍게도 푸른색 의상을 입은 사나이가 가마에서 내려와 위엄 있는 발걸음으로 다가오더니 한 손을 내미는 것이었다. 콘웨이도 그것에 답하고 노령이라고까지는 할 수 없으나 상당히 나이가 지긋한 그 중국인을 유심히 관찰하였다. 백발이었으며, 턱수염은 말끔히 면도질되어 있었다. 그리고 수놓인 명주 가운을 입고 있는 그 모습은 창백한, 장식적인 느낌마저 주었다. 상대편에서도 콘웨이를 관찰하는 듯하였으나, 이윽고 또렷한, 아니 오히려 지나치게 정확하다고 생각되는 영어로 말을 걸어왔다.

"나는 샹그릴라의 사원에서 온 사람입니다."

콘웨이는 다시 경례를 하였다. 그리고 한참 동안 간격을 두었다가 자신과 동료 세 사람이 이와 같이 인간이 좀체로 찾아들기 힘든 곳에 어떻게 들어오게 되었는가에 대한 자초지종을 간단하게 설명했다. 그의 이야기가 끝나자 그 중국인은 잘 알았다는 몸짓을 해 보였다.

"정말 드문 일입니다"라고 그는 말한 다음, 파손된 비행기를 반사적으로 물끄러미 바라보았다. 그리고 다시 그는 이렇게 덧붙였다.

"내 이름은 장(張)이라고 합니다. 당신의 동료들을 소개해주신다면 영광이겠습니다만."

콘웨이는 그제서야 세련된 미소를 지을 수 있었다. 그는 좀 전의 현상, 이 티베트의 황량한 땅에서 완벽한 영어로 말하고, 더욱이 본드스트리트* 사교계의 예법이 몸에 밴 중국인에게 완전히 넋을 잃고 말았던 것이다. 그는 이때 그를 뒤쫓아와서 각기 놀라운 표정으로 그 만남을 지켜보고 서 있던 동료들을 뒤돌아보았다.

"미스 브린클로… 바너드 씨, 이분은 미국 사람입니다… 맬린슨 군… 그리고 저는 콘웨이라고 합니다. 당신을 만나뵙게 되어서 모두 기뻐하고 있습니다. 더욱이 이런 곳에서 만나뵙게 된다는 것은 우리가 이곳에 와 있는 거나 마찬가지로 정말 의외의 일입니다만. 사실 우리는 지금 막 당신이 계시는 사원을 향해 출발하려고 하고 있었습니다. 그런고로 이중의 행운이겠습니다. 그 길을 가르쳐주실 수는 없겠습니까……."

"그럴 필요 없습니다. 제가 직접 기꺼이 안내해드리겠습니다."

"그렇지만 그런 폐를 끼쳐드릴 수야 있겠습니까. 매우 감사합니다만 거리가 그리 멀지 않다면……."

"그렇게 멀지는 않습니다. 그러나 쉬운 길은 아닙니다. 한 시간가량 여러분을 수행할 수 있다면 본인으로서는 커다란 영광이겠습니다."

---

* 런던 번화가의 명칭.

"그렇지만 정말……."

"꼭 수행하게 해주십시오."

이와 같은 장소와 상황 아래서 말씨름을 한다는 것은 좀 우스꽝스럽게 될 위험이 있다고 콘웨이는 생각했다.

"그럼 좋습니다" 하고 그는 대답했다. "친절하심에 저희는 백골이 난망이옵니다."

그때까지 시무룩한 얼굴로 이 멍청할 정도의 친절한 말이 오가는 것을 꾹 참고 있었던 맬린슨이 마치 병영에라도 있는 것처럼 높은 소리로 날카롭게 말참견을 하였다.

"우리는 그렇게 오래 머물지는 않을 것입니다" 하고 아주 무뚝뚝하게 말했다. "폐를 끼친 만큼은 대가를 지불할 테구, 그리고 돌아가는 여행길에는 인부를 몇 사람 빌리고 싶습니다. 될 수 있는 대로 빨리 문명사회로 돌아가고 싶으니까요."

"그럼 이곳이 문명에서 멀리 떨어진 곳이라고, 그렇게 자신을 가지고 말씀하시는 것입니까?"

아주 부드러운 어조로 말한 그 질문도 청년의 마음을 자극해서 더 한층 날카롭게 했을 따름이었다.

"물론이구말구요. 가고 싶은 곳에서 너무나 멀리 멀리 떨어져버린 것이죠. 나뿐만이 아닙니다. 모두 다 그렇습니다. 잠시 동안 묵게 해주는 것만으로도 감사할 일입니다만, 돌아갈 수 있는 준비까지 해주신다면야 더욱 감사할 따름이지요. 인도까지 돌아가는 데는 얼마나 걸리겠습니까?"

"그것만은 정말 말씀드릴 자신이 없습니다."

"그렇습니까. 좌우간 그 일에 대해서는 별로 신경을 쓰지 않으려고 생각합니다. 나는 원주민 인부를 고용한 경험도 있습니다만, 아무튼 쓸 만한 인부를 구할 수 있도록 당신의 힘을 빌리고 싶군요."

콘웨이는 맬린슨의 말이 불필요하다 싶게 시비조라고 생각하고는 그를 가로막으려고 할 때 또다시 위엄에 넘치는 대답이 나왔다.

"맬린슨 씨, 이것만은 분명히 말씀드리겠습니다. 여러분은 융숭한 대접을 받게 될 것이며 결국에는 후회하지 않으실 것입니다."

"'결국에는'이라구요?" 하고 맬린슨은 말꼬리를 물고 늘어졌다.

그러나 다행하게도 커다란 즐거움이 거기 기다리고 있음으로써, 충돌은 피할 수 있었다. 그것은, 일행에 소속되어 양피 옷을 입고, 털모자를 쓰고 야크 가죽의 장화를 신고 있는 복장의 뚱뚱한 티베트인이 이미 짐을 풀고, 술과 과일을 그들에게 내놓았기 때문이었다. 그 술은 양질의 라인산(産) 백포도주와 비슷해서 맛이 좋았고, 또한 과일에는 아주 잘 익은 망고 등도 포함되어 있어서 몇 시간 동안이나 먹지 못한 끝이라 비할 바 없이 맛있었다.

맬린슨은 체면치레도 않고 마구 먹고 마셨다. 그러나 콘웨이는 우선 당면한 걱정거리가 없어져서 안심하였고 장차의 일을 생각할 겨를도 없이, 어떻게 이와 같은 고원지대에 망고가 있는지 의아하게 생각하고 있었다. 그는 또 계곡 건너편에 있는 산에도 흥미가 있었다. 그것은 어떠한 기준에서 보더라도 훌륭한 산이었다. 여행가들은 티베트 여행에 대해서는 항상 기록을 하면서도 왜 여행기에 저 산에 대한 이야기는 쓰지 않았는지 그에게는 놀라운 일일 수밖에 없었다. 그는 그 산을 바라보면서 마음속에서 봉우리와 봉우리 사이에 있는 산협과 산허리의 협곡의 루트를 골라서 올라가고 있었다. 마침 그때 맬린슨의 큰 목소리가 들려와서 그의 주의는 다시 현실로 되돌아왔다. 그는 주위를 둘러보았다. 그리고 중국인이 이쪽을 열심히 지켜보고 있는 것을 알았다.

"매우 열심히 저 산을 바라보고 계셨습니다, 콘웨이 씨?" 하고 그는 물어왔다.

"예, 정말 훌륭한 경치입니다. 이름이 있겠지요?"

"카라칼이라고 합니다."

"들어본 적이 없는데요. 아주 높은 산입니까?"

"2만 8천 피트는 훨씬 넘습니다."

"정말입니까? 히말라야 산맥 이외에 그렇게 큰 산이 있는 줄은 몰랐습니다. 정식으로 측정된 겁니까, 측량은 누가 했습니까?"

"누구라고 생각하십니까? 사원 생활과 삼각법 사이에는 양립할 수 있는 것이 없을까요?"

콘웨이는 그 말을 곰곰이 음미한 후 이렇게 대답했다.

"아니, 아니… 절대로."

그는 품위 있게 미소를 지었다. 서투른 농담이었으나, 그럴싸한 농담이라고 해서 나쁠 것은 없다고 생각했기 때문이었다. 이윽고 그들은 샹그릴라를 향해서 출발했다.

오전 내내 일행은 완만한 언덕길을 올랐다. 그러나 이와 같은 고원지대에서는 상당한 육체적 노력이 들었으며, 누구 하나 입을 열 기력도 없었다. 중국인만은 가마에 앉아서 호사스런 여행을 계속하였는데 이것은 아무리 보아도 기사도적인 것으로 생각될 수 없었다. 한편 브린클로 여사가 그와 같이 천연스러운 태도를 취하고 있는 것이란 상상만 하여도 우스꽝스러운 일이기는 하였지만, 다른 동료들에 비해서 희박한 공기가 그다지 괴롭지 않았던 콘웨이는 가마를 지고 가는 인부들이 이따금 주고받는 말을 알아들으려고 무진 애를 쓰고 있었다. 그는 티베트 말은 거의 알지 못하였으나 인부들이 라마교 사원으로 되돌아가게 된 것을 기뻐하고 있다는 것 정도는 알 수 있었다. 그는 그들의 지도자와 이야기를 나누고 싶기는 하였으나, 대화를 계속할 도리가 없었다. 왜냐하면 그는 눈을 감은 채 휘장 그늘에 반 이상 얼굴이 가려져 있었기 때문이었다. 아마도 그는 편리한 때에 금방 잠이 드는 비결이라도 알고 있는 듯하였다.

그동안에도 태양은 점점 열기를 더해갔다. 공복과 갈증도 충분히 해결되었다고는 할 수 없으나 어느 정도는 충족되어 있었다. 그리고 또 다른 하늘에서 흘러오는 것처럼 느껴지는 맑은 공기는 들이마실 때마다 뭔가 귀중한 것을 마시는 것 같은 느낌이었다. 의식적으로 신중하게 호흡해야만 했다. 그리고 그렇게 하는 데 처음에는 당황하였으나 이윽고 마음을 차분히 가라앉히는 황홀함을 가져다주는 것이었다. 온몸이 숨을 쉬고, 걷고, 생각하는 것이 하나가 된 리듬처럼 움직이고 있었다. 폐는 이미 분리된 것도 아니고 자동적인 것도 아니고 마음과 사지에 조화되도록 만들어진 그 무엇과도 같았다. 콘웨이는 자신 안에 신비로운 긴장이 흐르고 회의주의를 곁들인 기묘한 마음의 위안을 느꼈으나 그 감정에 별로 당황함을 느끼지 않았다. 한두 차례 그는 맬린슨에게 쾌활하게 말을 걸어보았으나 젊은이는 언덕길을 올라가느라고 애를 먹고 있었다. 바너드 역시 천식환자처럼 숨을 헐떡거리고 있었으나 무슨 영문인지 그것을 숨기려고 몹시 애를 쓰고 있었다.

"곧 정상입니다" 하고 콘웨이는 격려하듯 말했다.

"언젠가 기차를 뒤쫓아갔을 때, 꼭 이런 기분이었습니다" 하고 브린클로 여사는 대답했다.

아무튼 콘웨이는 사과주와 샴페인을 똑같이 생각하는 사람도 다 있구나 하고 생각하였다. 그것은 요컨대 취미에 달린 것이었다.

그는 자신이 당황함을 느끼고 있으면서도 그 이상은 걱정하지 않고 있다는 것, 하물며 자기 자신에 대해서는 전혀 염려도 하지 않는다는 것을 알고 다소 놀라지 않을 수 없었다. 인생에는 비록 하룻밤의 향락이 상상도 못 할 만큼 비싸게 먹힌다는 것을 알고 있을지라도, 또한 상상도 못 할 만큼 신기하기 때문에 주머니를 털어버릴 때가 있는 것과 마찬가지로 마음을 활짝 열 때가 있는 법이다. 카라칼의 숨 막히는 듯한 장관을 바라본 그날 아침, 콘웨이는 꼭 그러한, 기쁘고 해방된, 그러면서도 흥분하지도 않고 침착한 기분으로 그 새로운 경험을 제공해주는 것에 응하고 있었다. 아시아의 여러 고장에서 10년 이상이나 살아온 터이라, 그는 지방 풍속이라든가 사건에 대해서 좀 까다로운 평가를 내리는 버릇이 있었다. 그러나 이곳만은 특별한 것 같다고 인정하지 않을 수 없었다.

계곡을 따라 2마일가량 나아갔을 무렵, 고갯길은 점점 더 험해졌다. 그러나 그 무렵, 해는 구름에 가려지고 은색 안개가 시야를 흐리게 하기 시작하였다. 위쪽 눈 덮인 들판에서 천둥 소리와 눈사태 소리가 울려오고 있었다. 그리고 공기가 차가워지는 것을 느끼게 되자마자 어느 틈엔가, 산악 지대 특유의 급격한 기후 변화로 심한 추위가 엄습해왔다. 게다가 진눈깨비가 섞인 돌풍이 휘몰아쳐서, 일행은 물에 빠진 사람처럼 흠뻑 젖어 말할 수 없는 고생을 하였다. 콘웨이까지도 잠시도 더는 앞으로 나아갈 수 없겠다고 생각했다. 그러나 얼마 후 그들은 정상에 다다른 것 같았다. 그것을 알게 된 것은 사람들이 가마를 고쳐 메기 위해 발길을 멈추었기 때문이었다. 바너드와 맬린슨이 너무나 괴로워하는 것처럼 보였기 때문에 일행은 휴식을 잠시 더 연장시켰다. 그러나 티베트 사람들은 분명히 한시라도 빨리 가고 싶은 눈치였다. 그리고 그들은 지금부터는 별로 힘들지 않을 거라고 신호를 해 보이기도 하였다.

이렇게 보증을 한 다음 그들은 밧줄을 풀기 시작하였다. 이것을 본 일행은 실망하고 말았다.

"아니, 저놈들이 벌써 우리의 목을 매달 준비를 하고 있는 건가?"

바너드는 아주 경망스러움을 나타내며 소리쳤다. 그러나 안내인들은 이내 음흉한 의도가 있는 것이 아니라, 다만 보통 등산 방식에 따라 모두의 몸을 하나로 연결시키려는 것이었다. 그들은 콘웨이가 밧줄을 능란하게 다루는 것을 보고서는 더욱더 그에게 존경심을 보이면서 그가 시키는 대로 섰다. 그는 맬린슨 다음에 서고 그 앞뒤에다 티베트인을 세웠다. 그리고 훨씬 뒤쪽에 바너드와 브린클로 여사를, 그 앞뒤에도 티베트인을 끼워서 줄을 만들었다. 콘웨이는 그 중국인이 잠자코 있는 동안에 인부들은 그의 지시를 따르고 싶어 하는 것을 민감하게 알아차렸다. 그는 여느 때와 같은 책임감이 되살아나는 것을 느꼈다. 만일 무슨 어려운 일에 부딪치게 될 경우 자기가 모든 사람에게 줄 수 있다고 알고 있는 것, 즉 신뢰와 명령을 줄 수 있을 것이다. 그는 젊었을 때는 일류 등산가였고 현재도 의심할 바 없이 훌륭한 솜씨였다.

"여사께서 바너드를 돌보아드리도록 하시죠" 하고 그는 브린클로 여사에게 말했다. 그러자 여사는 마치 독수리가 수줍어하는 듯한 표정으로 대답했다.

"힘 닿는 데까지는 해보겠습니다. 하지만 지금까지 밧줄에 묶여 본 일은 없었답니다."

다음 단계는 이따금 조마조마한 때도 있었지만 그가 각오했던 것보다는 덜 고생스러웠고 고갯길을 올라올 때처럼 가슴이 터질 듯한 괴로움도 없었다. 그 길은 암벽 옆구리를 따라 만들어진 횡단길이었으며, 위쪽은 안개로 덮여 있었다. 위쪽뿐만 아니라 아래로 보이는 아슬아슬한 낭떠러지 밑바닥도, 하느님의 자비에서였는지 역시 안개로 덮여 있었다. 다만 고도에 대해서 잘 알고 있던 콘웨이만은 자기가 지금 어느 정도의 고도에까지 올라와 있는가를 알고 싶어서 좀이 쑤셨다. 좁다란 작은 길은 이따금 폭이 2피트도 안 되는 곳도 있었다. 그동안에도 가마에서 잠을 잘 수 있었던 중국인의 신경도 대단했지만, 가마를 메고 그런 아슬아슬한 길을 지나가는 인부들의 능숙한 몸놀림에 그는 경탄을 금할 길이 없었다. 티베트인들의 발걸음은 확고했다. 그러나 길이 넓어지고 내리막길이 되자 그들도 기쁨을 감추지 못하는 것 같았다. 이윽고 그들 사이에서 노랫소리가 흘러나왔다. 리드미컬하고 거친 선율이었으며 콘웨이에게는 티베트 발레를 위하여 마스네*가 오케스트라에 편곡하고 있는 장면이 상상되는 것이었다. 비가 그치고 대기는 차츰 따뜻해져왔다.

"정말이지 우리끼리만 왔더라면 도저히 이 길은 알 수 없었을 거야" 하고 콘웨이는 모든 사람에게 기운을 복돋워주려는 듯 말했다.

그러나 그 말도 맬린슨에게는 별로 위로가 되지 않았다. 사실상 그는 너무나 겁을 먹었기 때문에 이제 위험한 곳은 다 지나왔음에도 불구하고 여전히 그 겁먹은 것이 밖으로 나타나고 있었다.

"그럼 이것보다 더 고생을 한다는 말입니까" 하고 그는 쓰디쓰게 대꾸했다.

길은 급경사를 이루며 계속되었다. 어느 지점에 이르렀을 때, 콘웨이는 몇 포기의 에델바이스를 발견하였다. 아마 다시 한번 휴식할 수 있는 지점에 왔다는 것을 말해주는 표식 같았다. 그러나 그렇다 해도 맬린슨의 마음은 별로 편해지지 않는 것 같았다.

"정말 기가 막히는군요. 콘웨이 씨, 콘웨이 씨는 알프스에 유람을 오신 줄 아십니까? 도대체 우리는 어디로 가고 있습니까? 알고 싶은 것은 그겁니다. 그리고 당도한 후 우리의 계획은요? 대체 어떻게 하실 작정이십니까?"

콘웨이는 조용히 대답했다.

"만일 자네에게 나 정도의 경험이 있다면 인생에는 아무것도 하지 않는 것이 상책일 때가 가끔 있다는 것을 알게 될 걸세. 여러 가지 일들이 자기에게 몰려올 때는 몰려오는 대로 내버려두는 거야. 아

---

* 프랑스의 오페라 작곡가. 〈마농〉, 〈타이스〉 등의 작품이 유명하다.

마 이번 전쟁이 그랬을 거야. 이번처럼 여러 가지 새로운 일들이 생기고 그것이 불쾌감을 덜어준다면 운이 좋다고 봐야지."

"콘웨이 씨, 당신의 말은 너무나 철학적입니다. 바스쿨에서 골치 아픈 일이 생겼을 때 콘웨이 씨는 그런 느낌이 아니었습니다."

"물론이지. 하지만 그때는 이쪽 행동 여하에 따라서 정세를 바꿀 수 있는 기회가 있었기 때문이야. 그러나 지금은 적어도 이 시각에는 그런 기회란 아무 데도 없지 않은가. '우리는 여기 있기 때문에 여기 있다.' 만일 이유를 찾는다면 그런 걸세. 언제나 생각하는 바이지만 마음이 편안해지는 이유의 하나로 나는 생각하고 있다네."

"하지만 아시겠지요. 지금 온 길을 되돌아간다는 것은 보통 큰 일이 아닙니다. 거의 한 시간 동안이나 깎아세운 듯한 산허리에 매달려 왔으니까요. 저는 주의깊게 보아왔습니다만."

"나도 그래."

"정말입니까?" 하고 맬린슨은 흥분해서 기침까지 하였다. "귀찮은 녀석이라 생각할지 모르겠습니다만 어쩔 도리가 없습니다. 모든 것이 의심스럽기만 하니까요. 아무래도 저놈들 생각대로 되고 있는 것만 같습니다. 저놈들은 우리를 궁지에 몰아넣을 심산입니다."

"설사 그렇더라도 다른 방법이라곤 가만히 앉아서 죽는 길밖에 없다네."

"논리적으로 그렇겠지요. 하지만 그건 너무 서글픈 일이 아니겠습니까. 저는 콘웨이 씨처럼 이런 상태를 태평스럽게 받아들일 수가 없습니다. 이틀 전만 하여도 바스쿨의 영사관에 있었다는 사실을 아무래도 잊을 수가 없습니다. 그 후 일어난 일들을 생각해보면

맥이 풀릴 지경입니다. 죄송합니다. 과로 탓인 것 같습니다. 이런 생각을 하면 전쟁에 안 나가게 된 것이 얼마나 다행인지 모릅니다. 전쟁에 나갔더라면 여러 가지 일에 신경질만 냈을 것 같습니다. 무언지 모르게 제 주위의 세계가 완전히 돌아버린 것같이 생각되는군요. 콘웨이 씨, 당신에게 이렇게 말하는 제 자신도 상당히 돌아버린 게 틀림없을 겁니다."

콘웨이는 고개를 흔들었다.

"아니야, 돌다니, 천만에. 자네는 겨우 스물네 살밖에는 안 되었고, 게다가 2마일 반 이상이나 되는 높은 지점에 와 있어. 자네가 지금 어떤 것을 느낀다고 할지라도 그만한 이유는 충분히 있네. 자네는 엄격한 시련을 아주 훌륭히 뚫고 나왔다고 생각하네. 내가 자네 나이 때 할 수 있었다고 생각하는 이상으로 말일세."

"그렇지만 콘웨이 씨, 당신은 이것을 미친 짓이라고 생각하시지는 않습니까? 그렇게 저 산들을 넘어 비행해온 일이라든지 그 무서운 바람 속에서 기다리고 있었던 일, 조종사가 죽은 일, 또 저 사람들을 만났던 일 등, 돌이켜 생각해볼 때, 악몽같이 생각되지 않습니까?"

"물론이지. 나도 그렇구말구."

"그렇다면 어떻게 매사에 그렇게 침착할 수가 있는지 저는 알고 싶습니다."

"그렇게 알고 싶은가? 그렇다면 얘기해줄 수도 있네만, 아마도 자네는 나를 냉소적인 사나이라고 생각할 걸세. 그 이유는 돌이켜 보면 그 밖에도 악몽으로 생각할 수밖에 없는 일들이 너무나 많기 때문일세. 반드시 이번 일만이 세계의 광기만은 아닐세. 맬린슨, 우선 바스쿨의 일을 생각해보게. 우리가 그곳을 철수하기 직전 혁명자들이 그들의 포로를 어떻게 고문하였는가, 기억하고 있는가? 탈수기로…, 그야말로 효과는 있겠지. 하지만 나로서는 그렇게 우스꽝스럽고 무서운 것을 본 적이 없다네. 그리고 통신이 끊기기 직전에 들어온 마지막 전보를 기억하는가? 맨체스터의 섬유 회사에서 온 회신인데 말이야, 바스쿨에서 가게를 열고 있는 코르셋 판매점을 알고 있으면 말해달라고 했어. 그래도 미친 짓이 아니란 말인가? 비록 이런 곳에 오게 된 것이 최악의 사태라고 할지라도, 그건 다른 쪽 광기로 옮긴 것에 지나지 않는 거야. 그리고 전쟁에 대해서 말인데 만일 자네가 거기에 참가했더라면, 여기 나와 똑같은 일을 했을 걸세. 즉 입술이 굳어지고, 공포에 떠는 걸 배웠을 거라는 말일세."

두 사람이 계속 이야기를 주고받는 동안 가파르지만 짧은 고갯길이 나와서 그들은 숨이 차올랐다. 그래서 또다시 이전처럼 얼마간 괴롭게 걸어야만 했다. 그러나 곧 길은 평탄해지고, 그들은 안개 속에서 태양이 빛나는 맑은 대기 속으로 발을 들여놓았다. 그렇게 멀지 않은 앞쪽에 샹그릴라의 라마교 사원이 가로놓여 있었다.

처음 보았을 때, 콘웨이에게는 그것이 모든 신체적 기능에 영향을 끼치는 산소 결핍이 가져다주는 그 단일적인 리듬에서 튀어나온 일종의 환상이 아닌가 생각하였다. 정말 그것은 이상하고 거의 믿을 수 없는 광경이었다. 현란한 빛깔을 뽐내는 일군의 높은 누각이 라인 지방의 성처럼 부자연스런 군건함이 아니라 험준한 절벽 위에

핀으로 꽂은 꽃잎 같은 우아함을 가지고 산허리에 매달려 있는 것이었다. 그것은 화려하고도 절묘하였다. 자기도 모르게 마음이 엄숙해지면서 유청색(乳靑色) 지붕으로부터 그 위쪽의 회색빛 암벽과 그린델발트*위에 우뚝 솟은 베터호른**과도 같은 거대한 암벽으로 시선을 옮겼다. 다시 그 너머엔 눈에 뒤덮인 카라칼의 경사면이 솟아 있고 그것은 눈부신 피라미드를 이루고 있었다. 아마도 이것은 세계에서 제일 경탄할 만한 산의 경치일 것이라고 콘웨이는 생각했다. 그리고 암벽이 거대한 옹벽을 이루면서 떠받치고 있는 눈과 빙하의 무거운 압력을 상상하였다. 언젠가는 이 산 전체가 갈라져서 얼음으로 뒤덮인 카라칼의 장려한 경치의 절반은 계곡 속으로 무너져 들어갈 것이다. 아무렇지도 않게 보고 있는 위험과 그 공포가 결합하게 되면 상당히 쾌적한 자극을 받게 된 것이로구나 하고 그는 생각했다.

아래쪽 경치도 상당히 마음을 끌었다. 산허리는 거의 수직으로 밑으로 뻗어나가 있었으며 아득히 먼 옛날 지각 변동으로 생겼을 것이 틀림없는 바위 틈 사이로 빠져들어가고 있었다. 멀리 어슴푸레하게 보이는 계곡의 강바닥은 녹색으로 뒤덮여 있어 보는 이의 눈을 즐겁게 해주었다. 사방이 막혀 있어 바람도 없고 라마교 사원의 지배를 받고 있다기보다는 감시를 받고 있다는 편이 더욱 어울릴 것 같은 그 장소는 만일 그곳에 사람이 살고 있다면, 뒤쪽에 치솟

---

* 스위스의 베르너 고지대.

** 베르너 고지의 높은 봉우리.

아 아득히 높고, 등반이 거의 불가능한 산맥에 의해서 완전히 격절되어 있다는 흠이 있을지언정 콘웨이에게는 그곳이 평화로운 은총으로 가득 찬 땅으로 여겨졌다.

사원으로 통하는 출입구를 제외하고는 통하는 길이 전혀 없는 것 같았다. 그것을 한참 동안 바라보고 있노라니까, 콘웨이는 몸이 긴장되어오면서 불안해졌다. 맬린슨이 걱정하는 것을 무턱대고 무시해버릴 수도 없을 것 같았다. 그러나 그 불안도 잠시뿐, 이내 더욱더 깊은 감정, 즉 마침내 최종적이며 결정적인 어떤 장소에 도달하였다는 반쯤은 신비롭고, 반쯤은 선명한 감정 속으로 빠져들어갔다.

자기와 다른 동료들이 어떻게 사원에 당도하였으며, 어떤 예의를 가지고 영접되었으며, 언제 밧줄이 풀려지고 사원으로 안내되었는지, 콘웨이는 분명히 기억할 수 없었다. 그 희박한 공기는 청자빛 하늘과 조화를 이뤄 마치 꿈과도 같은 느낌이었다. 호흡을 할 때마다, 주위를 바라다볼 때마다 그는 마비된 듯한 깊은 마음의 평안함을 느끼게 되어 맬린슨의 불안도, 바너드의 익살도, 최악의 사태에도 충분히 마음의 준비가 되어 있는 것 같은 브린클로 여사의 수줍은 듯한 귀부인 같은 태도도 전혀 느끼지 않게 되어버렸다. 사원의 내부가 널찍하고 따뜻했으며, 매우 청결한 것을 보고 놀랐던 일이 그는 어렴풋하게 생각났다. 그러나 그런 일들이 느껴졌다는 것뿐, 그 이상 음미할 여유는 없었다. 왜냐하면 그 중국인은 발이 처진 의자에서 내려와 일행을 여러 방으로 안내해버렸기 때문이다. 그는 매우 친절해졌다.

"오는 도중에 너무 무관심했던 것 용서하십시오. 사실을 말씀드린다면 그런 여행은 도무지 저의 성미에 맞지 않아서요. 게다가 나는 내 몸에 신경을 써야 한답니다. 여러분은 그다지 피곤하지 않으셨겠지요?"

"네, 그럭저럭" 하고 콘웨이는 쓰디쓰게 웃으며 대답했다.

"그것 참 다행이군요. 그럼 이쪽으로 오십시오. 방을 안내해드리겠습니다. 아마 목욕도 틀림없이 하고 싶으실 겝니다. 설비가 대단치는 않습니다만 쓸 만한 욕실은 준비되어 있습니다."

이때 여전히 숨을 어렵게 쉬고 있던 바너드가 천식 환자처럼 기침을 하고 있었다. 그는 숨을 헐떡이면서 말했다.

"정말 이곳 기후는 좋지 않은데요. 공기가 가슴에 달라붙는 것 같습니다. 그러나 이 정면 창문에서 바라보는 경치는 정말 훌륭합니다. 그런데 욕실에서는 줄을 서서 기다려야 합니까, 아니면 미국식 호텔입니까?"

"모든 것을 만족하시게 될 겁니다, 바너드 씨."

브린클로 여사는 쌀쌀한 표정으로 고개를 끄덕였다.

"아무쪼록 그랬으면 오죽이나 좋겠습니까."

그 뒤를 이어서 중국인이 말했다. "목욕을 하신 뒤, 우리와 저녁 식사를 함께 해주신다면 영광이겠습니다."

콘웨이는 그 제안을 정중하게 받아들였다. 그러나 맬린슨만은 이 예기치 않았던 대접을 앞에 두고 별로 반가운 기색을 나타내지 않았다. 그도 바너드와 마찬가지로 고도 때문에 괴로움을 당하고 있었다. 그러나 그때 그는 힘을 들여가며 이렇게 큰 소리로 말했다.

"저녁 식사가 끝난 다음, 지장이 없다면 우리는 출발할 계획을 세

웠으면 합니다. 나로서는 쇠뿔도 단김에 뽑아야 할 때가 되었으니까요."

4

"보시다시피" 하고 장노인은 말했다. "여러분이 생각하던 것처럼 우리는 야만인이 아닙니다……."

그날 밤 늦게서야 콘웨이는 그 말을 부정할 수 없다는 생각이 들었다. 그는 자기에게 모든 감각 중 가장 잘 교화된 감각으로 생각되었던 육체의 편안함과 정신의 민감함이 뒤섞인 상쾌한 기분을 맛보고 있었다. 아무튼 지금까지로 보아서 샹그릴라의 시설은 더할 나위 없는 것, 확실히 예상 이상의 것이었다.

티베트 사원에 중앙 난방식의 설비가 되어 있다는 것은 라싸*에 전화가 가설되어 있는 시대이므로 놀랄 것이 못 될지는 모르지만, 어쨌든 서양적인 위생 지식을 동양적이고, 전통적인 것과 크게 융합시키고 있다는 것이 아주 특이하게 느껴졌다. 예를 들자면 그가 조금 전에 마음껏 즐겼던 욕조(浴槽)는 녹색의 자기(瓷器)로 되어 있었으며, 그 상표에 의하면 오하이오주 에이크런 회사의 제품이었다. 그러나 원주민 하인은 모두 중국식으로 시중을 들었고 귀와 콧속까지도 닦아내주고 아랫눈까풀 언저리까지 엷은 명주 가제로 닦아주는 것이었다. 그때 그는 다른 세 사람도 똑같은 대접을 받고 있

* 티베트의 수도.

을까 하고 생각했다.

콘웨이는 항상 대도시는 아니었으나 중국에서 근 10년이나 살았다. 그리고 그는 모든 면에서 생각할 때 그 기간이 자기 생애에서 가장 행복했던 시기였다고 생각하고 있었다. 그는 중국인을 좋아했으며, 중국식 생활 방식에서 마음의 평화를 느끼고 있었다.

특히 뭐라 형언할 수 없는 미묘하고 은근한 맛이 나는 중국 요리를 좋아했다. 따라서 샹그릴라에서 한 첫 번째 식사에서 그는 마음에서 우러나오는 친근감을 맛볼 수 있었던 것이다. 그는 또 그 요리 속에 호흡을 편안하게 하는 약초나 약이라도 들어 있는 것이 아닌가 하고 생각하기도 하였다. 자기 자신의 기분이 변한 것을 느꼈을 뿐만 아니라, 다른 사람들도 상당히 편안함을 느끼는 것 같았기 때문이다. 장노인은 약간의 야채 샐러드 외엔 아무것도 먹지 않고, 술도 전혀 마시지 않는다는 것을 콘웨이는 알아차렸다. 노인은 식사 전에 이런 변명을 늘어놓았다.

"죄송합니다. 저의 식사는 매우 제한이 되어 있어서요. 다시 말하자면 몸을 조심해야 하기 때문입니다."

그것은 이전에도 들은 적이 있는 변명이었다. 그래서 콘웨이는 어떤 병으로 그가 고생을 하고 있을까 하는 의아한 생각이 들었다. 가까이 보고 있어도 장노인의 나이는 도무지 판별하기가 어려웠다. 자그마한 특징 없는 얼굴 생김새, 촉촉한 진흙 같은 살결은 약간 겉늙은 젊은이처럼 보이기도 하였고 놀라운 젊음을 간직한 늙은이처럼 보이기도 하였다. 그렇다고 해서 매력이 없는 것도 아니었다. 그에게는 그윽한 향기로 감싸인 듯한 격식 바른 정중함이 따라다녔지만 그 향기는 너무나 섬세해서 사람이 그것에 대해서 의식하는 동안은 느낄 수 없는 그런 것이었다. 수 놓인 푸른빛 비단 가운, 옆을 탄 보통 중국식 스커트, 발목 있는 데서 꼭 낀 바지, 수채화에서나 볼 수 있는 하늘빛의 옷을 입고 있는 그 모습에는 차디찬 금속적인 매력이 있어서 누구나 그것을 좋아한다고 할 수 없을지라도 콘웨이에게는 크게 호감이 가는 것이었다.

사실상 주위의 분위기는 티베트풍이라기보다는 오히려 중국풍이었다. 이것 역시 누구나 다 똑같이 느낀다고는 할 수 없지만, 콘웨이는 고향에라도 돌아온 듯한 평화로운 느낌을 가질 수 있었던 것이다.

방도 그의 마음에 들었다. 아주 균형이 잘 잡힌 방으로, 색실로 무늬를 넣어 짠 벽걸이와 한두 개의 칠기로 조촐하게 장식되어 있었다. 조용한 공기 속에 움직이지 않는 초롱에서 불빛이 반사되고 있었다. 그는 몸과 마음이 함께 편안해지는 듯한 쾌감을 느끼고 무슨 약이라도 먹은 것이 아닌가 하는 좀 전의 억측도 거의 신경에 걸리지 않았다. 설사 실제로 무슨 약을 음식에 넣었다 할지라도, 그것은 바너드의 숨가쁨과 맬린슨의 시비조로 나오는 신경질을 거의 깨끗이 진정시키고 있었다. 두 사람 다 잘 먹었으며, 말하기보다는 먹는 쪽에 만족을 하고 있었다. 콘웨이 자신도 배가 고팠기 때문에 중요한 사항에는 천천히 시간을 들여서 대처해나가는 중국의 에티켓을 마음속으로 기뻐했다. 원래 그는 즐거운 상태는 될 수 있으면 오래 맛보기를 좋아했기 때문에 그러한 그들의 풍습은 그에게 적합한 것이었다. 그래서 그는 실제로 담배를 피우기 시작할 무렵이 되어서야 비로소 천천히 자신의 호기심을 풀어나가기로 마음먹었다. 이윽고 그는 장노인에게 말을 걸었다.

"여러분께서 매우 행복한 생활을 영위하고 계시는 것 같습니다. 뿐만 아니라 다른 나라 사람들에게도 아주 친절하시구요. 물론 외부 사람이 찾아오는 일은 극히 드물겠지요?"

"그렇습니다" 하고 중국인은 겸손하지만 위엄 있는 어조로 대답했다. "하여간 선뜻 발길을 옮길 수 있는 그런 곳이 못 되니까요."

콘웨이는 그 말에 미소를 지어 보였다.

"겸손의 말씀을 하시는군요. 오는 도중에 보았습니다만 이곳은 제가 지금까지 보아왔던 어떤 곳보다도 외딴 곳입니다. 아마도 외계로부터 오염되는 일 없이 독자적인 문화가 번영하고 있는 곳으로 생각합니다."

"오염이라니, 무슨 말씀이시죠?"

"아니, 그것은, 즉 춤이나 음악, 영화 또는 공중광고 따위를 말하는 것입니다. 그리고 이곳 위생 시설은 아주 현대적으로 완비되어 있습니다만, 저의 생각으로는 동양이 서양으로부터 받을 수 있는 유일한 혜택일 것으로 믿습니다. 로마인은 행복하였다고 저는 곧잘 생각하곤 합니다. 그들의 문명은 기계라고 하는 치명적인 지식에까지 도달하는 일 없이, 뜨거운 욕실에 도달하고 끝났을 수 있었으니까요."

콘웨이는 한참 입을 다물고 있었다. 그는 결코 불성실한 의도에서 그런 말을 한 것은 아니었지만, 일종의 분위기를 만들어 좌중을 장악하려고 즉흥적인 말을 한 것이었다. 그는 그런 일에는 상당한 재치가 있었다. 다만 그 장소의 매우 점잖은 의례에 따라야 한다는 기분이 들었기 때문에 자기의 호기심을 노골적으로 나타내지 않으려 하고 있었을 따름이었다.

그러나 브린클로 여사에게는 그런 사양도 없었다. "죄송합니다만" 하고 그녀는 말하였으나, 그 말은 반드시 죄송하다는 뜻의 말은 아니었던 것이다.

"수도원에 대한 얘기를 좀 해주실 수 없겠습니까?"

이 갑작스럽게 튀어나온 질문에 장노인은 놀랐다는 듯이 양 눈꼬리를 치켜올렸다.

"기꺼이 말씀드리겠습니다. 할 수 있는 데까지는요. 어떤 점이 알고 싶으신가요?"

"우선 첫째는 이곳에는 몇 명이나 살고 있으며, 또 어느 국적에 속한 사람들이냐 하는 것입니다."

그녀의 정연한 머리가 바스쿨의 전도 교회에 있었을 때와 마찬가지로 직업적으로 움직이고 있었던 것만은 분명했다.

장노인은 이렇게 대답하였다.

"정식 라마교도가 약 오십 명, 그리고 나와 같은 아직 완전한 비전전수(秘傳傳授)를 받지 못한 사람이 몇 사람 있습니다. 우리도 곧 전수를 받게 되리라 생각하고 있습니다만, 그때까지는 반 라마교도라고나 할까요, 성직 지원자 비슷한 상태입니다. 그리고 국적에 대해 말씀드리자면 정말 여러 나라의 대표자들이 있습니다. 물론 티베트인과 중국인이 그 태반을 차지하고 있는 것은 극히 자연스러운 일이긴 합니다만."

브린클로 여사는 비록 틀린 결론이라 할지라도 그것을 회피하는 일은 하지 않았다.

"알겠습니다. 그럼 이곳은 정말 원주민의 수도원 같은 곳이로군요? 그렇다면 라마의 승원장은 티베트 사람입니까, 아니면 중국 사람입니까?"

"아니, 그 어느 쪽도 아닙니다."

"영국 사람도 있습니까?"

"몇 사람 있을 겁니다."

"어머, 놀랍군요" 하고 브린클로 여사는 잠깐 숨을 돌리고 다시 말을 계속했다.

"그럼 다음으로 여러분께서는 어떤 신앙을 가지고 계시는지요?"

콘웨이는 왠지 모르게 즐거운 기대를 느끼면서 의자에 등을 기대고 있었다. 항상 그는 이러한 정반대의 정신구조가 가져다 주는 긴박감을 관찰하는 데 흥미를 느끼고 있는 것이었다. 더더구나 브린클로 여사의 걸 스카우트적인 솔직함과 라마교의 철학이 충돌하는 광경은 흥미로운 것이 틀림없었다. 그러나 한편 그는 주인격인 장노인을 너무 놀라게 해주고 싶지는 않았다. 그래서 중재하듯 "그건 문제가 좀 거창한걸요" 하고 말했다.

그러나 브린클로 여사는 그런 말에는 조금도 개의치 않았다. 다른 사람들에게 편안함을 주고 있었던 포도주는 그녀에게는 더 한층 활력을 주고 있는 듯하였다. 그녀는 침착한 태도로 이렇게 말을 계속했다.

"물론 저는 참다운 종교를 믿고 있습니다. 그러나 다른 사람들,

이건 외국 사람들이라는 뜻입니다만, 그 사람들이 자기들 생각에 충성스럽게 따라서는 안 된다고 할 만큼 편협하지는 않다고 생각하는 거예요. 그러니까 어떤 승원에서 저의 신앙에 찬성해줘야 한다는 생각은 없습니다."

그녀의 양보에 대해서 장노인은 격식 바르게 절을 했다. 그리고 그는 정확한 영어로 대답했다.

"그러나 왜 한 종교가 진실하기 때문에 다른 모든 종교는 진실하지 않다고 해야만 하는 걸까요?"

"그야 물론 명백한 사실이 아니겠어요?"

콘웨이가 다시 중간에 끼어들었다.

"아니, 논쟁을 벌일 것까지는 없습니다. 그러나 이 특이한 승원을 설립하신 동기에 대해서는 저도 브린클로 여사 못지않게 호기심을 가지고 있습니다."

장노인은 거의 속삭이는 듯한 작은 목소리로 천천히 대답했다.

"간단하게 말씀드리자면 우리의 일반적인 신앙은 중용(中庸)에 있다고 해야 되겠습니다. 우리는 어떠한 지나친 과도함을 피한다는 덕을 설파하고 있습니다. 역설적인 말씀을 용서해주신다면 거기에는 덕(德) 그 자체의 과도함도 포함되어 있는 것입니다. 여러분이 보셨던 저 골짜기, 그곳에도 우리의 지배하에 수천 명의 사람이 살고 있습니다만, 중용의 원리가 행복에 상당한 도움을 주고 있는 것 같습니다. 우리는 적당한 엄격함을 가지고 지배하고 있으며, 그 대신 적당한 복종으로 만족하고 있는 셈입니다. 우리 주민들은 적당하게 성실하고, 적당하게 겸손하고, 적당하게 정직하다, 이렇게 말씀드릴 수 있지 않을까 생각합니다."

콘웨이는 미소 지었다. 꽤 능숙한 표현이었으며, 게다가 어딘지 모르게 자기 기질에 호소하는 것이 있다고 생각했다.

"잘 알 것 같습니다. 그러니까 오늘 아침나절에 만났던 사람들이 그 계곡의 주민들이었군요."

"그렇습니다. 여행 도중에 무슨 실수라도 없었으면 좋겠습니다만."

"아닙니다. 그런 일은 없었습니다. 아무튼 적당 이상으로 잘 걸어서 살았습니다. 그런데 조금 전에, 당신께서는 중용의 법칙이 저 계곡의 사람들에게 적용되어 있다고 신중하게 말씀하셨습니다만, 그러시다면 승려 여러분께서는 적용되지 않는다고 받아들여도 괜찮은 것인지요?"

그러나 이 말에 대해서 장노인은 다만 고개를 설레설레 흔들 뿐이었다.

"유감스럽게도 그것은 내 입으로 말할 수 없는 일이 되어서요. 다만 우리 사회는 다종다양한 신앙과 습관을 가지고 있는데 그것들에 대해서 대부분의 사람들이 서로 적당히 이단시(異端視)하고 있다는 말은 할 수 있을 것 같습니다. 정말 유감스럽습니다만, 지금으로서는 그 이상을 말씀드릴 수가 없습니다."

"아니, 사과까지 할 것은 없습니다. 덕분에 즐거운 추측을 할 수 있게 되었으니까요."

몸의 감각에서뿐만 아니라, 자신의 목소리를 통해서도 콘웨이는 아주 소량이나마 약을 복용한 것이 아닌가 하는 인상을 새롭게 받았다. 맬린슨도 똑같은 영향을 받은 것 같았으나, 기회를 포착하고 말을 꺼냈다.

"정말 재미있는 얘기입니다만, 서서히 돌아갈 계획을 의논할 때도 되지 않았는가 생각되는군요. 우리는 한 시각이라도 빨리 인도에 돌아가야 합니다. 몇 사람이나 인부를 빌려주실 수 있을까요?"

너무나도 실제적이며, 비타협적인 이 질문은 그 자리의 온화한 분위기를 깨뜨렸을 뿐 반응 비슷한 것은 아무것도 얻을 수가 없었다. 한참 사이를 둔 다음 장노인의 대답이 들려왔다.

"유감스럽지만 맬린슨 씨. 나는 그 문제에 대해 말씀드릴 수 있는 입장이 되지 못합니다. 하지만 어찌 되었건 이 문제는 지금 당장 어떻게 할 수 있는 것은 아니잖겠습니까?"

"하지만 어떻게 손을 써주셔야지 큰일났습니다. 우리는 모두 돌아가서 해야 할 일이 있을 뿐만 아니라 친구나 친척들이 무척 걱정하고 있습니다. 그러니까 무슨 일이 있어도 돌아가야만 합니다. 물론 이렇게 환대해주신 데 대해서는 감사를 드립니다. 그러나 이곳에서 아무 일도 하지 않고 태평스럽게 지낼 수만은 없습니다. 만일 가능하다면 늦어도 내일은 출발했으면 좋겠습니다. 저희를 데려다 줄 주민은 꽤 있을 줄 압니다만… 물론 그 일에 대한 품삯은 충분히 지불하겠습니다."

맬린슨은 신경질적으로 말을 끝냈다. 거기까지 말하기 전에, 누군가가 중간에서 대답을 해주었으면 하는 눈치였다. 그러나 그가 끌어낼 수 있었던 것은 거의 상대방을 나무란다고 해도 좋을 만한 침착한 장노인의 대답뿐이었다.

"말씀드렸던 바와 같이, 이런 문제는 전적으로 나의 영역 밖의 일이랍니다."

"그렇습니까? 하지만 무언가 해주실 수는 있지 않겠습니까? 이 지방의 확대 지도라도 구해주신다면 저희에게는 큰 도움이 되겠습니다. 아마도 긴 여행이 되겠지요. 그렇기 때문에 될 수 있는 대로 빨리 떠나야만 한다는 것입니다. 지도 정도는 있겠지요?"

"네, 지도라면 얼마든지 있습니다."

"별 지장이 없으시다면 몇 장만 빌려주실 수 있겠습니까? 나중에 돌려드리겠습니다. 이따금씩은 바깥 세상과도 연락을 취하고 계실 테니까요. 아, 참, 그 전에 친구를 안심시키는 전보를 쳐두는 것이 좋겠군. 제일 가까운 전화는 어느 정도 떨어져 있습니까?"

주름투성이인 장노인의 얼굴은 한없이 인내심을 간직한 것처럼 보였다. 그러나 이 질문에는 대답을 하지 않았다. 맬린슨은 한참 기다렸다가 다시 말을 계속했다.

"그런데 무슨 필요한 물건이 있을 때, 당신네들은 어디다 연락을 하십니까? 즉 문명의 기구 같은 것 말입니다만."

그의 눈과 목소리에는 겁이 나타나기 시작했다. 그리고 갑자기 의자를 뒤로 밀어제치고 일어섰다. 그는 얼굴이 창백해지면서 한 손으로 자기 이마를 문질렀다. 그는 방 안을 두리번거리면서 떠듬떠듬 말했다.

"나는 기진맥진이 되었습니다. 아무도 나를 도와주려 하지 않는군요. 나는 아주 간단한 일을 묻고 있을 따름입니다. 그리고 누구나 그 답을 모를 까닭이 없습니다. 우리는 모두 그 훌륭한 시설을 갖춘 욕실에 들어갔었습니다. 그런데 도대체 어떻게 그것을 이곳으로 운반할 수 있었느냐는 말입니다."

새로운 침묵이 흘렀다.

"나한테는 가르쳐줄 수 없다 그 말이군요. 그렇다면? 그것도 수수께끼의 일부이겠군요. 콘웨이 씨, 당신은 정말 천하태평이시군요. 어째서 당신은 진실을 모르십니까? 저로서는 지금 완전히 지친 상태입니다. 그러나… 아시겠습니까, 내일은, 내일이면 말입니다, 우리는 꼭 떠나야 합니다… 그것이 제일 긴요한……."

콘웨이가 그의 몸을 붙잡고 의자에 앉히지 않았더라면, 아마 그는 마룻바닥에 쓰러졌을 것이다. 이윽고 그는 약간 회복되기는 했으나 말을 할 수는 없었다.

"내일쯤이면 좋아질 겁니다. 외부에서 오신 분들에게는 이곳 공기가 처음에는 맞지 않을 겁니다. 그러나 곧 익숙해질 것입니다" 하고 장노인은 조용히 말했다.

콘웨이 자신도 황홀감에서 깨어난 것 같은 기분이었다.

"그에게는 좀 괴로운 일이 너무 계속되었던 것 같습니다" 하고 그도 약간 동정 섞인 부드러운 말투로 말했다. 그리고 이번에는 쾌활한 어조로 말을 이었다.

"하지만 저희도 모두 똑같은 기분이 아니었나 싶습니다. 그래서 이야기는 다음번에 나누기로 하고 쉬게 해주셨으면 좋겠습니다. 바너드 씨, 맬린슨을 좀 돌봐주시겠습니까? 그리고 브린클로 여사께서도 매우 졸리실 겁니다."

무슨 신호가 있었음에 틀림없었다. 그때 하인 하나가 나타났다.

"자, 그럼 가십시다. 안녕히 주무십시오, 안녕히 주무세요. 저도 곧 가겠어요."

콘웨이는 사람들을 거의 밀어내다시피 하면서 방에서 내보낸 다음 지금까지와는 전혀 다른 허물 없는 태도로 주인 쪽을 향했다. 맬린슨의 몰지각한 태도가 그에게 박차를 가하였던 것이었다.

"그런데 밤늦도록 영감님을 붙들어둘 수는 없으니, 요점만 말씀드리기로 하겠습니다. 저의 친구가 좀 성급한 태도를 취하였습니다만, 저 역시 그를 책망할 수도 없습니다. 일을 분명히 해두고 싶은 건 당연한 일이 아니겠습니까. 우리는 돌아갈 준비를 해야겠는데, 그렇게 하자면 아무래도 영감님이나 이 고장 사람들의 도움이 없이는 도저히 불가능할 것입니다. 물론 당장 내일 떠난다는 것은 어림도 없다는 것쯤은 잘 알고 있습니다. 저로서는 이곳에 좀 머물러 있는 것도 재미있는 일이라 생각하기는 합니다만, 다른 친구들은 그렇게 생각하지 않을 것입니다. 그래서 영감님께서 우리를 위하여 아무것도 해주실 수 없다는 것이 사실이라면 누구든 우리를 도와줄 수 있는 사람을 소개해주셨으면 합니다."

중국인은 대답했다.

"당신은 다른 분들보다 현명하신 것 같군요. 따라서 그리 성급하시지도 않구요. 저도 기쁘게 생각하고 있습니다."

"그 말씀으로는 대답이 안 되는데요."

장노인은 웃기 시작했다. 높고 경련을 일으키는 듯한 웃음이었다. 만들어낸 웃음이라는 것이 뻔하였다. 그래서 콘웨이는 그 웃음 속에서 중국인들이 우습지도 않은데 아주 우습다는 듯이 웃으면서 그 자리의 어색한 분위기를 얼버무리는 그리 무례하지는 않은 허식을 간파할 수 있었다.

"그 일에 대해서는 너무 걱정하지 않으셔도 괜찮을 겁니다" 하는 대답이 흘러나왔다. "곧 여러분께서 필요로 하시는 도움을 제공해 드릴 수 있을 것으로 믿고 있습니다. 하지만 여러 가지 어려운 문제들이 있어서요. 그러나 여러분께서 분별 있게 처신하시면서 서두르지 않고 이 문제에 임하시기만 한다면야……."

"그리 급히 도와주십사 하는 것은 아닙니다. 다만 인부들의 형편이 어떤가를 여쭈어봤을 뿐입니다."

"예, 그렇군요. 바로 그것이 문제입니다. 그런 여행에 기꺼이 동반하려고 하는 인부를 쉽게 발견할 수 있을지 어떨지가 의문입니다. 그들은 모두 그 골짜기에서 살고 있는데, 그곳을 떠나 괴롭고 긴 여행을 떠나려고 할 사람이 아마도 없을 것 같습니다."

"하지만 잘 설득하면 되지 않을까요? 그렇지 않으면 오늘 아침 영감님을 호위하고 갔던 일이 설명되지를 않습니다."

"오늘 아침에요? 그건 전혀 딴 일입니다."

"어떻게 말씀입니까? 우리가 우연히 만났을 때 영감님은 어디론가 가시는 길이 아니었습니까?"

이 말에 대답이 없었다. 이윽고 콘웨이는 조금 전보다 더욱 목소리를 낮추어 말했다.

"알겠습니다. 그럼 그것은 우연한 만남이 아니었군요. 저도 사실은 쭉 의아하게 생각하고 있었지요. 그렇다면 영감님께선 그곳까지 우리를 일부러 마중 나오셨다는 말이 되겠군요. 그러니까 우리의 도착을 미리 알고 계셨군요. 여기서 흥미 있는 문제는 어떻게 그것을 아셨느냐 하는 것이 되겠습니다만."

깊은 정적 속에서 그의 말은 강렬하게 들렸다. 초롱 불빛이 중국인의 얼굴을 비추고 있었다. 그 얼굴은 조용했고, 마치 조상(彫像)과도 같았다. 문득 장노인은 한 손을 들어서 그 자리의 긴박감을 깨뜨렸다. 그리고 옆에 있는 비단 벽포(壁布)를 잡아당기자 발코니로 통하는 창문이 나타났다. 노인은 콘웨이의 팔에 가볍게 손을 얹고, 차가운 수정 같은 바깥 공기 속으로 그를 데리고 나갔다.

"당신은 참 영특한 분이십니다" 하고 노인은 꿈꾸는 듯한 어조로 말했다. "하지만 완전히 바르게 해석하신 건 아닙니다. 그러니까 이런 추상적인 토론을 가지고 친구분들께 걱정을 끼치지 않으시도록 충고의 말씀을 드리는 바입니다. 부디 저를 믿어주십시오. 당신이나 친구분들이나 이 샹그릴라에서 조금도 위험할 것이 없습니다."

"저희가 걱정하는 것은 위험이 아니라, 늦어지는 일입니다."

"잘 알고 있습니다. 그리고 확실히 얼마만큼은 늦어질 겁니다. 부득이한 일입니다."

"그것이 아주 짧은 기간이며, 또 실제로 부득이한 일이라면 저희도 물론 할 수 있는 데까지는 참아야만 하겠지요."

"참으로 분별 있는 말씀이십니다. 이렇게 말씀드리는 것은 우리로서는 당신들이 이곳에 머무르는 동안 한 시각 한 시각을 즐겨주십사 하고 바라는 것밖에는 아무것도 바라지 않기 때문입니다."

"호의는 대단히 감사합니다. 좀 전에도 말씀드렸듯이 저 개인으로서는 그리 염려될 것은 없습니다. 새롭고 흥미로운 경험이고, 게다가 어찌 되었거나 우리는 좀 휴양할 필요도 있으니까요."

그는 눈을 들어 어렴풋하게 반짝이는 카라칼의 피라미드를 바라보고 있었다. 마침 그때, 밝은 달빛 속에서 그것은 마치 손에 잡힐 듯한 높이로 보이는 것이었다. 그 뒤쪽의 끝없는 감청색과는 반대로 그것은 너무나도 뚜렷하게 떠올라서 만지면 깨지지나 않을까 걱정이 될 정도였다.

장노인이 말했다.

"내일이면 더욱 재미있게 느껴질 것입니다. 그리고 휴양에 대한 말이 나왔으니까 말씀입니다만 피로를 푸는 데는 이곳만큼 쾌적한 곳은 그리 많지 않을 것입니다."

실제로 산을 응시하는 동안 콘웨이는 온몸에 깊은 안식이 퍼져나가는 것을 느꼈다. 그 장려한 광경은 시각적인 효과처럼 마음속으로도 감동이 밀려드는 것 같았다. 어젯밤에 그렇게도 휘몰아치던 고지의 강풍은 마치 거짓말처럼, 여기서는 바람 한 점 없이 조용했다.

계곡 전체가 육지에 안겨 있는 항구 같았으며, 그 위에 카라칼이 등대가 되어 지키고 있는 것처럼 그에게는 느껴졌다. 더욱이 한참 그렇게 생각하는 동안 점점 실제로 그렇게 보여졌다. 사실상 그 정상에는 불빛, 주위의 화려한 광경에 잘 조화된 냉랭한 푸른 미광이 켜져 있었기 때문이었다. 그때 무언가가 그를 재촉하여 그 산 이름의 뜻을 물어보게 만들었다. 이윽고 장노인의 대답이 그의 명상에 대한 메아리이기나 한 것처럼, 속삭임이 되어 되돌아왔다.

"카라칼이란 말은 골짜기의 방언으로 '푸른 달'이라는 뜻입니다."

그들 일행이 이 샹그릴라에 온다는 것을, 어떤 이유에서인지는 모르겠지만 이곳 주민들이 미리 알고 있었다는 자신의 결론을 콘웨이는 다른 사람들에게 전하지 않았다. 전달해야 한다고 마음속으로 생각했으며, 또 그것이 중대한 일이라는 것도 알고 있었다. 그러나 아침이 되자 그의 그러한 자각이, 이론적으로는 어떻든 간에 실제로는 거의 그를 괴롭히지 않게 되었으므로 미처 말을 못하고 말았다. 공연히 그런 말을 해서 다른 사람들을 극도의 불안 속에 빠뜨리고 싶진 않았던 것이다. 분명히 그의 일부는, 이 고장에는 무언지 모르게 출중하고 기묘한 것이 있다는 것, 그리고 지난 밤의 장노인의 태도는 결코 신뢰할 만한 것이 아니었다는 것, 더욱이 본국 정부가 무슨 수를 써주지 않는다면 자기네 일행은 사실상 포로 상태에 있다는 것 등을 주장하고 있었다. 더구나 당국에 손을 쓰도록 요청하는 것은 분명히 그의 의무였다. 요컨대 뭐니뭐니 해도 그는 영국 정부의 대표자인 것이나. 티베트 승원의 중놈 따위가 그의 정당한 요구를 거부하는 일이 있다면 이것은 분명히 불법 행위일 것이라는 것이 아마 일반적으로 받아들여지는 정상적이며, 공식적인 견해인 것이다. 또한 콘웨이 자신이 그 일부에서는 정상적이며, 공식적이었다. 어느 누구도 위급한 경우를 당하여 콘웨이만큼 완강한 사나이의 역할을 해낼 수 있는 사람은 없었다.

그 피난을 하기 전의 매우 어려웠던 며칠 동안, (그 자신은 빈정대는 심정으로 생각하는 것이었지만) 기사의 칭호를 받고《바스쿨에서의 콘웨이》라는 제목을 붙인, 헨티* 상을 받을 만한 학원소설이 충분히

* 조지 알프레드를 말하며 영국의 작가로 소년들 취향의 소설을 썼다.

될 수 있는 활약을 했던 것이었다. 부녀자를 포함한 7, 80명의 온갖 시민들의 선두에 서서, 외국인을 배척하는 선동자들이 일으킨 피비린내 나는 혁명 동안, 그들을 작은 영사관 안에 피난시키고 혁명자들을 위협하거나 추켜주거나 함으로써 한 사람도 빠짐없이 비행기로 피난시킬 것을 약속하도록 만들었다는 것, 그것은 서투른 솜씨가 아니었다고 그는 생각하는 것이었다. 배후에서 조종을 하고, 장황한 보고서라도 작성했더라면 아마도 내년의 연두 영전식(年頭榮典式)에서는 무언가를 얼렁뚱땅 탈 수 있었을지도 모른다. 아무튼 그렇게 되면 맬린슨의 열렬한 칭찬을 얻을 수 있었을 것이다. 그러나 불행하게도 그 청년은 지금쯤 틀림없이 콘웨이에 대해서 실망하고 있을 것이다. 물론 그것은 유감스러운 일이었다. 그러나 콘웨이는 사람들이 다만 오해 위에서만 자기를 좋아한다는 사실에 익숙해져 있었다. 원래 그는 단호한 의지를 가진 엄격한 저돌적인 제국 관리는 아니었던 것이다. 그가 보여주는 그런 양상은 단지 운명과 외무부와 휘터커 연감*의 책장 사이에서 누구나가 찾아낼 수 있는 정도인 봉급과의 배합에 의해서 이따금 되풀이되는 아주 보잘것없는 사소한 단막 연극에 지나지 않았다.

샹그릴라의 수수께끼와 자신이 이곳으로 오게 된 수수께끼가 차라리 기분 좋은 매력이 되어 그의 마음을 엄습해오기 시작하였다는 것이 진실이었다. 하여간 그는 개인적인 불안은 느끼지 않았다. 그의 공적인 직업은 그를 항상 세계의 벽지로 내몰았고, 대개 벽지일

* 조세프 휘터커가 1868년에 시작한 연감.

수록 심심치 않게 지낼 수 있었다. 그렇다면 화이트 홀*로부터의 훈련에 의해서가 아니라 우발적 사건에 의해서 세계에서도 가장 심한 벽지로 파견되었다고 해서, 불평할 까닭이 있겠는가? 사실상 그는 불평을 터뜨릴 생각은 조금도 없었다. 아침에 일어나서 창문으로 부드러운 유리 같은 하늘을 바라보았을 때, 그는 페샤와르이건 피카딜리이건 간에 다른 아무 데도 가고 싶은 생각이 없었다. 그는 하룻밤의 휴식으로 인해서 다른 세 사람도 원기를 되찾은 것을 보고 무척 기쁘게 생각했다. 바너드는 침대와 욕실, 아침 식사, 또 그 밖의 친절한 대접에 대해서 유쾌하게 농담할 수 있을 정도가 되어 있었다. 브린클로 여사는 어딘가 결함이 틀림없이 있으리라 생각하고 자기 방을 샅샅이 뒤져보았으나 아무것도 발견할 수 없다는 것을 알았다. 맬린슨까지도 시무룩한 가운데 만족감을 맛보고 있었다.

"누군가가 열심히 이 문제에 대해서 날카롭게 눈을 부릅뜨고 있지 않는 한 우리는 오늘 안으로 이곳을 출발할 수는 없을 것 같소" 하고 그는 중얼거렸다. "아무튼 그 사람들은 전형적인 동양 사람이오. 그 사람들에게 일을 신속하고 효과적으로 해주기를 기대하기란 어려울 겁니다."

콘웨이는 맬린슨의 말을 잘 알아들었다. 그는 영국을 떠난 지 1년이 되었다. 확실히 그가 20년 간 동양에서 살았다고 하더라도 되풀이했을 것이 틀림없는 일반론이 허용되어도 좋은 그런 기간이다. 물론 그것은 어느 정도 진실이었다. 그러나 콘웨이는 동양의 모든

* 영국 정부의 별명.

민족이 이상할 정도로 굼뜬 것이 아니라, 영국인이나 미국인이 항상 어리석게도 열에 들떠서 세계를 누비고 돌아다니고 있는 데 지나지 않는다고 생각하였다. 이러한 견해에 대해서 그의 동료인 서양 사람들이 동의를 나타내리라는 것은 거의 기대할 수 없었으나 나이와 경험을 쌓아감에 따라 그는 자신의 견해에 대해서 점점 더 확신하게 되었다. 한편, 장노인이라는 사람도 아주 교묘하게 구실을 잘 붙여 피하는 사람이라는 것도 진실이었으며, 그 사실 때문에 맬린슨이 초조해하는 것도 무리가 아니었다. 콘웨이는 자기도 좀 초조해질 수 있으면 좋겠다는 생각이 들었다. 그러면 맬린슨도 매우 마음이 편해질 것이기 때문이었다.

그는 이렇게 말했다.

"좌우간 오늘은 기다리면서, 사태가 어떻게 돌아가나 관망하는 것이 좋을 것 같아. 어젯밤에 그들이 무슨 수를 써주었으리라 생각한다는 것은 너무 낙관하는 것 같으니까 말이야."

맬린슨은 날카롭게 그를 쳐다보았다.

"콘웨이 씨, 당신은 저를 어리석은 놈이라 생각하시겠지요. 제가 너무 성급하게 재촉을 했었죠? 어쩔 도리가 없었습니다. 아무래도 그 중국인이 의심쩍게 생각되었기 때문입니다. 지금도 그렇게 생각하고 있습니다만, 제가 자러 간 뒤에 그에게서 뭔가 알아낸 것이 있었지요?"

"별로 길게 이야기를 못 했네. 좌우간 무슨 말을 물어도 막연하고 애매한 대답만 하더군."

"오늘은 무슨 일이 있어도 그를 따라다니다가 뭔가를 알아내야

합니다."

"꼭 그래야 할 텐데" 하고 콘웨이는 동의했으나 그 전망에 대해서는 별로 뚜렷한 열의가 있는 것 같은 말투가 아니었다.

"그런데, 이것 참 훌륭한 아침 식사군."

식단은 포메로*와 차 그리고 그레이프 프루츠, 얇게 저민 떡 등으로 되어 있었는데 요리 솜씨도 훌륭했지만 시중도 나무랄 데 없이 완벽하였다.

식사가 끝나갈 무렵 장노인이 가볍게 허리를 굽히면서 들어와 판에 박은 듯 인사말을 시작했는데 그것이 영어였기 때문에 약간 듣기에 거북스러운 것이었다. 콘웨이는 될 수 있으면 중국어로 해주었으면 했는데, 자기가 동양 말을 할 줄 안다는 것을 아직 알리지 않고 있었다. 그것이 유효한 최후의 수단이 되리라고 생각했기 때문이었다. 그는 엄숙한 표정으로 장노인의 정중한 인사말에 귀를 기울이고 어젯밤은 잘 자고 기분도 한결 더 좋아졌다고 말했다. 그러자 노인은 그 말을 듣고 기뻐하면서 이렇게 덧붙이는 것이었다.

"당신네 나라의 시인이 말했듯이 '잠은 헝클어진 마음의 괴로움을 다스려주는 것'**이랍니다."

이 박식함에 대한 피력도 호의를 가지고 받아들여지지는 않았다. 맬린슨은 건전한 정신을 가진 대개의 영국 청년이 시에 대해서 언급되었을 때면 느끼는 경멸의 빛을 나타내면서 대답했다.

---

* 왕귤의 일종.

** 셰익스피어의 〈맥베스〉 2막 2장.

"그 시구는 모르겠습니다만, 아마도 셰익스피어를 말씀하시는 거겠지요. 그러나 나는 또 다른 시구를 알고 있습니다. '퇴장의 순서는 아랑곳 마시고, 당장 물러가주시어'*라는 것입니다. 별로 무례한 말씀을 드리려는 것이 아니라 우리도 그렇게 하고 싶다는 말입니다. 만일 노인께서 이의만 없으시다면, 나로서는 당장 인부를 구하러 나가고 싶군요. 아침 나절에 말씀이에요."

중국인은 이 최후의 통첩을 태연하게 듣고 있다가 마침내 입을 열었다.

"유감스럽습니다만, 아마 그렇게 하셔도 허사일 것입니다. 집을 떠나서 그렇게까지 멀리 따라가려고 하는 사람이 없을 테니까요."

"그럴 리가 있나요. 설마, 우리가 그 말을 곧이들으리라고 생각하시는 것은 아니겠지요?"

"정말 유감스러운 일이지만, 그렇게밖에는 말씀드릴 수가 없습니다."

"보아하니, 간밤에 곰곰이 생각하신 것 같군요. 어제 저녁에는 그렇게 분명하게 말씀하시지는 않았으니까요" 하고 바너드가 말참견을 했다.

"먼 여행길에 지쳐들 계실 터인데, 너무 실망할 말씀을 드리고 싶지 않았기 때문입니다. 그러나 이제는 충분히 휴식도 취하신 다음이라, 저로서도 이 문제를 좀 더 이성적으로 생각해주셨으면 해서 말씀드리는 것입니다."

---

* 〈맥베스〉 3막 4장.

"이것 보십시오" 하고 이때 콘웨이가 활발한 어조로 끼어들었다. "그런 애매한 핑계는 좋지 않습니다. 우리가 언제까지나 여기 머물러 있을 수 없다는 것은 노인께서도 잘 아시지 않습니까. 또 우리만의 힘으로는 우리가 여기를 빠져나갈 수 없다는 것도 확실합니다. 그렇다면 어떻게 하는 것이 제일 좋다고 생각하십니까?"

장노인은 활짝 웃음 띤 얼굴을 지어 보였으나 그것은 분명히 콘웨이 한 사람에게만 돌려진 것이었다.

"그러면 지금 내가 생각하고 있는 제안을 기꺼이 말씀드리도록 하지요. 당신 친구분 같은 태도에 대해서는 대답해드릴 필요도 없지만 현명한 분에 대해서는 항상 그 나름대로의 대답을 해드려야 하니까요. 기억하고 계실 테지만, 어젯밤에도 친구분께서 말씀하신 걸로 알고 있습니다. 우리도 바깥 세계와 이따금 연락을 가져야만 할 것이라고 말씀하셨습니다. 사실 맞는 말씀이었습니다. 멀리 떨어진 화물 집산지로부터 가끔 물자를 사들여야 합니다. 그런 경우에는 적당한 경로를 거쳐서 그 물자를 입수합니다. 그렇지만 어떠한 방법을 쓰는지, 어떤 수속을 따라서 하는지를 말씀드릴 필요가 없을 것 같습니다. 다만 당장에 알려드리고 싶은 것은 그런 위탁 물자가 근간에 도착하기로 되어 있다는 사실입니다. 그렇게 되면 그 물건을 운반해 온 사람들이 반드시 돌아가게 마련이니까, 그 사람들과 교섭을 해서 어떻게든지 해결을 하시는 것이 어떨까 하고 생각하고 있습니다만, 사실상 저로서도 그 이상의 묘안은 나지도 않습니다. 그러니까 그 사람들이 도착하면……."

"언젭니까, 그들이 오는 건?" 하고 맬린슨이 퉁명스러운 어조로 상대방의 말을 가로막았다.

"정확한 시일을 미리 알려드리기는 도저히 불가능합니다. 당신도 이곳에 오기가 얼마나 힘드는 일인가를 경험해서 잘 아실 줄 믿습니다만, 글쎄요, 여러 가지 일들이 일어나서 예정을 그르치게 할지도 모릅니다. 예를 들면 뜻하지 않은 날씨 때문에 위험에 부딪치는 경우도 있으니까요."

콘웨이가 다시 끼어들었다.

"이 문제를 일단 분명하게 해두십시다. 당신께선 근간 이리로 짐을 날라오는 사람들을 인부로 구하는 것이 어떻겠느냐고 하셨는데, 그것만 가지고 생각한다면 퍽 좋은 생각이라고 할 수 있겠습니다. 그러나 우리로서는 그 점에 대해서 좀 더 분명하게 해두고 싶은 것입니다. 우선 첫째로 그 질문은 이미 했습니다만, 그 사람들은 언제쯤 이리로 올 예정인지, 다음으로 그들이 우리를 어디까지 데려다줄 수 있는지라는 문제입니다."

"그거야 오히려 여러분께서 그 사람들에게 물어보셔야 되겠지요."

"인도까지 데려다줄 수 있을까요?"

"글쎄요, 나로서는 뭐라 말씀드릴 수가 없군요."

"그렇습니까? 그렇다면 또 하나의 질문에 대답을 해주십시오. 그들은 언제쯤 이리로 오게 됩니까? 아니 몇 월 며칠에 오느냐고 묻는 것은 아닙니다. 내주에 오는지, 내년에 오는지 그 정도라도 알고 싶습니다."

"아마 앞으로 한 달쯤 걸릴 것 같군요. 두 달 이상은 걸리지 않을 겁니다."

"혹은 석 달, 넉 달, 다섯 달이 될지도 모르겠군요" 하고 맬린슨이 화를 내면서 말했다.

"당신은 먼 장래의 아주 막연한 날에 그 호위대인지, 대상(隊商)인지가 와서 어딘지도 전혀 알 수 없는 곳으로 우리를 데리고 가주십사 하고 우리가 여기서 기다리고 있을 줄 아십니까?"

"그 '먼 장래'라는 말씀은 좀 합당치가 않군요. 어떤 예기치 못한 일이 생기지 않는 한은, 제가 말씀드린 이상으로 지연되지는 않을 것입니다."

"그렇다 하더라도 두 달이라니요! 이런 데서 두 달 동안이나! 말도 안 됩니다! 콘웨이 씨, 당신도 그런 일은 생각지도 못할 일이겠지요? 기껏해야 두 주일이 최대한도입니다!"

장노인은 이야기를 이것으로 끝냈다는 듯이 두루마기의 자락을 여미었다.

"미안합니다. 속상하실 말씀을 드리고 싶었던 것은 아니었는데요. 불행하게도 여러분께서 이곳에 머무르시는 동안 우리 사원으로서는 최대의 접대를 하도록 애쓰겠습니다. 저로서는 더 드릴 말씀이 없습니다."

"그럴 필요는 없어" 하고 맬린슨은 격정을 참지 못하는 듯 이렇게 대꾸했다.

"하지만 우리를 마음대로 할 수 있으리라 생각한다면 그것은 큰 오산이야! 염려하지 마시오. 필요한 인부는 우리가 구해내고 말 테니까. 그쪽은 굽실굽실 절이나 하든지, 하고 싶은 말을 하든지 멋대로 하시지……."

콘웨이는 그의 팔을 잡고 진정시켰다. 신경질이 폭발한 맬린슨은 아주 유치한 장면을 연출하고 말았다. 장소도 예의도 아랑곳없이 마음 내키는 대로 지껄여댔다. 이런 환경이나 처지에 몰리게 되면 누구나가 다 그렇게 되리라고 콘웨이는 생각했다. 그러나 그것이 중국인의 섬세한 감수성과 맞서게 되지나 않을까 두려웠다. 그러나 다행히도 장노인은 재치 있게 최악의 사태가 벌어지기 전에 그 장소를 떴다.

5

그 후, 오전 내내 그들은 그 문제를 가지고 이야기를 주고받았다. 예정대로 일이 진행되었더라면 지금쯤 그들은 클럽이나 페샤와르의 공관에서 편안하게 지내고 있었을 터인데 엉뚱하게도 티베트의 사원에서 두 달이나 지내게 되었다는 사실은 확실히 충격이었다. 그러나 도착했을 당초의 충격 때문에 분개하거나 놀라거나 했던 기분이 크게 가라앉은 것만은 사실이었다. 맬린슨까지도 처음 폭발한 뒤부터 절반은 어리둥절한 기분에 잠겨 있었다.

“이제는 떠들지 않기로 했습니다. 콘웨이 씨, 지금 저의 심정이 어떤지 아시겠습니까? 이번 일에 대해서 나는 무언가 이상하다고 처음부터 계속 말해왔습니다. 아무래도 속고 있는 것 같아서 나는 지금 당장에라도 도망치고 싶습니다” 하고 그는 초조한 듯이 담배 연기를 내뿜으면서 말했다.

“그래서 자네를 책망할 생각은 없지만” 하고 콘웨이는 대답했다.

"다만 어려운 일은 우리가 직면한 문제가 누가 이렇게 하고 싶다거나 또는 저렇게 하고 싶다라는 문제가 아니라 모두가 어떻게 견디어내느냐가 문제란 말일세. 솔직하게 말하자면 만일 그들이 우리에게 필요한 인부를 제공해줄 의사가 없다든지, 혹은 그럴 수가 없다고 한다면 우리로서는 그가 말한 짐꾼을 기다리는 수밖에 다른 도리가 없다는 말일세. 이렇게까지 허탈한 궁지에 빠졌다는 걸 인정한다는 것은 유감스럽기 짝이 없지만, 아무튼 이것이 사실이니까 어쩔 도리가 없다는 거지."

"그렇다면 두 달 동안이나 우리는 이곳에 머물러야 한다는 겁니까?"

"달리 뾰족한 수가 생각나지 않는군."

맬린슨은 애써 태연한 태도를 보이면서 담뱃재를 털었다.

"그렇다면 할 수 없지요. 두 달 동안이라, 우리 모두 만세라도 불러볼까요."

콘웨이는 말을 계속했다.

"다른 벽지에서 두 달을 보내는 것보다는 나쁘지 않겠지. 우리 같은 직업을 가진 사람은 이상한 장소로 가는 데는 익숙하니까 그 점에 있어서는 우리 네 사람이 다 같을 걸세. 물론 친구나 가족이 있는 사람은 괴로운 일일 테지. 그 점에서 나는 운이 좋은 편이라고 생각해. 사실상 나를 걱정해줄 사람도 없거니와, 게다가 내 직업으로 말할라치면 비록 그것이 어떤 일이라 할지라도 다른 사람이 무난히 해낼 수 있는 일이니 말일세."

그는 각자의 사정을 말해보는 것이 어떻겠느냐는 듯이 다른 사람들을 쳐다보았다. 맬린슨은 아무 말도 하지 않았지만 콘웨이는 그가 어떤 사정에 처해 있는지 대강 알고 있었다. 고향에는 양친과 애인이 있었던 것이다. 그래서 그것이 일을 더욱더 어렵게 만들고 있었다.

한편 바너드는 몸에 밴 것이라고 콘웨이가 늘 인정하고 있었던 익살이 넘치는 태도로 자기가 놓인 입장을 받아들였다.

"그런데 나도 그런 점에 있어서는 상당히 운이 좋은 편인데요. 약 두 달 고생한다고 해서 죽지야 않겠지요. 고향 사람들도 말하자면, 글쎄요, 눈도 깜짝하지 않을걸요. 나는 원래 편지를 잘 쓰지 않는 성미니까요."

"바너드 씨는 우리 이름이 신문에 났을지도 모른다는 것을 잊어버리고 계십니다. 틀림없이 행방불명이라고 났을 겁니다. 그렇다면 사람들은 당연히 최악의 상태를 예상하게 됩니다" 하고 콘웨이가 말했다.

그 순간 바너드는 깜짝 놀란 듯한 표정을 나타냈으나 곧 빙그레 웃으면서 대답했다.

"흠, 그건 그렇군요. 하지만 그게 무슨 상관입니까?"

바너드의 반응에 약간 어리둥절하기는 했으나, 콘웨이는 그 말을 듣고 안심했다. 그는 다음으로 브린클로 여사 쪽을 돌아보았다.

그녀는 그때까지 침묵을 지키고 있었다. 장노인과 대담하는 동안에도 그녀는 한마디도 의견을 말하지 않았다. 그녀에게도 개인적인 걱정은 비교적 적을 것이라고 그는 상상했다. 그녀는 명랑하게 대답했다.

"바너드 씨 말씀대로, 여기서 두 달쯤 지내는 것을 가지고 야단법석을 떨 것까지는 없다고 생각합니다. 하느님을 섬기는 사람에게는 어디나 다 마찬가지이니까요. 하느님의 뜻으로 저는 이곳에 와 있는 거예요. 저는 사명으로 생각하고 있답니다."

이런 상황 아래서는 참으로 편리한 태도라고 콘웨이는 생각했다. 그는 여사를 격려하려는 듯 이렇게 말했다.

"돌아가시면 교회 사람들이 여간 기뻐하지 않겠습니다. 유익한 정보도 전해주실 수 있을 테구요. 그 점에 대해서 생각한다면 우리는 모두 어떤 경험을 하고 있는 셈입니다. 이렇게 생각하는 것이 차라리 위안이 될 것도 같습니다."

그 뒤, 이야기는 일반적인 화제가 되어버렸다. 콘웨이는 바너드와 브린클로 여사가 자신들을 새로운 전망에다 적응시켜나가는 것을 보고 오히려 놀랐다. 그러나 또한 동시에 한시름 놓은 기분이 들기도 했다. 남은 것은 기분이 좋지 않은 맬린슨만 어떻게 하면 되는 것이었다. 그러나 맬린슨까지도 여지껏 많은 논의를 거듭해온 다음의 반동을 맛보고 있는 것이었다. 아직 마음은 동요하고 있었으나 될 수 있는 대로 사물의 밝은 면을 보려고 애쓰는 듯했다.

"나 자신을 어떻게 다스려나가야 할지 모르겠습니다" 하고 그는 큰 소리로 말했다.

그러나 이런 말을 내뱉은 자체가 어떻게 해서든지 운명을 감수하려고 하고 있다는 것을 나타내고 있었다.

"우선 서로가 남의 기분을 상하지 않게 하는 것이 중요하다고 생각하네. 다행하게도 이곳은 장소도 넓고 게다가 사람들도 많은 것 같지가 않아. 하인을 제외하고는 지금까지 단 한 사람을 만났을 뿐이니까 말일세" 하고 콘웨이가 대답했다.

바너드는 또 다른 낙관적인 이유를 발견했다.

"어떻든 간에 우리는 굶어 죽을 걱정은 없단 말입니다. 지금까지 제공하는 식사만 보더라도 콘웨이 씨, 상당한 돈이 없고서는 이곳을 운영해나갈 수는 없을 겁니다. 예를 들자면 욕실 말입니다. 아마 돈이 꽤 들었을 겁니다. 그런데 여기서는 아무도 일을 하는 것 같지 않으니 이상한 노릇입니다. 저 아래 골짜기 사람들이 벌이를 하고 있다면 문제는 다르지만요. 그러나 그렇다고 하더라도 수출품을 생산하고 있을 리도 없구요. 광맥이라도 채굴하고 있는 걸까요?"

"이곳 전체가 수수께끼지요" 하고 맬린슨이 응답했다. "예수회 사람들처럼 어디다 돈 단지라도 숨겨놓은 모양이지요. 그리고 그 욕실 말인데요, 아마도 어떤 돈 많은 귀의자가 기증한 것일 겁니다. 아무튼 그런 일은 아무려면 무슨 상관이 있습니까. 도망갈 수만 있다면 말이에요. 하지만 경치 하나만은 훌륭합니다. 장소만 좋다면 멋진 겨울 스포츠 센터가 되겠습니다. 저기 건너편 경사면에서 스키를 탈 수 있을지도 모르겠습니다."

콘웨이는 탐색하는 듯한 그리고 약간 흥미가 끌리는 듯한 시선을 한 차례 그에게 보냈다.

"어제 내가 에델바이스를 발견했을 때, 자네는 알프스에 온 것이 아니라고 말하지 않았나. 이번에는 내가 똑같은 말을 할 차례가 됐나 보군 그래. 이런 곳에서 자네의 벤겐 샤이데그의 스키 솜씨를 시험해보라고 충고할 수는 없겠는걸."

“이곳 사람들은 스키 점프 같은 것은 본 일이 없겠지요?”

“아이스하키 시합도 본 일이 없을 걸세” 하고 콘웨이는 농담조로 대꾸했다. “어때, 한번 팀이라도 만들어보지 그래, ‘신사 대 라마승(僧)’이라, 어떻겠는가?”

“확실히 그렇게 하면 그 사람들에게 게임이 무엇인가를 가르쳐주는 것이 될 겁니다”라고 브린클로 여사가 진지한 어조로 쾌활하게 끼어들었다.

여사의 발언에 대해서 적당한 의견을 말한다는 것은 어려운 일이었으나 그럴 필요도 없었다. 그때 마침 점심 식사가 들어왔기 때문이었다. 더더구나 그 식단 내용과 재빠른 시중이 아주 기분 좋은 인상을 주었다. 나중에 장노인이 들어왔을 때는 누구도 좀 전의 그 부질없는 논쟁을 계속할 기분이 아니었다. 중국인 쪽에서도 아주 다정한 태도를 보이면서 상냥하게 말을 걸어왔기 때문에 네 사람의 방랑자들도 그가 하는 대로 내버려두었다. 사실 그가 만일 이 라마사원의 건물을 좀 더 구경하고 싶다면 기꺼이 안내하겠노라고 제안했을 때 그들은 그 제안을 자진해서 받아들였던 것이다.

“꼭 부탁드리고 싶군요” 하고 바너드가 말했다. “여기 있는 동안 대충 구경해두고 싶습니다. 언제 우리가 또다시 이곳에 오게 될지 기약할 수 없는 일이니까요.”

브린클로 여사는 그보다 더욱 사려 깊은 어조로 말했다.

“비행기를 타고 바스쿨을 떠날 때, 이런 곳에 오리라고는 꿈에도 생각지 못했으니까요.”

장노인의 안내로 일행이 발길을 옮기기 시작하였을 때 그녀는 말했다.

"그리고 왜 이런 곳으로 오게 되었는지 그 이유는 아직도 알 길이 없습니다" 하고 맬린슨은 여전히 미련이 남아 있는 투로 말했다.

콘웨이는 인종과 피부 색깔에 대해서는 아무런 편견도 갖고 있지 않았다. 이따금 클럽이나 열차의 일등 칸에서 백인 행세를 하면서 거드름을 피우고 있는, 헬멧을 쓴 새우같이 생긴 붉은 얼굴에 대해 어떤 특별한 경의를 표한다고 할지라도 그에게는 그것이 그 자리를 얼버무리기 위한 일종의 수작에 지나지 않았다. 그렇게 가장하는 태도를 취하는 것이, 특히 인도 같은 데서는 여러 가지 번거로운 일을 모면케 해주었다. 그리고 콘웨이는 번거로운 일을 신중하게 피하려고 하는 인간이었다. 그러나 중국에서는 별로 그럴 필요가 없었다. 그에게는 중국인 친구가 많이 있었지만 그들을 열등한 인간으로 다루고 싶은 생각은 전혀 없었다. 따라서 장노인과 교제를 가지게 됐을 때도 완전히 신용할 수는 없다고 할지라도 그는 노인에게서 확실히 높은 지성을 갖춘 예의바른 노신사의 모습을 아무런 선입관 없이 찾아볼 수 있었던 것이다.

하지만 맬린슨은 자칫하면 있지도 않은 가상적인 울타리를 통해서 그를 보려고 했다. 브린클로 여사 역시, 그의 지적 맹목 속에 이교도라도 보는 것 같은 어조로 가차없이 마구 지껄여댔던 것이다. 그리고 바너드의 경구 섞인, 익숙하기 짝이 없는 말투는 마치 어느 집 집사 같은 느낌마저 들었다.

한편 그들이 하나하나 살펴보는 샹그릴라의 장대한 조망은 그러한 태도를 훨씬 초월시킬 만큼 흥미로운 것이었다. 콘웨이로서는 사원의 시설을 구경하는 것이 이번이 처음은 아니었다. 하지만 그것은 두말 할 나위도 없이 최대의 것이었으며, 그 입지 조건은 고사하고라도 가장 경탄할 만한 것이었다.

수많은 방들과 안마당을 보고 돌아다니는 것만으로도 충분히 오후의 운동이 되었다. 또한 콘웨이는 그대로 지나쳐버린 방들과 사실상 장노인이 내부로 안내하지 않았던 건물이 여럿 있다는 것도 알았다. 그러나 일행은 각자가 이미 가지고 있던 인상을 뒷받침해주기에 아주 충분한 만큼은 보았다. 바너드는 라마승들이 돈이 많다는 데 대해서 더욱 확신을 가졌다. 브린클로 여사는 그들이 부도덕하다는 숱한 증거를 발견했다. 맬린슨은 처음에 느꼈던 신기함이 차차 가시어지자 저지(低地)에서 한 관광 여행 때와 똑같은 피로감을 느꼈고 라마승 따위는 자기 성미에 맞지 않을 것 같다고 생각하고 있었다.

콘웨이 한 사람만이 점점 더해가는 마력에 사로잡혀가고 있었다. 개개의 사물에 매혹되는 것이 아니라 서서히 나타나는 우아함과 차분하고도 나무랄 데가 전혀 없는 취향, 너무나도 그윽한 맛이 풍기고 있어서 특별히 눈으로 보지 않더라도 만족감을 얻을 수 있는 그런 조화에 매혹되고 있었던 것이다.

사실상 그러한 예술가적인 기분에서 감식가의 기분으로 그는 어떤 의식적인 노력을 기울이면서 자신을 일깨웠다. 그리고 그곳에는 미술관이나 돈 많은 사람들이 매우 탐낼 만한 보물이 있다는 것도 짐작할 수 있었다. 절묘한 진주 빛깔의 송조(宋朝) 청자, 천년 이상이나 보존되어온 담채화, 선경(仙境)의 싸늘하고도 아름다운 세부가 그려져 있다기보다는 오히려 관현악식으로 편곡되어 있다고 하는 편이 좋을 칠기류, 가장 순수한 사고를 융합해 들어가기 전에 잠시 정감을 자아내면서 여전히 자기와 칠기의 주변을 아쉬운 듯 감돌고 있는 세련된, 비길 데 없는 세계, 거기에는 한 조각의 교만도 없을뿐더러 효과를 노린 흔적도 없고, 보는 이의 감정에 호소하기에 급급한 그런 데도 전혀 없었다. 그 섬세한 극치에는 꽃에서 떨어지는 꽃잎처럼 너울너울 날아 내려오는 그런 느낌이 있었다. 그 물건들은 분명히 수집가들의 마음을 미치게 하였을 것이다. 그러나 콘웨이에게 수집벽은 없었다. 첫째 돈도 없거니와 획득욕도 없었다. 중국의 미술품을 좋아한다는 것은 단순히 마음의 문제였던 것이다. 소란스러움과 거대한 것이 찾아드는 세계에서 그는 정답고도 정밀하고 작은 것에 대해서 은연중에 마음이 끌리고 있었다. 그리고 이 방 저 방으로 돌아다니는 동안 이와 같은 덧없는 매력의 배후에는 카라칼의 지붕이 광대하게 치솟아 있다는 생각에 사로잡혀 어렴풋한 애수까지 느끼는 것이었다.

그러나 사원에는 그러한 중국풍의 고미술품 외에도 더 주목할 만한 것이 있었다. 한 가지 예를 들면, 매우 상쾌한 도서실이 있었다. 천장이 높고 넓었으며, 구석진 곳이나 기둥과 기둥 사이에 벽이 들어간 곳에는 많은 서적이 눈에 잘 띄지 않게, 보존되어 있었다. 그러므로 전체적인 분위기가 지식보다는 여유, 엄격함보다는 품위가 돋보이는 것이었다.

콘웨이는 그들 서가의 몇 개를 쭉 훑어보는 것만으로도 놀라운 책을 여러 권 발견할 수 있었다. 거기에는 세계 최고의 문학작품뿐만 아니라 자신으로서는 도저히 평가하기도 어려운 난해하고 진기한 책들도 많이 갖추어져 있다는 것을 알 수 있었다. 영어, 독일어, 불어, 러시아어로 된 서적도 많았고, 또 중국어, 동양어의 문헌에 이르러서는 방대한 양의 것이었다. 특히 그의 관심을 끌었던 것은, 만일 그렇게 부를 수 있다면, "티베트"에 관한 문헌이 수집되어 있는 한 모퉁이였다. 몇 권의 진귀본이 눈에 띄었는데 그 속에는 안토니오 데 안드라다의《대 거란 또는 티베트지방 신기행(大契丹或西藏地方新紀行)》, 아타나시우스 킬허의《중국》, 쟌 드데브노의《신부(神父) 그뤼베르와 도르빌의 중국 기행》, 벨리가티의《미발표 서장여행기(未發表西藏旅行記)》등이 있었다. 그 마지막 책을 손에 들고 뒤적이고 있을 때, 장노인의 부드럽고 호기심에 가득 찬 시선이 자기에게 쏠리고 있음을 알 수 있었다.

"당신께선 학자이신 것 같군요?" 하고 노인이 물었다.

콘웨이는 대답하기가 곤란했다. 옥스퍼드에서 한때 특별 연구원이었던 것을 생각하면 그렇다고 대답할 수 있었지만 그는 학자라는 말이 중국인에게는 최고의 인사말이 될지 모르나 영국 사람의 귀에는 약간 아니꼽게 들리기 쉽다는 것을 알고 있었기 때문이었다. 그리고 주로 다른 사람들에 대한 배려에서 그는 그 말을 부인했다.

"독서를 좋아하기는 합니다만, 근래에 와서는 일이 바빠서 공부할 틈이 별로 없었습니다."

"하지만, 학구 생활은 바라고 계시겠지요?"

"글쎄요. 분명하게 그렇게 말씀드릴 수 있을는지요. 하지만 확실히 매력만은 느끼고 있습니다."

이때 책 한 권을 꺼내 든 맬린슨이 말참견을 해왔다.

"여기 콘웨이 씨의 학구 생활에 도움이 될 만한 자료가 있습니다. 이 지방의 지도가 있습니다."

"그런 것이라면 수백 종류가 갖추어져 있습니다. 어느 것이든지 마음대로 보십시오. 하지만 수고를 덜어드리기 위해 한 가지만 말씀드려두겠습니다만, 어느 것을 보아도 샹그릴라는 실려 있지 않습니다" 하고 장노인이 말했다.

"이상하군요. 그것은 또 무슨 이유에서이지요?" 하고 콘웨이가 물었다.

"어엿한 이유가 있습니다만 그 이상은 말씀드릴 수 없습니다."

콘웨이는 얼굴에 미소를 띠었다. 그러나 맬린슨은 또다시 기분이 상해버렸다.

"비밀은 어디까지나 산 넘어 산이군. 지금까지 보아온 것으로는 별로 숨길 만한 일도 없지 않았습니까?"

이때 브린클로 여사는 무언(無言)의 상태, 직업 의식의 공백 상태에서 갑자기 깨어났다.

"라마교 승려들께서 일하시는 모습을 보여주실 수는 없겠습니까?" 하고 여사는 마치 쿠크 여행사의 안내인까지도 위협할 수 있었을 것이 틀림없는 높은 음성으로 말했다.

아마도 그녀는 마음속으로 귀국했을 때의 이야기 선물거리라도 될 만한 기도용 무릎 깔개라든가, 색채가 화려한 원시 토착민의 수예품 등을 어렴풋이 떠올리는 모양이었다. 그녀에게는 어떤 일에도 절대로 놀라지 않는다는, 그러나 항상 분개하고 있다는 것을 나타내는 듯한 매우 교묘한 요령, 이를테면 고정관념의 결합과도 같은 것이 있어서 장노인의 대답이 돌아왔을 때도 조금도 물러날 기색이 없었다.

"죄송합니다만, 그것만은 보여드릴 수가 없습니다. 외부 사람이 라마교의 승려를 본 일은 절대로 없습니다. 거의 없다는 편이 좋을 것 같습니다."

"그렇다면 우리도 볼 수가 없겠군" 하고 바너드가 말했다. "하지만 유감천만인데, 내가 이곳 우두머리와 얼마나 악수를 나누고 싶어 하는지 몰라주는 모양이군."

장노인은 이 말을 듣자 진심으로 사의를 표했다. 그러나 브린클로 여사는 여전히 그 화제에서 벗어나려고 하지 않았다.

"승려분들께서는 도대체 어떤 일을 하고 계시지요?" 하고 말을 이었다.

"그들은 명상과 예지의 추구에 한결같이 전념하고 있습니다, 부인."

"그것만으로는 뭔가를 하고 있다는 것이 되지 않습니다."

"그렇게 생각하신다면 결국 그들은 아무 일도 하지 않는다는 얘기가 되겠지요."

그녀는 자신의 결론을 요약할 수 있는 기회를 발견했다.

"그럴 줄 짐작하고 있었습니다. 미스터 장, 이런 것을 구경할 수 있다는 것도 확실히 즐거운 일이에요. 하지만 이러한 장소가 무언가 진정으로 유익한 것을 낳게 되리라고는 생각할 수 없군요. 저는 좀 더 실천적인 편을 좋아한답니다."

"그러시다면 차라도 한 잔 드시겠습니까?"

처음에 콘웨이는 노인이 비꼬는 소리로 그렇게 한 말인 줄 알았는데, 이내 그런 뜻이 아니라는 것을 알았다. 오후도 이미 다 지났고, 소찬을 드는 편이었던 장노인도 차를 상당히 자주 마시는 전형적인 중국인임을 알았다. 브린클로 여사도 미술관이나 박물관 구경을 하노라면 언제나 머리가 아프다고 털어놓았다. 그래서 일행은 제안에 따라 장노인을 따라서 안마당을 대여섯 개 지나갔는데, 그때 별안간 형용할 수 없는 아름다운 광경과 부딪치게 되었다. 주랑(柱廊)으로부터 계단이 정원으로 통하고 있었는데 그 정원에는 어디서 어떻게 물을 끌어들였는지 연못이 홀연히 앞쪽에 가로놓여 있는 것이었다. 더더구나 연잎이 밀집해 있었기 때문에 마치 젖은 녹색의 타일 바닥 같은 인상을 주고 있었다.

그리고 연못의 테두리를 이루는 듯이 청동으로 만들어진 사자와 용과 일각수가 죽 늘어서 있었다. 그 하나하나는 양식화된 사나움을 나타내고 있었는데, 그것은 주변을 둘러싸고 있는 고요한 분위기를 깨뜨리기보다는 오히려 두드러지게 만들고 있었다. 그 광경 전체가 너무나도 완벽하게 균형을 이루고 있었기 때문에 눈은 자연스럽게 천천히 이쪽에서 저쪽으로 옮겨가는 것이었다. 그곳에는 팽팽한 긴장감도 허영도 없고, 청기와 지붕 너머로 우뚝 치솟은 카라칼의 산봉우리마저도 이 절묘한 예술의 테두리 안에 스스로를 맡기고 있는 듯이 보였다.

"아름다운 곳이군" 하고 바너드가 의견을 털어놓았다.

그러는 동안에도 장노인은 일행을 사원 안의 개방되어 있는 건물로 안내해갔다. 그 건물 안에는 하프시코드와 현대적인 그랜드 피아노가 비치되어 있어서 콘웨이를 더욱더 기쁘게 해주었다. 놀라움 속에도 어떤 의미에 있어서 이것은 특히 놀라운 일이 아닐 수 없었다.

장노인은 어떤 것이라도 콘웨이의 질문에 대해서 매우 솔직하게 대답해주었다. 라마승들은 서양 음악 중에서도 특히 모차르트를 높이 평가하고 있노라고 설명했다. 유럽의 위대한 작곡가의 작품은 모두 갖추어져 있었고, 라마승들 가운데에도 여러 가지 악기를 능란하게 연주하는 사람도 몇 명 있다는 것이었다.

바너드는 주로 수송 문제에 대해서 관심을 기울였다.

"어제 우리가 통과해온 그 길로 운반해 왔습니까, 이 피아노를 말씀이에요?"

"달리 길이 없지 않습니까."

"야, 이건 정말 놀랐는데! 이젠 축음기와 녹음기와 라디오만 있으면 더 바랄 것이 없지 않습니까. 하지만 승려들께서는 최근의 음악은 모르시겠지요?"

"글쎄요, 여러 가지 정보를 수집하고는 있습니다만, 이 산맥으로는 전파가 통하지 않을 것이라고들 합니다. 축음기도 이미 상부에 신청을 해놓기는 하였습니다만, 그것은 그리 급한 문제가 아니라고 하시더군요."

"그 말씀만은 하지 않으셔도 수긍이 가는군요. 그것이 당신네들 사회의 슬로건일 것이니까요. '서두르지 말자'라고 말이에요."

바너드는 이렇게 대꾸했다. 그는 다시 껄껄 웃으면서 말을 이어 나갔다.

"그런데 세부적인 이야기가 되겠습니다만, 만일 그 상부에서 축음기가 필요할 때는, 그 다음 수속 절차는 어떻게 되는 거지요? 행여나 제조자가 여기까지 운반해줄 리는 만무할 테구요. 그것은 뻔한 얘기가 아니겠습니까. 아무래도 베이징이나 상하이 등지에 대리점이라도 두고 있는 것이 아닙니까? 그렇다고 하더라도 여기까지 운반하자면 비용이 대단히 많이 들 텐데요."

그러나 장노인은 지금까지와 마찬가지로 이야기에 말려들지 않았다.

"아주 그럴듯한 추측이시군요, 바너드 씨. 그러나 저로서는 그 점을 논의할 수가 없습니다."

또다시 같은 말을 되풀이하고 있다고 콘웨이는 생각했다. 밝힐 수 있는 것과 밝힐 수 없는 것 사이에, 서로 눈에 보이지 않는 경계선을 그으려고 하는 것이었다. 그러나 장노인 자신은 곧 상상 속에서 그 경계선을 자세하게 기록할 수 있을 것이라고 생각하고 있었다. 그런데 또다시 놀라운 일이 일어났기 때문에 일단 그 문제는 보류되었다. 하인들이 벌써 작은 찻잔에다 향기가 짙은 차를 가지고 들어온 것이었다. 경쾌한 몸놀림의 티베트인들 사이에 섞여 중국 옷을 입은 한 소녀가 전혀 사람의 눈에 띄지 않게 살며시 들어와 있었던 것이다.

그녀는 곧바로 하프시코드가 있는 곳으로 가서 라모*의 가보트**를

---

* 프랑스의 작곡가.

** 일종의 무용곡.

연주하기 시작했다. 최초의 황홀한 연주에서 콘웨이의 마음은 놀라움을 초월하고 환희에 떨면서 젖어들고 있었다. 은방울을 굴리는 듯한 그 18세기의 프랑스 음악이 송조(宋朝)의 청자나 정교한 칠기, 그 너머에 있는 연못 등의 우아함과 마치 손이라도 잡듯이 조화를 이루고 있는 것 같았다. 그 어느 것에서도 죽음을 거부하는 방향(芳香)이 감돌았으며 상반하고 있는 정신의 시대 속에서 영원히 살아남으려고 하고 있는 것 같았다.

이윽고 그는 연주자에게 눈을 돌렸다. 갸름한 코, 약간 높이 솟은 듯한 광대뼈, 게다가 만주인 특유의 계란 껍데기 같은 하얀 피부를 가지고 있었다. 검은 머리는 뒤로 묶어 올리고 몸집은 작은 편에다가 매우 세련된 모습이었다. 그 입 모습은 귀여운 핑크색 나팔꽃을 연상시켰다. 더욱이 손가락이 가느다란 두 손을 제외하고는 거의 까딱도 하지 않았다. 가보트 연주가 끝나자 그녀는 가볍게 인사를 하고 곧 물러났다.

장노인은 웃음 띤 얼굴로 그녀를 전송한 다음, 어떻냐는 듯이 콘웨이 쪽을 돌아보았다. 그리고 이렇게 물었다.

"마음에 드셨습니까?"

"그 아가씨는 누구죠?"

콘웨이가 대답도 하기 전에 맬린슨이 물었다.

"그 아이의 이름은 로첸이라고 합니다. 서양 건반악기의 곡을 참 잘 친답니다. 저와 마찬가지로 아직 전수(傳授)는 못 받고 있습니다만."

"그야 물론이겠지요. 아직 어린 소녀인걸요. 그런데 여자 라마승도 있습니까"라고 큰 목소리로 브린클로 여사가 물었다.

"저희 사이에서는 남녀의 차별이란 없습니다."

"정말 색다르군요, 라마교란" 하고 한참 간격을 두었다가 맬린슨이 거만한 말투로 의견을 토로했다.

그 뒤, 모두는 아무 말 없이 차를 마셨다. 하프시코드의 소리가 아직도 주위에 메아리치고 있어서 이상한 마력을 걸어오는 것만 같았다.

이윽고 그 건물을 떠날 무렵에 가서야 비로소 장노인은 이번 구경이 즐거웠다면 기쁘겠다고 말했다. 모두를 대신해서 콘웨이가 의례적인 정중한 인사말을 했다. 그러자 장노인도 자기 역시 즐거웠노라고 말한 다음 이곳에 체류하는 동안 이 음악실과 도서실을 심심풀이로 자유로이 이용해주면 고맙겠다고 다시 덧붙였다. 콘웨이도 다시 진지한 어조로 인사말을 했다.

"하지만 승려님들께서는 이용하지 않으셔도 괜찮겠습니까?"

"귀한 손님들에게는 기꺼이 양보를 해드리고 있습니다."

"정말 세세한 데까지 신경을 써주시는군요" 하고 바너드가 말했다. "게다가 그 말씀을 듣자면, 승려들께서는 우리가 와 있다는 것을 알고 있다는 얘기가 되는군요. 아무튼 이것은 일보 전진이란 말이 되겠습니다. 한결 마음이 편안해지는 것 같습니다. 그것은 그렇다 치더라도 확실히 이곳은 훌륭한 설비가 갖추어져 있군요, 장노인. 그리고 피아노를 잘 치는 그 귀여운 아가씨는 몇 살이나 됩니까?"

"그것은 말씀드릴 수가 없군요."

바너드는 껄껄 웃었다. "여자의 나이에 대한 비밀은 선뜻 털어 놓을 수 없다 그 말씀이시군요."

"바로 말씀하신 그대로입니다" 하고 장노인은 어렴풋하게 그늘진 미소를 띠면서 대답하는 것이었다.

그날 밤 저녁을 먹고 난 다음 콘웨이는 모든 사람들과 자리를 멀리할 수 있는 기회를 만들어 조용한 달빛에 싸인 안마당으로 혼자 어슬렁어슬렁 걸어나갔다. 그때 샹그릴라는 미의 핵심에 가로놓인 수수께끼에 둘러싸여서 더할 나위 없이 아름다웠다. 밤 공기는 싸늘하게 정적을 지키고 있었다. 카라칼의 거봉은 더욱더 가깝게 보였으며, 낮에 보는 것보다 훨씬 더 가깝게 보였다. 콘웨이는 육체적으로 행복을, 정서적으로는 만족을, 그리고 정신적으로는 안식을 느꼈다. 그러나 그의 지성은 물론 마음과 똑같은 것은 아니겠지만, 약간 어지러운 상태에 있었다. 그는 곤혹을 느끼고 있었다. 조금 전에 그가 마음속에서 기록하려고 했던 그 비밀의 경계선은 차츰 선명해지기는 하였으나 다만 그 배경이 아무래도 해명되지 않았던 것이다. 그와 우연히 함께하게 된 세 사람에게 일어난 일련의 놀라운 사건에, 이제 와서 초점이 맞추어지고 있는 것이었다. 그것들을 아직 이해할 수는 없었다. 그러나 어떻게 해서든지 언젠가는 이해되리라 믿고 있었다.

회랑을 따라 걷는 동안 그는 계곡 쪽으로 튀어나와 있는 테라스에 당도했다. 어디선지도 모르게 우미로운 연상에 가득 찬 튜베로즈*의 향기가 그를 덮쳐왔다. 중국에서는 이 꽃을 "월하향"이라고

---

* 네덜란드의 수선화.

부르고 있다. 만일 달빛에 소리가 있다면 그것은 조금 전에 들었던 라모의 가보트가 아닐까 하고 그는 문득 아무렇게나 생각해보았다. 그리고 그 생각이 좀 전의 사랑스러웠던 그 만주 아가씨를 상기시켜주었다. 샹그릴라에서 여자를 만나리라고는 꿈에도 생각지 못한 일이었다. 사원 생활의 일반적인 풍습으로 말하더라도 여성의 존재는 상상도 할 수 없는 일이었다. 그러나 이것도 그렇게까지 혐오해야 할 혁신은 아닐지도 모르겠다고 그는 생각했다. 장노인이 말한 바와 같이 "적당한 이단(異端)"이 허용되는 공동사회에서는 사실 여자 하프시코드의 연주자가 필시 어떤 재산이 된다고 해도 좋지 않을지 모르겠다.

그는 테라스의 가장자리에 서서 짙은 코발트색의 허공을 바라보았다. 계곡의 벼랑에 나 있는 길은 환상적이었다. 1마일은 되고도 남아 보였다. 그곳에서 아래로 내려가서 어제부터 들어왔던 골짜기의 문명을 시찰하는 것이 허용될 수 있을까 하고 그는 생각했다. 이름 모를 연봉들 사이에 숨겨져서 일종의 막연한 신권정치에 의해서 통치되고 있는 이 불가사의한 마을을 생각하면 아마도 그 근본에 있어서는 같은 것이 틀림없는 라마 사원의 기묘한 비밀은 고사하고라도, 역사를 공부하는 사람으로서 관심을 쏟지 않을 수 없었다.

갑자기 한 줄기 바람이 불어 바람결에 아득히 먼 아래쪽에서 무슨 소리가 들려왔다. 가만히 귀를 기울이고 있노라니까 징 소리와 나팔 소리(아마도 상상했을 따름인지는 모르겠으나), 그리고 군중들의 울부짖는 소리가 들려오는 것이었다. 이윽고 바람 방향이 바뀌자 그 소리는 일단 멀어졌다가 다시 들리고, 그리고 서서히 사라져버렸다. 그러나 베일에 싸인 깊은 골짜기에 사람이 살고 있으며 생활하고 있다는 그 암시는 샹그릴라의 엄숙한 정적을 더 한층 깊게 하였다. 사람의 그림자가 전혀 없는 안마당과 달빛을 받은 건물은 이 세상의 모든 고뇌가 시간의 운행까지도 정지시켜버린 듯한 침묵만을 남겨놓고 흔적도 없이 사라져버린, 그러한 안식 가운데서 반짝이고 있었다. 그때 테라스의 훨씬 위쪽 창문에서 주황색 초롱 불빛이 새어나오고 있는 것을 그는 발견했다. 그렇다면 승려들이 명상과 예지의 추구에 전념하고 있는 곳은 저기란 말인가? 그리고 그들은 지금 그것을 계속하고 있단 말인가? 그 문제는 가장 가까운 문을 통해 안으로 들어가서 진상을 확인할 수 있을 때까지 주랑이나 회랑을 탐색해나가면 해결될 것도 같았다.

그러나 그는 그러한 자유가 전혀 환상이며, 사실상 이쪽의 일거일동이 모두 감시당하고 있으리라는 것을 알고 있었다. 두 사람의 티베트인이 테라스를 조용히 가로질러 난간 가까이를 서성거리고 있었다. 그들은 꽤 유쾌한 듯이 보였다. 맨살의 어깨 위에는 색깔이 들어 있는 망토를 아무렇게나 걸치고 있었다. 그 징 소리와 나팔 소리가 또다시 아련히 들려왔다. 그리고 콘웨이는 그들 중 하나가 상대방에게 무언가 묻고 있는 소리를 들었다.

"탈루를 매장하고 있대나 봐." 가는 대답 소리가 들려왔다. 티베트 말은 아주 조금밖에 알지 못했지만 콘웨이는 그들이 좀 더 이야기를 계속해주었으면 하고 바랐다. 단지 그 말만으로는 아무것도 파악할 수가 없었던 것이다. 한참 있다가 먼저 질문을 했던 사나이가 말을 계속했으나 그 소리는 알아들을 수가 없었다. 그러나 그 말에 대한 대답만은 들렸기 때문에 어렴풋하게나마 이해할 수가 있었다.

"골짜기 밖에서 죽었다나 봐."

"샹그릴라의 높으신 분의 명령에 따른 거지."

"새에 매달려서 하늘을 날아 저 큰 산맥을 넘어왔다던데."

"다른 곳 사람도 데리고 왔어."

"탈루는 골짜기 밖의 바람도 추위도 무서워하지 않았었지."

"그는 오래전에 골짜기 밖으로 나갔지만, '푸른 달'의 골짜기는 그를 아직도 기억하고 있어."

그다음부터는 콘웨이가 알아들을 수 있는 말을 하지 않았다. 그래서 잠시 기다린 후, 그는 자기 처소로 되돌아왔다. 굳게 닫힌 비밀의 문에 새로운 열쇠를 꽂을 수 있으리만치 그는 많은 사실을 충분히 알아낸 것이었다. 더더구나 그것이 너무나도 꼭 들어맞았기 때문에 어떻게 해서 자신의 연역법으로 알아내지 못했는가 하는 의심까지 들 정도였다. 물론 그런 생각이 마음속을 스치고 지나가지 않았던 것은 아니다. 그러나 그는 무엇보다도 그런 생각을 따라다녔던 비합리성을 극복할 수가 없었던 것이다.

그러나 지금 그는 그것이 비록 아무리 비현실적인 것이라 할지라도, 그 비합리성을 인정하려고 들지 않으면 안 된다는 것을 깨닫게 된 것이다.

바스쿨로부터의 그 비행은 미친 사람의 무의미한 모험 따위가 아니었던 것이다. 그것은 샹그릴라의 교사(敎唆)에 따라 계획되어 준비되고 수행되었던 것이다. 죽은 조종사의 이름을 이곳 주민들은 알고 있지 않은가. 그도 어떤 의미에서는 이곳 주민의 한 사람이었다. 그리고 그의 죽음은 애도되고 있지 않은가. 모든 사실이 그것 자체의 목적에 전념하고 있는 어떤 고도한 이성이 존재하고 있음을 가리키고 있었다. 지금까지 설명할 수 없는 긴 거리와 시간 위에는 이를테면 아치처럼 하나의 의도가 교량의 역할을 하고 있었던 것이다. 그런데 그 의도란 도대체 무엇이겠는가? 무슨 이유로 공교롭게도 영국 정부의 비행기에 타고 있던 네 명의 승객을 히말라야 산맥을 넘어 변경으로 납치해왔단 말인가?

콘웨이는 이 문제에 대해서 약간 아연해지고 말았다. 그렇다고 해서 결코 불쾌한 것은 아니었다. 그것은 그가 기꺼이 응할 수 있는 방법으로, 즉 언제나 마음껏 일하고 싶어 하는 그의 명석한 두뇌를 간지르는 듯한 방법으로 그에게 도전해오고 있었다. 그는 즉석에서 한 가지 일을 결심했다. 오늘 밤의 이 발견의 차가운 스릴을 아직 누구에게도 전달해서는 안 된다는 것이었다. 그를 도울 수 없는 다른 동료들에게도, 또 분명히 도울 생각이 없는 장노인에게도.

6

"더 지독한 곳에 익숙해져야 할 친구들도 있다고 생각되는데."

샹그릴라에서 처음 일주일이 지날 무렵 바너드가 말했다. 그리고 그것은 확실히 배워야 할 많은 교훈 중의 하나이기도 했다. 그 무렵이 되니까 모두가 매일의 일과에 자신을 안정시키고 있었고, 더구나 장노인의 도움 덕분에 지루하다고는 할지라도 계획적인 긴 휴가를 지내는 것 같았다. 희박한 공기에도 익숙해지고 심한 운동만 하지 않으면 상쾌한 기분이 된다는 것도 알게 되었다.

그들은 이미 낮에는 포근하고 밤에는 추워진다는 것, 사원은 바람과 완전히 차단되어 있다는 것, 카라칼의 눈사태는 대낮에 빈번히 일어난다는 것, 계곡에서는 좋은 담배가 자라나고 있다는 것, 음식물에는 맛이 좋은 것과 맛없는 것이 있다는 것, 네 사람이 각기 다른 기호와 특질을 가지고 있다는 것 등을 알고 있었다. 사실 그들은 이상하게도 텅 빈 교실에서 얼굴을 대한 신입생들처럼 서로를 발견해가는 것이었다.

장노인은 생소한 장소를 조금이나마 안락하게 만들어주려고 피곤한 기색도 없이 무진 애를 썼다. 먼 길에 안내역도 하고 지루함을 잊는 가벼운 일을 제안도 하고, 독서를 권하기도 하고, 식사 때의 서먹한 분위기에서는 느긋하고 신중한 말을 걸기도 했다. 그리고 언제나 친절하고 정중하고 위트가 있었다. 그가 즐겨 말하는 것과 정중히 거절하는 것 사이의 경계선은 이제는 너무나 뚜렷했기 때문에 설사 거절당했다 해도 간혹 맬린슨이 발작하듯 분개할 뿐 아무도 원망스럽게 생각하는 사람도 없었다. 콘웨이는 그 경계선에 유의하며 자기가 계속 축적하고 있는 데이터 위에 더욱 새로운 단편을 적어나갈 수 있는 것으로 만족하고 있었다. 바너드는 중서부 로터리 클럽의 습관에 따른 예의와 전통에 따라 그 중국인을 놀리기까지 하였다.

"장영감님, 이곳은 아주 지독한 호텔이군요. 신문도 안 보나 봐요. 저는 조간《헤럴드 트리뷴》만 읽을 수 있다면 여기 있는 도서실

책 전부를 다 드리겠는데요."

장노인의 대답은 한결같았다. 그렇다고 장노인이 모든 질문을 진지하게 받아들이는 것만도 아니었다.

"《타임》지 철(綴)이라면 이삼 년 전 것까지는 있습니다, 바너드 씨. 그러나 유감스럽게도《런던 타임즈》밖에 없어요."

콘웨이는 그 계곡이 "제한 구역 외"라는 것을 알고 기뻐했다. 그러나 계곡으로 내려가는 언덕길은 아주 험난하여 동행자 없이는 불가능했다. 어느 날 그들은 장노인과 같이 절벽가에서 바라볼 수 있는 아름다운 푸른 분지를 시찰하였다. 그 소풍은 콘웨이에게는 몹시 흥미로운 것이었다. 일행은 대나무 의자가 달린 바구니를 타고 벼랑 위를 위태롭게 흔들리며 나아갔다. 한편 앞뒤에서 어깨에 멘 인부들은 태연스러운 발걸음으로 그 험한 길을 내려갔다. 그 길은 멀미하는 사람에게는 견딜 수 없는 길이었다. 그러나 겨우 편편한 숲과 언덕 기슭에 당도해보니, 사원이 얼마나 선택된 곳에 설립되었는가를 분명히 알게 되었다. 왜냐하면 그 계곡은 사방이 막혀버린 기막히게 비옥한 낙원이기 때문이었다. 즉 그 계곡에는 상하 대략 2, 3천 피트의 차이가 있어 온대에서 열대에 이르는 모든 기후를 포함하고 있었다. 그리고 여러 가지 진기한 농작물이 조금도 빈틈없이 잘 경작된 땅에 풍요하게 자라고 있었다. 전답은 모두 1마일에서 5마일 넓이로 10여 마일씩 뻗어 있고, 좁아도 낮에 가장 따뜻한 햇볕을 충분히 받을 수 있게 되어 있었다. 사실 전답을 적셔주는 시냇물은 빙산에서 흘러내리고 있어 얼음처럼 차가웠지만, 대기는 그늘에서도 포근하였다.

콘웨이는 거대한 산의 절벽을 바라보면서, 그 광경 속에서 장려하고도 섬세한 위엄을 다시금 느꼈다. 만약 이 우연한 장벽이 없었다면 주위를 둘러싼 빙산에서 계속 흘러내리는 물 때문에 계곡 전체는 분명히 호수가 되어 있었을 것이다. 그러나 그렇게는 되지 않고 두세 개의 냇물이 조금씩 흘러내려서 저수지를 채우고, 흡사 위생 기사의 기술에 해당되는 양심적인 정확한 규율로 전답과 식물들을 적시고 있었다. 모든 설계는 지진이나 산사태로 그 구도가 무너지지 않는 한 두려울 정도로 자연의 혜택을 입고 있었다.

그러나 그러한 미래에 얽힌 막연한 불안도 현재의 모든 아름다움을 더 한층 강화할 뿐이었다. 콘웨이는 또다시 황홀감에 도취되어 일찍이 중국에서 지내던 세월을 다른 무엇보다도 더 행복하게 해주던 똑같은 매력과 독창성 같은 것에 마음을 빼앗겼다. 주변을 둘러싼 장중하고 거대한 산맥은 사랑스런 잔디와 잡초 하나 없는 정원, 냇가의 채색된 다실(茶室), 장난감같이 귀엽게 보이는 집들과 완벽한 대조를 이루고 있었다. 콘웨이가 보기에 주민들은 중국인과 티베트인의 훌륭한 혼혈로 보였다. 그 어떤 인종보다 정갈하고 단정한 용모를 하고 있으며, 이러한 소사회에서는 어쩔 수 없는 근친 결혼의 악영향에도 별로 고민하는 것 같지가 않았다.

그들은 바구니를 탄 이국인과 마주칠 때, 미소 짓든가 웃어 보였다. 그리고 장노인에게는 다정한 말을 던졌다. 모두가 애교 있고 적당히 살피기 좋아하고, 예의 바르고 구김살 없고, 제각기 일에 열중하고 있지만 악착스런 인상까지는 풍기지 않았다. 콘웨이는 자신이 지금까지 보아온 중에서 가장 즐거운 공동사회의 하나라고 생각했다. 이교도의 타락의 징조를 호시탐탐 노리고 있던 브린클로 여사조차도 모든 표면은 잘 되어 있다는 것을 시인하지 않으면 안 되었다. 여사는 여자들이 발목이 꼭 죄는 중국풍의 바지를 입고 있었지만 토착민들이 제대로 옷을 입고 있는 것을 보고는 안심하였다. 또 여사는 어느 절에 들어갔을 때 힘껏 상상력을 펴서 조사를 해보았지만 남근 숭배의 우상이 아닌가 생각되는 것이 두세 건 발견되었을 뿐이었다.

장노인의 설명에 의하면 그 절에는 규율은 다르지만 샹그릴라의 느긋한 지배하에 그 절 자체의 라마승이 있다는 것이었다.

계곡을 더 들어가면 도교나 유교의 절도 있는 것 같았다.

"보석에 여러 모가 있듯이 많은 종교에는 각기 적당히 진리가 내포되어 있는 법입니다."

"동감입니다." 바너드가 진심으로 말했다. "나는 종교 동지끼리의 시기가 믿어지지가 않았죠. 장노인, 당신은 훌륭한 철학자이십니다. 지금 말씀하신 것은 잊지 않겠습니다. '많은 종교에는 각기 적당히 진리가 내포되어 있다.' 그것을 생각해낸 이곳 산악지대의 사람들은 머리가 좋군요. 정말 당신의 말씀은 지당하십니다."

"그러나 우리는 다만 올바를 뿐입니다" 하고 장노인은 꿈꾸듯이 말했다.

브린클로 여사는 그런 것에는 아랑곳하지 않았다. 단순한 태만의 증거 정도밖에 느껴지지 않는 듯했다. 하여튼 그녀는 자기 자신의 생각에만 골몰하였다.

"귀국하면 선교사를 파견토록 교회에 신청하겠어요. 만약에 비용관계로 불평을 한다면 승낙할 때까지 상대를 위협할 것입니다" 하고 여사는 입술을 꼭 오므려가며 말했다.

확실히 그것은 건전한 생각이었다. 국외의 포교 활동 등에는 전혀 공감을 표시하지 않는 맬린슨조차도 칭찬하지 않을 수가 없었다.

"교회가 반드시 여사를 파견하면 좋겠습니다. 물론 여사께서 이곳을 좋아하신다면 말입니다만."

"좋고 나쁘고가 문제가 아니에요. 이곳을 누구나 좋아하지는 않죠. 어떻게 좋아질 수가 있어요. 이것은 사명감을 느끼느냐 아니냐가 문제일 따름이지요" 하고 여사는 대답했다.

"만약 내가 선교사라면 다른 어떤 곳보다 이곳을 택하겠습니다" 하고 콘웨이는 말했다.

"그런 일로 온다는 것은 칭찬할 것이 못 되는군요" 하고 여사는 역정을 냈다.

"뭐, 별로 칭찬받으리라는 생각은 안 했습니다만."

"그렇다면 더욱 한심한 일이지요. 좋아서 하는 일보다 훌륭한 것은 없어요. 이곳 주민들을 보세요."

"모두가 행복하게 보입니다."

"보시다시피……" 여사는 좀 거세게 대답했다. "무엇보다도 이 지방 말을 배워야겠어요. 장노인, 거기에 관한 책을 좀 빌려주실 수 없을까요?"

장노인은 가장 상냥한 음성으로 대답했다.

"좋습니다. 마담, 기쁜 마음으로 빌려드리지요. 그것은 아주 좋은 생각입니다."

그날 저녁 무렵 샹그릴라에 올라갔을 때, 장노인은 그 문제를 가장 중요 사항으로 취급했다. 19세기의 어느 근면한 학자가 편찬한 두툼한 책을 보고 여사는 처음에는 두려움을 나타냈으나(아마 그녀는 "티베트 말을 배웁시다" 하는 식으로 된 가벼운 책을 상상했던 것 같았다), 장노인의 도움과 콘웨이의 격려를 얻어 여사는 다행스럽게도 공부를 시작했고 공부를 해가면서 많은 만족감을 느끼고 있는 것을 엿볼 수가 있었다.

콘웨이도 자신이 생각해낸 그 문제 외에 수많은 흥미로운 것을 발견했다. 포근한 햇빛이 비치는 낮에는 도서실과 음악실을 마음껏 활용하면서 라마승들은 뛰어난 교양을 지닌 사람들이라는 자신의 인상을 더욱 굳혔다. 아무튼 그들의 독서 취향은 매우 광범위했다. 희랍어로 된 플라톤이 영어로 된 오우마*와 나란히 있는가 하면, 니체가 뉴턴과 나란히 있었다. 그리고 토머스 모어, 핸나 모어**, 토머스 무어, 조지 무어, 더욱이 올드 무어까지 비치되어 있었다. 장서는 전부 2만에서 3만 권 정도 될 것이라고 콘웨이는 내다보았다. 그리고 그 선택과 구입 방법을 알고 싶었다. 그는 또 신간으로는 어느 정도까지 비치되었나 찾아보았더니 염가판의 《서부전선 이상 없다》 이후의 것은 보이지 않았다. 그러나 그 후 장노인을 만났을 때의 이야기로는 1930년의 상반기까지 출판된 책이 몇 권 있는데, 얼마 후에는 책꽂이에 꽂히게 될 것이라는 것이었다. 그 책들은 이미 사원

---

* 페르시아의 천문학자, 시인.

** 영국의 여류작가.

에 도착했다.

"즉 시대에 뒤떨어지지는 않았다는 것이죠."

"그 말에 찬성하지 않는 사람도 있겠지요. 작년 이래로 세계 각처에서는 여러 가지 많은 일들이 생겨나고 있으니까요."

콘웨이는 웃으며 말했다.

"그러나 1920년에 예상 못했던, 혹은 1940년이 되어도 이해가 잘 되지 않는 그런 사건들은 별로 중요하지 않지요."

"그러시다면 최근 세계적 위기의 진전 상황에 대해서는 흥미가 없으시군요?"

"대대적으로 흥미를 가지게 될지도 모르지요, 때가 오면."

"이제서야 장노인을 알 듯합니다. 노인께선 톱니의 물림새가 다릅니다. 바로 그것이 문제입니다. 시간이라는 것이 노인의 경우 다른 사람들처럼 그렇게 중요하지가 않군요. 만약 내가 지금 런던에 있었다면 아무리 시간이 지난 신문이라도 최근 것을 항상 읽고 싶어할 것입니다. 그러나 노인께서는 샹그릴라에 계시고 일 년 전의 신문을 꼭 읽고 싶다고는 생각지 않으시는 겁니다. 하여간에 양쪽 모두 현명하게 생각됩니다만, 이곳에 맨 마지막에 온 사람은 얼마나 됐습니까?"

"콘웨이 씨, 그것은 유감스럽지만 말씀드릴 수가 없군요."

대화는 항상 이렇게 끝났다. 그러나 콘웨이는 젊었을 때 흔히 고통받던 반대의 현상, 즉 이쪽에서 끝내려고 해도 끝이 나지 않는 대화보다는 이편이 훨씬 더 수월했다. 그는 노인과 대면할수록 더욱 노인이 좋아졌다. 그러나 사원에 있는 사람들과 전혀 만나지 못한다는 사실이 여전히 그를 곤란하게 했다. 라마승들은 만나지 못한다고 하지만 장노인 같은 성직 지원자가 없는 것일까?

물론 귀엽게 생긴 만주의 아가씨는 있었다. 음악실에 가면 간혹 그녀를 만났다. 그러나 그녀는 영어를 몰랐고, 그도 자청해서 중국어로 말을 걸 기분은 나지 않았다. 그녀가 단지 오락으로 연주를 하는 건지, 아니면 공부를 하기 위해서인지 그는 도저히 판단을 내리지 못하였다.

그녀의 연주 태도는, 그녀의 모든 행동과 마찬가지로 섬세하고 단정하고, 곡목도 항상 전형적인 작품, 즉 바하, 코렐리, 스카를랏티의 것이 많았고, 때로는 모차르트의 곡도 선정했다. 그녀는 피아노보다는 하프시코드를 더 좋아하는 것 같았다. 콘웨이가 피아노를 치면 엄숙한 표정으로 흡사 의무적인 양 감상하는 것이었다. 그녀의 마음속을 들여다보는 것은 불가능하였다. 그녀의 나이조차 묘연했다. 언제 보아도 13세가 넘었는지 13세 안쪽인지 분간할 수 없었다. 그러면서도 이상한 것은 그런 엉뚱한 생각을 완전히 불가능한 것으로 제외시킬 수도 없었다.

맬린슨도 별다른 일이 없을 때에는 종종 음악실에 나타났는데 그도 그녀를 판정할 수는 없었다.

"그녀가 여기서 무엇을 하고 있는지 나는 전혀 모르겠는데요. 라마교의 수업도 장노인 같은 노인에게나 좋지 여자에게 무슨 매력이 있겠어요? 그런데 그녀는 언제쯤부터 이곳에 와 있었을까요?"

맬린슨은 또다시 콘웨이에게 물었다.

"나도 모르겠는데, 이것도 가르쳐주지 않는 사항의 하나이겠지."

"그녀는 자기가 좋아서 여기에 머물고 있다고 생각하세요?"

"싫어하는 것 같아 보이지도 않는데."

"그러고 보니 그녀는 감정이 없는 것 같아요. 사람보다는 상아로 만든 인형처럼 보이지요."

"어느 쪽이든 변함은 없어."

"매력적인 면에서 말인가요?"

콘웨이는 웃었다.

"그런데 맬린슨, 생각해보면 그 매력은 굉장한 걸세. 그 상아 인형은 예의범절이 몸에 배어 있고, 옷을 입는 취향도 세련되고 얼굴도 아름다워. 게다가 하프시코드도 잘 타고, 하키를 하듯이 실내를 어슬렁거리지도 않아. 서유럽에도 여자는 많지만, 내가 기억하는 한에서는 이러한 미덕은 갖추고 있지 않아."

"여성관에 있어서는 상당히 냉소적이시군요, 콘웨이 씨는."

콘웨이는 이런 비난에는 익숙하였다. 그는 실제로 여성과 많은 관계를 가져본 일도 없었고 간혹 인도의 고원 피서지에서 휴가를 지낼 때도 그가 냉소적인 남자라는 평이 다른 평판과 같이 순식간에 주변으로 퍼져나갔다. 사실을 말하자면 그도 서너 명의 여자와 즐겁게 교제한 때도 있었고, 그가 청혼을 했다면 그녀들도 기꺼이 결혼 승낙을 했었으리라. 그러나 그는 청혼하지 않았다. 전에 단 한 번《모닝 포스트》지에 약혼 발표를 할 무렵에 이르러 상대 여자가 페이핑에 가는 것을 싫어했고, 그 또한 턴브리지 웰즈*에서 살기가

* 영국 켄트주의 도시.

싫었다. 그리하여 서로 합의를 볼 수 없었다. 아무튼 그가 여성을 경험한 바로는 모두가 시험적이고 단절적인 것이었고, 어쩐지 결단을 내리기가 힘들었다. 그럼에도 불구하고 그는 여성에 대하여 결코 냉소적인 남성은 아니었다.

그는 웃으며 말했다.

"나는 서른일곱이고 자네는 스물넷이야. 말하자면 그것뿐이야."

얼마 후에 맬린슨이 불쑥 물었다.

"그런데 저 장노인은 몇 살쯤이라고 생각하시죠?"

"글쎄, 49세에서 149세 사이겠지" 하고 콘웨이는 가볍게 대답했다.

그러나 그와 같은 나이에 관한 정보는 일행에게 도움을 주는 다른 여러 정보에 비해 기대할 수가 없었다. 또 그들의 호기심이 때로는 지나치게 왕성하다는 사실이 장노인이 기꺼이 차례차례로 제공해주는 방대한 자료를 도리어 애매하게 만드는 경향도 있었다,

가령 계곡 주민들의 풍속 습관에 대하여는 비밀이 없었다. 따라서 그런 것에 관심이 있는 콘웨이는 훌륭한 박사 논문을 완성할 수 있을 정도로 담화를 나누었다. 정치학을 공부한 사람으로서 그는 특히 계곡 주민들이 어떻게 통치되는지 그 방법에 관심을 가졌다. 여러 면으로 조사한 결과 라마 사원이 닥치는 대로 자비를 가지고 다스리는, 말하자면 매우 탄력성 있는 전제정치라는 것을 알았다. 더구나 그것이 확고하게 성공을 거두고 있는 것은 그 풍요한 낙원에 내려갈 때마다 점점 더 명백해졌다.

콘웨이는 법과 질서의 궁극적인 기반이 어디에 있는지 어리둥절했다. 보아하니 군대도 경찰도 없다. 그러나 악한이 나타났을 경우

에 대비하여 무슨 강구책이 있어야 하지 않겠는가? 이에 대해 장노인은 이곳에는 범죄 사건이 별로 일어나지 않는다고 대답했다. 그것은 첫째로 치명적인 사건만 범죄로 간주하기 때문이고, 둘째는 보통 필요한 것들은 충분히 보급되기 때문이라는 것이었다. 그리고 최후의 수단으로, 라마 사원 직속의 성직자에게 위반자를 계곡에서 추방할 권한이 부여되어 있었다. 그러나 이 수단은 극형이라고 생각되기 때문에 별로 행해지는 일은 없었다. "푸른 달"의 정치를 행할 때 주요한 방법은, 좋은 규범을 차근히 설득하는 것인데, 그것은 어느 사건은 "해서는 안 되며" 혹시 그것을 했을 경우에는 사회적 지위를 상실하게 된다고 느끼게 하는 것이라고 장노인은 말했다. 그는 또 말을 이어나갔다.

"영국 사람들도 사립 중고등학교 등에서는 이와 같은 감정에 대하여 설명하고 계시더군요. 물론, 똑같은 사항에 대해서는 아니겠지만, 가령 우리 계곡 주민들은 낯선 사람을 냉대하거나 심술궂게 입싸움을 하거나 서로 앞을 다툰다는 것은 '해서는 안 될' 일이라고 느끼고 있습니다. 여러분 나라에서 교장 선생님이 '운동장에서 하는 전쟁놀이'라는 것을 즐긴다는 것은 이곳 주민에게는 아주 야만적인 것으로 생각됩니다. 사실 저속한 본능을 자극하는 것뿐이니까요."

콘웨이는 이곳에는 여성에 대한 고민 같은 것은 없느냐고 물어보았다.

"글쎄요. 좀처럼 없습니다. 상대가 있는 여성을 가로채는 것은 좋은 예의라고는 생각지 않습니다."

"하지만 누군가 예법을 따지지 않고 어떻게 해서든지 그 여성을 가로채는 사람이 나타났을 경우에는 어찌 되지요?"

"그때에는 상대방에게 그 여성을 양보하는 것이 예의겠지요. 그리고 그 여성도 찬성을 해야 되겠고, 사소한 예의를 서로 계속 지켜 나가면 그러한 문제는 얼마나 원만하게 해결되는지 놀라울 지경입니다."

물론 계곡을 방문하는 동안 콘웨이는 호의와 만족감을 느꼈다. 더욱이 그가 기분 좋았던 이유는, 하고많은 기예 중에서도 '통치의 기술'은 완벽함과 가장 거리가 멀다는 것을 잘 알고 있기 때문이었다. 그래서 그가 좀 치하를 하였더니 장노인은 대답하였다.

"그래요, 그러나 우리는 완전 통치를 하려면 지나치지 말아야 된다고 생각하고 있습니다."

"그런데, 민주적인 제도, 즉 선거 같은 것은 없나요?"

"아, 그런 것은 없어요. 만약에 어느 정책은 완전히 옳고, 어느 정책은 완전히 그릇되어 있다는 말을 듣는다면 주민들은 그야말로 충격을 받을 것입니다."

콘웨이는 기뻤다. 그 태도가 전적으로 자기 성미에 부합되기 때문이었다.

그동안에 브린클로 여사는 티베트어 공부에서 스스로 만족을 느끼고 있었다. 맬린슨은 여전히 초조해하거나 불평을 터뜨리고 있었고, 바너드는 진심인지 표면상으로만인지 판단은 어려웠지만 아무튼 신기하리만큼 평정을 유지하고 있었다.

맬린슨이 말했다.

"사실을 말하자면, 저 친구의 명랑한 태도는 불안해 보여요. 그가 울상을 짓지 않으려고 노력하는 것을 알고 있지만 저렇게 농담만 늘어놓고 있으니 내 머리가 이상해지는 것 같아요. 신중하게 저 친구를 살피지 않으면 우리는 말려들고 말 것입니다."

콘웨이도 그 미국인이 이렇게 쉽사리 평온해지는 것을 좀 수상쩍게 생각한 적도 있었다.

"그가 저렇게 잘 해나가는 것은 우리에게도 다행스러운 일이 아니겠어?"

"제 개인적인 생각입니다만, 아무래도 이상해요. 콘웨이 씨는 그에 대해 아시는 것이 있습니까? 그의 신분 같은 것 말입니다만."

"자네 정도밖에는 몰라. 페르시아에서 오고, 석유 시굴(試掘)을 하였다는 건 알고 있어. 무엇이든 느긋하게 생각하는 것이 그의 신조이고, 비행기로 소개하는 일에 가담하라고 설득하는 데 무진 애먹었지. 미국 여권으로는 총알을 방비할 수 없다고 역설하니 그때야 승낙할 정도니까."

"그래 그의 여권을 보셨어요?"

"본 것 같은데 뚜렷한 기억은 없는데, 왜 그래?"

맬린슨이 웃으며 말했다.

"제 일은 제쳐두고 남의 일에 참견한다고 생각하실지는 모르지만, 이쯤 되니 할 수 없군요. 두 달 동안 함께 있으면 어떤 비밀이라도 발각되기 마련이지요. 비밀이 있다면 말입니다. 물론 이것은 아주 우연하게 일어난 일이고, 아무에게도 말 안 했어요. 콘웨이 씨에게 알리려고도 안 했습니다만, 말이 나온 이상…, 말하자면 그렇습니다."

"물론 그렇지. 그런데 무슨 이야기지?"

"그렇습니다. 바너드는 가짜 여권으로 여행하고 있어요. 그는 바너드가 아닙니다."

콘웨이는 걱정에 앞서 흥미를 느끼고 눈을 들었다. 그가 바너드에 대하여 어떤 감정이 생겼다면, 그를 좋아했다는 증거이다. 그가 어떤 사람일까 하는 데 신경을 많이 쓸 수는 없었다.

"그래, 그러면 그는 누구란 말인가?"

"그는 챌머스 브라이언트입니다."

"설마, 그가! 어째서 그렇게 생각하지?"

"오늘 아침 그가 지갑을 떨어뜨렸는데 장노인이 주워서 저에게 주었어요, 내 것인 줄 알고. 그런데 지갑에 신문기사 오린 것이 많이 들어 있어서 그것을 보다가 몇 장이 그만 밑으로 떨어졌어요. 그래서 보게 되었는데 특별히 잘못이라고는 생각지 않아요. 신문기사 같은 것이 뭐 그리 비밀스러운 것도 없잖아요. 그런데 그것이 모두 브라이언트와 그의 수사에 관계된 기사였습니다. 더구나 한 장에 사진이 실렸는데 콧수염만 빼고는 바로 바너드입니다."

"자네가 발견한 것을 그에게 말했나?"

"아무 말 않고 돌려줬어요."

"그렇다면 자네가 그렇게 단정하는 건 신문에 실린 사진 때문이라는 건가?"

"네, 지금으로서는……."

"나는 그것만 가지고는 고발하기 싫군 그래. 물론 자네 말이 맞을지도 모르지……. 그가 절대로 브라이언트가 아니라고 할 수도 없으니까. 만약 그게 사실이라면 그가 이곳에서 만족하고 있는 이유도 설명되겠지. 그로서는 여기 이상 좋은 은신처는 찾지 못할 테니까."

엄청나게 놀랄 만한 뉴스가 이처럼 하찮게 받아들여지자 맬린슨은 맥이 풀린 것 같았다.

"그래, 콘웨이 씨는 이 사건을 어떻게 하시겠어요?"

콘웨이는 잠시 생각하고는 대답했다.

"글쎄, 별로 좋은 생각은 없는데, 뭐 어쩔 수 없지 않겠어?"

"그래도, 밉살스럽군요. 만약 그가 브라이언트라면……."

"이봐요, 맬린슨, 그가 만약 네로라고 해도 우리에게는 문제가 안 되네. 성자이건 악한이건, 이곳에 있는 동안에는 사이좋게 지내야 돼. 그리고 우리가 지금 무슨 태도를 취해봤자 별 도리가 없어. 혹시 바스쿨에서 그를 의심하였다면 나는 델리에 연락하여 그를 조사시켰을 거야. 단지 공적 의무로. 그러나 지금 나는 의무에서 벗어나 있다고 생각해."

"그러나 너무 후한 대접이 아닐까요?"

"틀림이 없다면 후하건 안 하건 나는 상관없어."

"그렇다면 내가 발견한 것을 잊으라는 말씀인가요?"

"잊으라고 한다고 잊어버릴 자네가 아니지. 그러나 이번 건은 우리 두 사람만 알고 덮어두는 게 좋을 거야. 바너드인지 브라이언트인지 모르지만, 그를 생각해서라기보다는 우리가 빠져나갈 때 귀찮은 사태가 생기지 않게 하기 위해서란 말이야."

"그를 모르는 척하라는 겁니까?"

"글쎄, 바꾸어 말하면 그를 체포하는 즐거움을 다른 사람에게 맡기자는 것이지. 한두 달 동안이라고는 하지만, 평화롭게 지내온 사람에게 우리가 나서서 수갑을 채우는 건 안 좋은 것 같아."

"나는 찬성 못합니다. 그는 큰 도둑입니다. 나는 저놈 때문에 돈을 잃은 사람을 많이 알고 있어요."

콘웨이는 어깨를 움츠렸다. 그는 맬린슨이 지닌 백 아니면 흑이라는 단순한 도덕률에 감탄했다. 중고등학교의 윤리는 미숙할지 모르지만, 적어도 철저하다고 할 수는 있었다. 만일 범법자가 있다면 그 사람을 법관의 손에 인도하는 것이 모든 사람에 주어진 의무이다. 아무튼 아무도 어겨서는 안 되는, 규정된 법은 그렇다. 그리고 수표나 주식(株式), 대차대조표에 관한 법률은 바로 그러한 종류의 법이었다. 브라이언트는 그러한 법을 어긴 것이었다.

콘웨이는 그 사건에 관심은 없었으나, 그것이 그런 종류 중에서도 대단히 악질적인 것이라는 것을 알고 있었다. 그가 아는 바로는 뉴욕의 거대한 브라이언트 그룹이 도산하여 약 1억 달러의 부채를 남겼다는 것이었다. 그것은 기록을 갱신하는 세계에서 일어난 일이라지만 일대 기록적인 사건이었다. 콘웨이는 금융 방면의 전문가가 아니었기에 확실한 것은 몰랐으나, 아마 브라이언트는 월가에서 주식에 손을 댔다가 결국은 그에게 영장이 발부된 것이다. 그리고 그가 유럽으로 달아나서 몇 개국에 대하여 그의 본국 송환 인도를 요구하게 된 것 같았다.

콘웨이는 결론을 내리듯 말했다.

"글쎄, 묵인해버리는 것이 좋겠다고 생각해. 그를 위해서도 아니고 우리를 위해서 말이야. 물론 자네 마음대로 해도 좋아. 그러나 그자가 반드시 브라이언트가 아닐 수도 있다는 것을 잊지 말도록."

그러나 그는 브라이언트였다. 그것은 그날 밤 저녁 식사가 끝난 후에 밝혀진 것이었다. 장노인은 이미 물러갔고, 브린클로 여사는 티베트어 문법을 익히고 있었다. 그래서 세 남성 추방자들은 얼굴을 맞대고 커피를 마시거나 잎담배를 피우고 있었다. 만일 장노인이 임기응변의 자질을 발휘하지 않거나 공손한 예의가 없었다면 저녁 식사 때의 분위기는 여러 번 가라앉았을 것이다. 그리고 지금 장노인이 물러가자 또다시 침울한 침묵이 흐르고 있었다. 이번만은 바너드도 농담하지 않았다. 아무 일도 없었던 것처럼 이 미국인을 대면한다는 것은 맬린슨에게는 도저히 무리라는 것을 콘웨이는 너무도 잘 알고 있었고, 또 바너드 자신이 무슨 일이 있었다는 것을 간파하고 있는 것도 확실했다.

갑자기 바너드는 피우던 담배를 내던졌다.

"내가 누구라는 것을 당신들은 알고 계시죠?" 하고 그는 말했다.

맬린슨은 여자아이처럼 얼굴을 붉혔지만, 콘웨이는 평상시의 고요한 어조로 대답했다.

"맬린슨과 나는 알고 있지요."

"신문 오린 것을 그런 곳에 두다니 내가 멍청했지요."

"누구나 때로는 그럴 수도 있어요."

새로운 침묵이 계속됐다. 곧 브린클로 여사의 날카로운 음성이 들려왔다.

"분명히 나는 당신의 정체를 모르겠어요, 바너드 씨. 그러나 당신이 떳떳치 못한 여행을 하고 있다는 것은 벌써부터 느끼고 있습니다."

남자들은 의아한 표정으로 그녀를 바라보았다. 그녀는 계속해서 말했다.

"나는 콘웨이 씨가 우리 모두의 이름이 신문에 나올 것이라고 말했을 때의 일을 기억하고 있어요. 그때 당신은 그런 건 아무래도 좋다고 하시더군요. 그래서 바너드는 본명이 아니구나 하고 생각했지요."

바너드는 새 담배에 불을 붙이고 천천히 미소 지으며 말을 했다.

"브린클로 여사께서는 명탐정일 뿐만 아니라 나의 현재의 입장을 좋게 표현하셨습니다. 남의 눈을 피하는 여행이라고요? 말씀대로 그렇습니다. 그리고 이쪽 두 분 말씀입니다만 당신들이 나의 정체를 발견했다고 해서 나는 별로 불쾌하지 않습니다. 여러분이 전혀 모르시는 동안에는 괜찮겠지만, 이렇게 된 이상 여러분과 같이 지낸다는 것이 뻔뻔스러운 것 같습니다. 여러분은 나에게 친절히 대해주시니까 저도 여러분께 괴로움을 끼치고 싶지 않습니다. 그러나 당분간은 좋건 나쁘건 같이 지내야 될 것 같으니, 서로 가능한 한 도와주는 것이 우리의 책임이겠지요. 그 후 일은 되어가는 대로 맡길 수밖에는 없겠지요."

이 모든 것이 너무나 당연하다고 느껴져서 콘웨이는 비상한 흥미를 가지고 바너드를 바라보았다.

이런 순간에 좀 우스운 일일지도 모르나, 거짓 없는 감사한 느낌마저 들었다. 그 중후하고 살집이 좋은, 그리고 자상한 영감 같은 형의 사람을 세계 최대의 사기꾼으로 본다는 것은 어쩐지 기묘한 느낌이었다. 사기꾼이 아니고 그가 좀 더 교육을 받았더라면 어느 학교의 인기 있는 교장이라도 됐을 것이라는 생각까지 들었다.

그의 명랑함 너머에는 최근의 긴장과 근심의 기색이 엿보였다. 그것은 억지로 만들어진 것은 아니었다. 분명히 그는 자신이 생긴 대로, 소위 세상에서 말하는 호인으로서, 본성은 양이었으나 우연히 직업에 따라 이리로 되어버린 그런 사나이였던 것이다.

콘웨이는 말했다.

"그렇게 하는 게 가장 좋겠습니다."

그러나 바너드는 크게 웃었다. 깊숙이 간직하였던 여유를 이제 겨우 끌어낼 수 있었다는 듯한 웃음이었다.

"참 정말이지, 우스운 이야기죠" 하며 그는 의자에 몸을 느긋이 기대며 큰 소리로 말했다.

"아니, 아주 당치 않게도 유럽을 가로질러 터키와 페르시아를 빠져나가서 겨우 조그만 도시에 도착했을 때, 그사이 계속 추적당하고 있어서 빈에서는 정말 잡힐 뻔했어요! 도망다니는 것도 처음에는 자극도 되고 퍽 재미있었으나, 차차 신경이 예민해졌습니다. 그래도 바스쿨에서는 편안히 잘 쉬었습니다. 혁명 소란 중에 있었다면 아마 안전했을 것입니다."

"그랬을 것입니다. 단 총알에 안 맞아야 말이죠" 하고 콘웨이는 미소 지으며 말했다.

"예, 그 사실이 걸렸어요. 정말 괴로운 선택이었지요. 바스쿨에 남아서 총알을 맞느냐, 아니면 영국 정부의 비행기를 타고 도착하는 순간 수갑을 차느냐, 나로서는 양쪽 모두 내키지 않는 일이죠."

"생각해보니 그랬을 것 같군요."

바너드는 또 웃었다.

"대충 이랬습니다. 이제 여러분도 아셨겠지요. 계획이 어긋나 이런 곳에 끌려왔어도 내가 별로 신경을 쓰지 않았던 이유를. 이것은 분명 일급에 속하는 미스터리입니다. 그러나 나 개인으로서는 더 바랄 게 없는 거죠. 그리고 만족할 때 불평을 않는 것이 나의 신조랍니다."

콘웨이는 진심어린 미소를 지었다.

"아주 분별 있는 태도입니다. 내가 생각하기로는 만족감이 좀 지나친 것 같았습니다. 우리는 어떻게 그렇게 만족스러울 수가 있을까 하고 의심할 정도였으니까요."

"하지만 정말 만족하고 있습니다. 익숙해지면 이곳은 나쁜 곳이 아닙니다. 처음에는 공기가 좀 희박한 듯하였지만, 모든 것이 다 좋을 수는 없지 않습니까. 요양하기에는 고요하고 살기 좋은 곳입니다. 나는 매년 가을이면 정양을 위해 팜비치*에 갔습니다만, 그런 데서는 휴양을 취할 수가 없어요. 그러나 이곳에서는 의사의 지시대로 생활이 되겠는데요. 확실히 기분이 좋아요. 좀 변화 있는 식이양생(食餌養生), 거기에 주식 시세표는 보지 않아도 되고 중개인에게서 전화가 올 리도 없고……."

"그쪽에서는 전화를 걸고 싶을 거예요."

---

* 미국 플로리다 주의 피한지.

"그렇습니다, 지금 정신이 없을 겁니다. 뒷수습 문제로."

이 말을 너무나 쉽게 해치우는 바람에 콘웨이는 불가피하게 말을 덧붙였다.

"나는 대형 금융 거래에는 밝지 못합니다만."

이것은 말하자면 일종의 유도였는데 바너드는 조금도 싫은 기색 없이 응했다.

"대형 금융 거래란 십중팔구는 장난입니다."

"나도 그렇게는 생각했습니다만."

"이런 식으로 설명을 해볼까요. 한 사람이 오랜 세월 해왔고, 다른 사람과 같이 해온 일을 한다고 합시다. 그러나 갑자기 시황(市況)이 그의 생각과 반대편으로 움직이면 그는 신경을 곤두세우고 사태가 호전되기를 기다릴 도리밖에 없습니다. 그러나 무슨 영문인지 사태는 호전이 안 되고 1천만 달러 정도 잃게 되었을 때, 그는 신문에서 어느 스웨덴 교수가 쓴 '이 사태는 세계의 종말이라고 생각한다'라는 기사를 읽습니다. 여기서 묻겠습니다만, 이런 기사가 시황에 도움이 됩니까? 물론 그는 충격을 받습니다만 손을 쓸 길이 없습니다. 그러다가 경찰이 나타날 때까지 그 상태를 계속하고 있다는 것입니다. 단, 그가 경찰이 올 때까지 기다리고 있었다면 말입니다만. 나는 기다리지 않았지요."

"그렇다면 당신이 말하는 건 운이 나빴다는 거죠?"

"그렇죠. 많은 부채를 안았으니까요."

"남의 돈까지 잃어버렸어요, 당신은" 하고 맬린슨이 쏘아붙이듯이 말했다.

"사실입니다. 왜 그런 줄 아십니까? 그들은 모두가 공짜로 무언가를 얻으려고 하면서 자기들은 그만한 머리를 갖지 못했기 때문이에요."

"그건 수긍이 안 갑니다. 그들이 당신을 믿고 자기들의 돈은 안전할 줄 알았기 때문이죠."

"그러나 안전하지가 않았죠. 안전할 까닭이 없지요. 어디에도 안전이란 없는 법이에요. 그런 것이 있다고 믿는 사람은 태풍이 왔는데 우산 밑에 숨으려 하는 큰 바보들이지."

콘웨이는 달래며 말했다.

"당신이 태풍을 어쩔 수 없었다는 것은 모두가 시인하겠지요."

"된다고는 거짓말로도 못 해요. 당신이 바스쿨을 떠나서부터 어쩔 수 없게 된 것과 마찬가지입니다. 맬린슨이 안달을 하는 동안 당신이 침묵만 지키고 있는 것을 보고 나는 그때와 같은 심정이었습니다. 어쩔 수 없다는 것을 당신은 알고 있었어요. 그런데도 배짱을 정하고 있었지요. 시장이 무너졌을 때 나도 그런 심정이었지요."

"말도 안 돼요. 그런 건! 사기 같은 건 누구나 안 해도 돼요. 이것은 규칙에 따라 게임을 하느냐 않느냐가 문제이지요." 맬린슨은 소리쳤다.

"게임 자체가 깨지려 할 때에는 그런 건 무리입니다. 첫째 규칙이 어떤 것인지를 알고 있는 사람이란 세상에 한 사람도 없어요. 하버드나 예일의 교수들이라도 가르쳐줄 수 없어요."

"내가 말하는 것은 일상 행동에 대한 단순한 규칙입니다."

맬린슨은 멸시하는 투로 대답했다.

"그렇다면 그쪽의 일상 행동에는, 신탁회사의 경영 같은 것은 포함되어 있지 않다는 것이 되겠군 그래."

콘웨이는 재빨리 그들 틈에 끼어들었다.

"다투지는 맙시다. 당신의 일과 나의 일을 비교하는 건 상관없습니다만, 하여튼 지금은 이곳에 이렇게 있다는 것이 제일 중요한 문제라고 생각해요. 또 당신 말대로 우리는 더 한심스런 궁지에 빠졌을지도 몰라요. 그러나 생각해보면 참 우습군요. 우연히 선출되어 1천 마일이나 떨어진 곳에 유괴된 네 명 중 세 명이 하여간 다소나마 만족했으니 말이에요. 당신은 정양과 은신처를 구하게 된 셈이고, 브린클로 여사는 이교도인 티베트인에게 그리스도교를 설교할 사명을 느끼고 계시니 말이에요."

"세 사람이라니, 나머지 한 사람은 누구죠? 설마 저는 아니겠지요?" 하고 맬린슨이 말했다.

"나를 말하는 거야. 나의 이유는 그중에서 가장 단순한 것이야. 즉 단순히 이곳이 좋다는 것, 그뿐이야."

사실, 지금에 와서는 습관이 된 저녁 산책에 나가 테라스나 연못 부근을 혼자 거닐고 있으면 그는 육체적이나 정신적으로 상당히 안정감을 느끼는 것이었다. 샹그릴라에 있는 것이 좋다는 것은 거짓 없는 진실이었다. 그 분위기가 마음을 평화롭게 하는 한편 샹그릴라가 지닌 수수께끼는 마음을 자극했다. 또 전반적으로는 아주 기분 좋았던 것이다.

지난 며칠간 그는 라마 사원과 주민들에 대해서 서서히 어떤 기묘한 결론을 확실히 내리고 있었다. 그리고 마음속 깊숙이 동요되고 있지는 않았지만 머릿속에서는 아직 분주하게 생각하고 있었다. 마치 난해한 문제에 부딪친 수학자처럼 고민하는 것은 아니었지만 그것은 아주 고요하고 인간사를 떠난 고뇌 같은 것이었다.

브라이언트에 대하여는 이전대로 바너드라고 부르고, 호의적으로 생각하기로 결정하였다. 그의 과장된 행동, 또는 그의 정체 같은 문제는 이내 수그러들었다. 다만 그의 한마디, "게임이 산산이 깨지려 할 때"라고 한 그 말만이 남아 있었다. 콘웨이는 그 말을 되새기고 바너드가 의도했던 것보다 더 한층 넓은 의미에서 그 말을 반복하고 있는 자신을 깨달았다. 그 말은 단순히 미국의 은행이나 신탁회사의 경영에 대해서만이 아니라, 더 나아가 전반적인 사항에도 해당되리라고 믿었다. 그것은 바스쿨에도 델리에도 런던에도 혹은 전쟁을 하거나 제국을 건설하는 데에도, 또는 영사관, 무역의 허가, 총독관저에서의 만찬회에도 적용되었다. 생각할 수 있는 어느 세계에서도 항상 파멸의 악취가 감돌고 있었다. 따라서 바너드의 영락은 아마 자기 자신의 그것을 더 극적으로 꾸민 것에 지나지 않지 않는가. 의심할 여지도 없이 게임 자체는 산산이 깨어지고 있었다. 오직 다행스럽게도 경기자들은 무산된 게임을 수습 못 했다고 문책받지는 않는다. 그 점에 있어서 금융업자들은 운이 나빴다고 할 수밖에 없다.

그러나 이곳 샹그릴라에서는 모든 것이 깊은 정온(靜穩) 속에 있었다. 달 없는 밤 하늘 가득히 별들이 반짝이고 카라칼의 산정은 창백하게 빛나고 있었다. 이때 콘웨이는 만일 계획이 바뀌어 그 외계에서 오는 인부들이 지금 곧 도착한다 하더라도 자기의 대기 시간이 단축된 것을 기뻐하지는 않으리라는 것을 뚜렷이 느낄 수 있었다. 아마 바너드도 그럴 것이리라. 그는 속으로 웃으며 생각했다. 그렇게 생각한다는 것은 실제로 즐거운 일이었다. 그리고 갑자기 자신이 여전히 바너드를 좋아하고 있다는 것을 깨달았다. 그렇지 않고서는 즐겁다고 생각할 리가 없는 것이다. 무슨 까닭인지 1억 달러라는 구멍이 너무 커서 그 구멍을 낸 본인을 미워할 마음이 나지 않는 것이었다. 그 점에서 본다면 남의 시계를 훔친 편이 훨씬 더 싫었을 것이다. 그리고 1억 달러라는 막대한 금액을 없앤다는 것이 아무나 할 수 있는 일인가? 아마 어느 각료가 가볍게 "나는 인도를 맡게 되었다"고 공표하는 것과 같은 일일 것이다.

얼마 후에 그는 돌아가는 인부들과 샹그릴라를 떠나갈 때의 일을 상기했다. 길고 고생스러운 여행, 그리고 드디어 시킴이나 발티스탄 부근에 위치한 식민자의 방갈로에 도착한 순간, 열에 들뜬 듯한 기쁨을 느껴야만 한다고 생각되는, 그러나 다소 실망할 것이 틀림없는 순간의 일을 이것저것 마음속에 그려보았다. 먼저 악수, 자기소개, 클럽 회관의 테라스에서의 건배, 겨우 의혹을 감춘 표정으로 그를 유심히 바라보는 구릿빛으로 탄 많은 얼굴들, 델리에서는 반드시 총독과 정보부와의 회견이 기다리고 있을 것이다. 터번을 머리에 두른 하인들의 이슬람교도식 인사, 한없이 써 보내야만 할 보고서, 그리고 틀림없이 본국으로 돌아가 화이트 홀에 출두하게 될지도 모른다. P&O 상선의 갑판 위에서의 게임, 차관의 물컹한 손바닥, 또 기자 회견, 섹스에 굶주린 여인들의 놀리는 듯이 들리는 금속성 소리, "그게 정말이세요, 콘웨이 씨? 티베트에 계셨을 때……."

한 가지 틀림없는 것이 있다. 그것은 적어도 한 철 내내 만찬회에 끌려 나가서 체험담을 반복하게 되리라는 것이었다. 그러나 나는 그것을 즐길 수 있을까? 그는 고돈 장군이 카르툼에서 최후를 맞던 어느 날 기록했던 글이 생각났다.

"나는 런던에서 매일 밤 만찬회에 출석하는 것보다는 마아디*와 함께 수도승으로 지내는 것이 훨씬 낫다고 생각한다."

콘웨이의 혐오감은 이같이 결정적인 것은 아니었지만, 자기의 체험을 과거형으로 말할 때가 되었을 때에는 조금은 슬퍼지고, 동시에 넌덜머리가 날 것이리라 생각되었다.

이런 생각에 잠겼을 때 그는 장노인이 옆에 다가온 걸 느꼈다.

"콘웨이 씨, 이와 같은 중대한 뉴스를 전해드리는 것을 영광으로 생각합니다만" 하고 노인은 그 느릿한 소근거리는 듯한 말투로 좀 빠르게 말했다.

드디어 예정보다 빨리 인부들이 도착했나 보다고 콘웨이는 생각했다. 방금 예상했던 일이라 좀 이상한 느낌이 들었다. 그리고 예기하던 심한 마음의 아픔을 느꼈다.

"무슨 일이지요?"

장노인은 몹시 흥분하고 있었다.

"축하드립니다." 그는 계속했다. "이건 어느 정도 나에게도 책임이 있는 일이라 생각되니 더욱 기쁩니다……. 즉 내가 몇 번이고 간청을 해서 승정(僧正)님이 마침내 승낙을 하셨습니다. 곧 당신과 회

---

* 수단에서 영국에 대한 반란을 일으키고 신정부를 세웠다.

견하시겠다는 말씀입니다."

콘웨이는 의아한 눈길로 그를 바라보았다.

"왠지 노인께선 여느 때와 달라 보입니다만, 무슨 일 있었나요?"

"승정님께서 당신을 뵙겠다는 겁니다."

"예, 그 말은 알겠지만, 그렇게 흥분하실 것까지는……."

"파격적이고 전례가 없는 일이라 간청한 저도 기대하지 못했어요. 이 주일 전만 해도 당신은 여기에 도착하지도 않았었는데, 지금 그분께서 면담을 하시겠다니! 이렇게 빨리 실현된 일은 처음 있는 일입니다."

"아직 석연치 않습니다. 내가 승정님과 회견을 한다… 그건 잘 알겠습니다만, 그 밖에 또 무슨 일이 있습니까?"

"그것으로 충분하지 않습니까?"

콘웨이는 웃었다.

"옳은 말씀이십니다. 결례를 한다고는 생각지 마시기를. 실은 다른 생각을 하고 있었기 때문입니다. 물론 저도 영광스럽고 기쁩니다. 그래 언제 뵙게 될까요?"

"이제 곧이요, 모셔오라는 분부를 받았습니다."

"좀 늦지 않았는지요?"

"괜찮습니다. 콘웨이 씨, 곧 모든 것을 아시게 될 것입니다. 이것은 나 개인의 기쁨입니다만 복잡했던 기간도 이제 끝입니다. 여러분에게 질문을 받을 때마다 대답을 거절하느라고 혼이 났었지요. 또다시 불쾌한 생각을 안 하게 됐으니 감사한 일입니다."

"노인께선 좀 특별하신 분입니다. 가보십시다. 이제는 설명을 안

하셔도 됩니다. 마음의 준비는 충분히 되어 있습니다. 노인의 친절하신 말씀에는 감사하고 있습니다. 그럼 안내해주시렵니까?"

7

콘웨이는 아주 태연했다. 그러나 그런 태도에는, 장노인을 따라 인기척이 없는 안마당을 지나가는 동안 점점 더 격렬해지고 있는 열망이 감추어져 있었다. 중국 노인의 말이 무언가를 뜻하고 있다면, 자기는 무언가를 발견할 수 있는 갈림길에 서 있는 것이다. 아직 절반가량밖에 형성되지 않았지만 자신의 추론이 보기보다 불가능한 것이 아니라는 것이 곧 판명될 것이다.

그것은 별도로 하더라도 이것은 분명히 흥미로운 회견이 될 것이다. 그는 지금까지 많은 특권자들과 만나봤지만 언제나 그들에게 냉랭한 관심을 보이고 대충 신랄한 평가를 내려왔다. 그리고 그는 무의식중에 생소한 외국어를 사용하며 상대방에게 정중한 말을 할 수 있는 비결을 알고 있었다. 그러나 이번 경우는 아마 자신은 주로 듣는 쪽이 될 것이라고 생각했다.

그는 장노인이 지금까지 보지도 못했던 방들을 지나며 자기를 안내하는 것을 알았다. 방들에는 모두 어스레한 등불이 켜 있어 아름다웠다. 이윽고 나선형 계단을 올라 어느 문 앞에 이르러 문을 두드렸다. 곧 티베트인 하인이 문을 열었으나 동작이 너무나 빨라서 그 하인은 문 뒤에 이미 배치되어 있었을 것이라고 콘웨이는 생각했다. 한층 더 높게 지어진 승원 주변은 품위 있게 장식되어 있었다.

그러나 제일 먼저 느낀 특징은 몸이 마를 정도의 따뜻한 공기였다. 흡사 모든 창문은 밀폐되고 스팀 난방장치가 되어 있는 것 같은 상태였다. 안으로 들어갈수록 공기는 점점 더 희박하였다. 드디어 장노인이 어느 문 앞에서 발을 멈추었는데 그때의 느낌은 바로 증기탕에 들어가 있는 것 같았다.

장노인이 속삭였다.

"승정님은 당신 한 분만 회견하십니다."

그러고는 콘웨이가 들어가게 문을 열고 나서 살짝 닫고는 사라졌다. 언제 갔는지 모를 정도로 고요히 사라진 것이다. 콘웨이는 주춤거리며 그 자리에 서 있었다. 공기는 무덥고, 주변은 어둠침침해서 모든 것이 잘 보이지 않았다. 얼마 후에 암막이 드리워진 천장이 낮은 곳에 가구는 테이블과 의자뿐인 방이 보이기 시작했다. 그 의자에 얼굴이 작고 주름 많은 노인이 앉아 있었다. 그림자에 뒤덮인 부동의 자세는 퇴색한 고풍의, 먹으로 그린 초상화 같은 효과를 자아냈다. 혹시 현실에서 분리된 존재가 있다면 바로 지금 이곳에 있었다. 특성이라기보다는 발산물이라고 하는 것이 좋을 어느 고전적인 위엄에 물들어서, 콘웨이는 이 모든 것에 감응하는 자신의 날카로운 지각을 이상하게 느꼈다. 그리고 원래가 그런지, 다만 이 어스름 속의 더위 때문인지 알 수가 없었다. 그는 그 노인의 눈초리에 현기증을 느껴 무의식중에 두세 걸음 앞으로 나가다가 멈추었다. 의자에 앉아 있는 노인은 윤곽은 좀 뚜렷했으나, 육체를 지닌 존재라고는 보이지가 않았다. 중국 옷을 입은 자그마한 노인인데, 의복의 주름이나 솔기가 마른 몸을 헐렁하게 감싸고 있었다.

"당신이 콘웨이 씬가요?"

그가 유창한 영어로 속삭이듯이 물었다. 그 음성은 저절로 마음이 포근해지는, 한편으로는 애수가 젖어 있어 콘웨이는 무슨 복음을 듣는 것 같았다.

"그렇습니다" 하고 그는 대답했다.

노인은 말을 계속했다.

"뵙게 되어 기쁩니다, 콘웨이 씨. 실은 함께 이야기하는 것이 좋을 것 같아 오시라 했소. 아무 염려 말고 여기에 와서 앉으시오. 나는 늙어서 아무에게도 해를 끼치지 못합니다."

콘웨이는 대답했다.

"초대해주셔서 매우 영광으로 생각합니다."

"나야말로 인사를 해두어야겠소. 콘웨이… 당신의 나라 습관대로 이렇게 부르겠소. 조금 전에 말했듯이 나에게도 매우 기쁜 순간이오. 나는 시력이 약해졌소. 그러나 눈으로 보듯 마음으로 당신을 볼 수가 있어요. 이곳에 도착한 뒤 샹그릴라에서는 편히 쉬셨소?"

"네."

"좋아요. 장노인이 최선을 다하리라 믿습니다만, 그도 무척 기뻐하더군요. 그의 말로는 당신은 우리의 공동사회와 그 운영 등 많은 것을 물으셨다고?"

"흥미를 많이 느끼고 있기 때문입니다."

"그럼, 좀 시간을 내서 우리의 시설에 대해 간단하게 설명드리겠소."

"매우 감사합니다."

"그러실 줄 믿었소. 또 그러기를 바랐고. 그러나 우선 말하기 전에……."

그는 한 손을 살짝 움직였다. 그러자 그것이 어찌해서 호출의 신호인지 콘웨이는 알 수가 없었으나 곧 하인 하나가 들어와 우아한 다례(茶禮)를 준비했다. 거의 무색의 액체가 담긴 계란 껍데기 같은 찻잔이 옻칠된 소반에 놓여 있었다. 다례에 밝은 콘웨이는 실수가 없었다. 그는 말하였다.

"우리의 습성을 잘 아시는구료."

콘웨이는 분석할 수도 없는, 또 왜 그런지 억제하고 싶은 기분도 일어나지 않는 일종의 충동에 따라 그만 대답을 하고 말았다.

"중국에서 몇 년간 지낸 적이 있어요."

"장에게는 그런 말을 안 했지요?"

"네."

"그렇다면 왜 나한테는?"

콘웨이는 지금까지 자신이 어떤 행동을 하든 그 동기에 대하여 설명하는 데 주저하는 일은 절대로 없었다. 그러나 이때만큼은 아무래도 이유를 찾지 못했다. 이윽고 그는 대답했다.

"솔직하게 말씀드려서 전혀 모르겠습니다. 다만 승정님에게만 말씀드리고 싶었을 따름입니다."

"분명히 친한 친구가 될 두 사람 사이에 그보다 더 좋은 이유는 없을 거요. 자, 어때요, 그윽한 향기라고 생각지 않으시오? 중국 차는 종류도 많고 향기 좋은 것도 있지만 우리 계곡의 특산물인 이 차는 내가 보기에는 그것들에 비해서 조금도 손색이 없다고 생각하오."

콘웨이는 찻잔을 입에 대고 그 맛을 음미했다. 그 풍미는 걷잡을 수 없이 심원하여 혀 위에 감돈다고나 할까 아련한 향기를 품고 있었다. 그는 말했다.

"향기가 참 기막힙니다. 이런 차는 처음 마셔봅니다."

"그렇소, 우리의 계곡에서 채취하는 많은 약초와 같이 이 차도 다른 곳에서는 볼 수 없는 귀한 것이라오. 물론 이 차는 될 수 있는 대로 천천히 음미해야 되는데, 차를 사랑하고 아끼기 위해서만이 아니라 최대한의 희열을 찾기 위해서라오. 이것은 십오 세기 전에 살다 간 고개지(顧愷之)라는 분에게서 배운 유명한 교훈이라오. 그분은 사탕수수를 먹을 때 언제나 즙이 많은 고갱이 쪽으로 다가가는 것을 주저했다오. 이유는 그 자신이 설명하고 있지만 '환희의 경지에 자신을 서서히 들이기' 위해서였소. 당신은 중국의 위대한 고전을 연구해본 적이 있나요?"

콘웨이는 조금 배운 일이 있다고 대답했다. 동양에서는 예의범절로 찻잔이 치워질 때까지 이런 대화를 계속한다는 것을 그는 잘 알고 있었다. 그러나 그는 샹그릴라의 역사가 듣고 싶어 궁금증이 났지만 조금도 초조한 기분은 아니었다. 분명히 고개지의 덤비지 않는 감수성이 그에게도 전염된 듯하였다.

곧 이어 수수께끼 같은 신호가 있고 하인이 재빨리 들어왔다 나가자, 이번에는 아무런 서두도 없이 승정은 말을 시작했다.

"아마 당신은 티베트의 역사에 대해 개략은 알고 있으리라 믿소. 장에게서 들었지만 당신은 우리의 도서실을 많이 이용한다는데 얼마 안 되지만 매우 흥미로운 이 지방의 편년사(編年史) 등은 이미 보았겠지요. 아무튼, 네스토리우스 교파의 그리스도교가 중세 때, 이 아시아 일대에 보급되었소. 그것이 사실상 쇠퇴한 후에도 그 기억만은 장구한 세월 사람들의 마음속에 남아 있었소. 그러나 십칠 세기에 들어서 그리스도교의 부흥운동이 영웅적인 예수회 선교사들의 활동에 의해 로마에서 직접 추진된 적이 있었소. 그 예수회 회원들의 여행기 등은, 이렇게 말하면 실례가 되겠지만, 성 바울의 글보다는 훨씬 흥미롭다고 할 수가 있지요. 그리하여 교회는 차차 광대한 지역을 수중에 넣어갔지요. 사실 지금의 많은 유럽인들은 모르겠지만, 라싸에도 삼십팔 년간 교회가 존속하고 있었다오. 그러나 1719년 네 명의 캐푸친 수도회의 수도승들이 아직 변두리에 남아 있을지도 모를 네스토리우스 교파가 남긴 신앙의 흔적을 찾아 떠난 것은 라싸에서가 아니라 페이핑에서였소.

그들은 란조우〔蘭洲〕나 칭하이〔青海〕를 지나, 상상할 수 있겠지만 천신만고의 고난을 겪으며 남서를 향해 여러 달 여행을 계속했는데, 세 명은 도중에 사망하고 남은 한 명이 지금의 '푸른 달'의 골짜기로 통하는 유일한 길로 남아 있는 험한 협곡에 당도했을 때는 죽기 일보 직전이었소. 그러나 그가 놀라고도 또 기뻐한 것은 그곳에는 우호적이고 유복한 주민들이 살고 있어서 내가 가장 오랜 전통이라고 보고 있는, 이방인에게 친절한 대접을 하였소. 그는 곧 건강을 회복하고 포교 활동을 시작했는데 주민들은 불교도였으나 그의 말에 귀를 기울여 그로서는 성공을 거두었소. 그 당시 이 산 중턱에 라마교의 승원이 있었으나 물심양면으로 쇠퇴된 상태였소. 그래서 캐푸친 수도사는 자신의 수확이 늘어나자 그 같은 장려한 장소에 그리스도교의 수도원을 건립할 생각을 하여 그의 감독 지휘 아래 옛 건물을 수복, 대대적인 개조를 하여 1734년에 그 자신이 그곳으로 이주한 것이 내 나이 쉰세 살 때 일이었소.

그 수도사에 대하여 좀 더 말해두겠소만, 그의 이름은 페로라 하였고, 룩셈부르크 태생이었소. 극동 방면의 전도 사업에 헌신하기 전 파리나 볼로냐 등 대학에서 수학하여 상당한 학식을 갖춘 사람이었소. 그의 청년 시절에 대한 기록은 알 수 없었지만, 그의 나이나 직업으로 볼 때 있을 수 있는 일이었소. 그는 음악과 미술을 즐기고, 어학에는 특별한 재능을 지니고 있었소. 자신의 천직을 결정하기 전에 그는 이미 세상의 세속적인 향락은 전부 누렸소. 말플라케 전투* 당시, 그는 일개 청년이었으나 전쟁과 침략 행위의 공포를 몸소 체험으로 절감하였소. 그는 강건한 몸을 지니고 있어, 처음 온 몇 년간은 다른 사람과 같이 육체노동을 하고, 자신의 밭도 일구고, 주민들도 가르치고, 또 그들에게서 배우기도 했소. 그는 이 계곡에서 금광을 발견했지만 그것에 유혹당하지도 않았고, 그보다도 이곳의 식물과 약초류에 흥미를 가졌소. 그는 겸소하고 도량이 컸소. 일부다처주의는 반대하였으나, 주민들이 탄가체라 부르는 딸기를 즐겨 먹는 데는 별로 비난할 이유가 없다고 생각했는데, 그 열매는 약이 된다고들 하였지만 실은 가벼운 마약 성분이 있어 일반에게 인기

---

* 말플라케는 북부 프랑스의 마을 이름. 1709년 영국군과 오스트리아군이 프랑스군에 맞서 싸워 승리한 전투를 말한다.

가 있었소. 사실 페로도 그것을 먹기도 했소. 주민들의 생활에서 좋은 것은 받아들이고 또 서구의 좋은 면을 그들에게 베푼다는 그런 신조였지요. 그는 금욕주의자는 아니었고, 이 세상의 좋은 것은 즐긴다는 주의였고, 귀의자(歸依者)들에게도 교의뿐만이 아니라 요리도 가르치려고 노력했소. 하여튼 내가 당신에게 분명히 알려주고 싶은 것은 그가 진지하고 근면하고 학식 있고 소박하고 성직에 종사하는 한편, 석공의 작업복을 입고 실제로 이 방을 짓는 데 힘을 아끼지 않았던 정열적인 인물이었다는 것이오. 물론 그 일은 너무나 힘든 일이어서 그의 확고한 신념이 없었다면 불가능한 일이었소. 긍지라 말했소만 분명히 처음에는 이것이 지배적인 동기였소. 자신의 신앙에 대한 긍지 때문에 그는 석가모니가 사람들을 고무해서 이 샹그릴라의 암벽에 사원을 짓게 할 수 있었다면 로마엔들 못 세울 이유가 있겠느냐는 결심을 하게 되었소.

그러나 세월이 흐름에 따라 이 긍지라는 동기는 당연히 점차 정온한 동기로 바뀌었소. 요컨대 경쟁심이란 젊었을 때의 것이고, 사원이 완성될 때는 이미 그가 노경에 들었소. 특히 유의해야 될 것은 엄밀히 말해서 그는 엄하게 규칙적으로 행동하지 않았다는 점이오. 물론 그의 경우 교회 관계의 상사와의 거리가 세월로 측량할 만큼 멀리 떨어져 있었다는 지리적인 점도 고려되어야 하겠지만 이곳 주민들과 수도사들은 아무런 생각 없이 그를 사랑하고 따랐소. 그리고 세월이 흐름에 따라 그를 숭배하게 되었지요. 간혹 페이핑의 사교에 보고서를 보냈지만 그러나 도착되지 않았던 때가 있었다오. 거기에 사자(使者)가 여행 도중 위험하여 생명의 위협까지 받게 되어, 반세기가 지난 뒤부터는 그 절차를 아주 단념해버렸지요. 그러나 처음에는 보고서가 도착하여 그의 활동에 대해 일종의 의혹을 품었던 모양이지요. 그것은 1769년에 한 이국인이 십이 년 전에 쓰인, 페로를 로마로 소환한다는 편지를 가져왔기 때문에 알게 되었소.

가령 그 명령이 지체 없이 당도되었다 해도 그는 일흔은 넘었을 것이오. 그러니까 그는 이미 여든아홉이 되어 있었소. 산과 고원지대를 넘어 그 어려운 여행을 떠난다는 것은 엄두도 못 낼 일이었소. 외계의 광야를 휩쓰는 질풍과 살을 에는 한기를 견디어낼 수는 없었소. 그래서 그는 사정을 자세히 설명한 답장을 보냈으나, 그 편지가 큰 산맥을 넘었다는 기록은 남아 있지 않아요.

페로는 그대로 샹그릴라에 머물렀소. 상사의 명령에 불복한 것이 아니었고, 신체 조건으로 불가능했던 것이오. 하여튼 그는 노인이었으니까. 죽음이 그와 그의 불법 행위에 종말을 가져오게 되었지요. 그 무렵이 되니까 그가 창설한 시설에도 일종의 미묘한 변화가 생기기 시작했는데 그렇게 놀라울 정도는 아니었지요. 아무런 도움도 없이 한 사람이 한 시대의 습관과 전통을 영구적으로 전복한다는 것은 도저히 생각할 수 없는 일이오. 그의 힘이 빠졌을 때, 대신해서 힘껏 유지해주는 서양 사람도 없었고, 그리고 옛부터 다른 기억을 간직하고 있는 곳에 사원을 세운 자체가 잘못이었는지도 모르지요. 너무 욕망이 지나쳤던 것 같소. 그러나 아흔 살이 된 백발의 노인에게 과거의 잘못을 충고한다는 것도 온당치 못한 것이지요. 하여튼 페로는 자신의 과실을 깨닫기에는 너무 나이가 들었고, 또 행복했지요. 신자들은 그의 가르침을 잊었어도 여전히 그를 사랑했고 주민들도 변함없는 정을 바쳤기 때문에 그로서도 그들이 세월과 더불어 본래의 습관으로 돌아가는 것을 태평하게 여겼던 것이오. 그도 여전히 근력이 좋았고, 두뇌도 명석했소. 아흔여덟 살 때 그는 샹그릴라 이전의 주민들이 남겨두었던 불교의 경전을 공부하기 시작했지요.

그 당시 그는 정통 신앙의 입장에서 불교를 공격한 저서를 탈고하는 데 여생을 바치기로 마음먹었지요. 그 원고는 전부가 현재 우리 수중에 있소. 사실 그 일은 완성됐으나 그 공격은 매우 관대한 것이 되었소. 그것은 그때는 이미 한 세기를 바라보는 고령이므로 아무리 독설가일지라도 활기를 잃는 법이오. 그사이에도 추측을 하였으리라 생각되지만 그의 초기의 제자들은 많이 세상을 떠났어요. 그렇다고 그들을 대신할 만한 사람도 별로 없었고, 이 늙은 캐푸친 수도사의 통치하에 있는 정주자(定住者) 수는 확실히 줄었죠. 한때 팔십여 명에서 이십 명으로 줄고 이윽고 열 명 정도, 그것도 태반이 고령자뿐인 상태가 되었지요. 페로의 생활도 그 무렵이 되니까 다만 죽음을 기다리는 풍파 없는 평온한 것이 되었소. 너무 고령이 되니 병도 불만도 개의치 않고 다만 영면(永眠)만이 남았으나 그는 조금도 두려워하지 않았소. 음식과 의류는 주민들이 친절히 제공해주었고, 일은 자신의 도서실이 부여해주고 많이 쇠약하였지만 그의 의무인 큰 식전(式典)을 맡을 정력은 가지고 있었소. 그 외의 조용한 나날은 독서와 회상, 그리고 마약에 도취되어 지내고 있었지요. 그의 정신은 아주 맑았고 요가라 불리는 신비한 수업을 연구까지 해보았지만 이 수업은 여러 가지 호흡 방법에 그 기반을 두고 있어서 그와 같은 고령자가 시도하기에는 좀 위험한 일이었지요. 사실 얼마 후 그 잊지 못할 1789년, 페로가 드디어 임종의 병상에 누웠다는 소식이 골짜기에 퍼져 나갔소.

그는 이 방에 누워 있었소. 콘웨이, 그는 창으로 어슴푸레 떠오르는 무엇을 바라보았소. 그것은 그의 시력이 약해져 그 눈에 비치는 카라칼의 봉우리였소. 그러나 그는 마음으로도 볼 수가 있었소. 반세기 전 처음으로 보았을 때처럼 그 뚜렷하기가 비길 데 없는 산의 윤곽을 마음속에 그릴 수가 있었던 것이었소. 그리고 그가 겪어온 수많은 경험, 몇 해 동안 사막과 고원지대를 여행하던 일, 서유럽의 각 도시에서 목격한 대군중, 말보로 공* 군대의 검이 들려주는 소리와 번득임 등이 이상한 열을 짓고 차례차례 나타났소. 그의 마음은 이미 흰 눈과 같은 평정으로 되돌아가 있었소. 언제든지 기쁜 마음으로 죽을 수 있었던 것이오.

그는 친구와 하인들을 머리맡에 불러 한 사람씩 작별 인사를 나누었소. 그리고는 잠시 후 혼자 있게 해달라고 부탁했는데 육체는 가라앉고 정신은 지상으로 떠오르는, 그러한 고독 속에서 그는 자신의 혼을 하느님께 드릴 것을 갈망하였소……. 그러나 그 소망은 이루어지지 않았소. 말도 안 하고 움직이지도 않은 채 몇 주일을 누워 있었으나, 그는 회복하기 시작했소. 그때가 백여덟 살이었소."

나지막한 음성은 끊어졌다. 콘웨이는 조금 움직였다. 승정이 아

---

* 영국의 장군 처칠의 조상.

득한 비밀 같은 꿈 이야기를 유창한 영어로 말을 해주는 것 같았다. 그는 또다시 계속했다.

"죽음의 문턱을 헤매는 사람들과 같이 페로도 심오한 환상을 이 세상으로 가져올 수가 있었소. 그 환상에 대해서는 후일에 이야기할 기회가 있을 것이오. 우선 지금은 그의 행동에 대해서만 이야기하지요. 그러나 그것이 또 기이한 것이었소. 우리는 그가 편안하게 건강 회복을 도모할 줄 알았는데, 그러지를 않고, 곧 정력적인 자기 단련을 시작하였소. 그것도 마약을 복용하고 심호흡을 실천하는 것이 죽음을 방지하는 유효한 섭생법이 된다고는 생각 못할 일이었지요. 그러나 사실 노령의 수도사인 마지막 한 사람이 사망한 1794년에 페로 자신은 아직 살아 있었소.

만약 이 샹그릴라에 누군가 비뚤어진 유머 센스를 가진 사람이 있었다면 그를 비웃었을 거예요. 그 후 십여 년, 조금도 늙지 않고 자신이 창안한 비결로 계속 노력하는 주름투성이 캐푸친 수도사라고. 한편 이곳 주민들에게 그는 험한 벼랑 위에 혼자 사는 신비의 장막에 싸인 무서운 힘을 지닌 선인(仙人)이 되어 있었소. 그러나 그에게 바치는 숭앙의 전통은 남아 있어서 샹그릴라에 오를 때 선물을 두고 온다든가 필요한 잡역을 맡는다든가 하는 일은 찬양할 행위이고 또 행복을 불러오는 행위라고 간주하게 되어 있었소. 그러한 순례자들에게 페로는 축복을 해주었소. 그들이 길 잃은 어린 양이라는 것도 잊고 말이오. 이 말은 계곡의 사원마다 '찬송가'와 '나무아미타불'이 함께 들려오게 되었기에 하는 말이오.

새로운 세기가 다가옴에 따라 그에 대한 전설은 곧 터무니없는 환상적인 민간전승으로까지 발전했소. 페로가 신이 되었다느니, 기적을 행한다느니, 어느 밤에는 하늘에 촛불을 켜기 위해 카라칼의 산봉우리로 날아간다느니.

보름밤이 되면 저 산은 항상 창백하게 빛나는데, 두말 할 나위도 없이 페로이건 누구이건 저 산에 오른 사람은 아무도 없어요. 이런 말을 하는 것은 아직도 페로가 모든 불가사의한 일을 했다든가, 할 수 있다고 터무니 없는 낭설이 떠돌고 있기 때문이오. 예를 들면, 불교의 신비술 속에 거듭 나오는 공중부양술(空中浮揚術)을 그가 실천했다는데, 사실대로 말하자면 그는 여러 번 실험을 해보았으나 완전히 실패했었소. 그러나 보통 때의 감각의 저하는 다른 감각을 발달시킴으로써 어느 정도 상쇄된다는 것을 발견했소. 그는 정신감응의 기술만은 터득했는데 이것은 단연코 주목할 만한 일이오. 병을 고치는 특수한 능력을 갖고 있다고는 하지 않았으나, 어느 경우에는 그가 다만 나타남으로써 도움이 된다는 그런 특성이 있었던 것은 사실이었소.

이러한 전례 없는 고령으로, 그가 어떻게 지냈느냐 하는 것이 궁금하실 거외다. 그의 태도를 요약하자면 보통 사람이 죽는 나이에 죽지 않았기 때문에, 앞으로 어떤 날이 온다면 과연 죽을지 안 죽을지, 그 이유를 찾아내지 못할 것이라고 그는 느끼기 시작했다… 라고나 할까요. 이미 심상치 않은 일이 증명된 이상, 그 이상성(異常性)이 언제까지나 계속되리라고 믿을 수도 있고 또 언제 종말을 고할지도 모른다고도 생각할 수 있었던 것이오. 그리하여 그는 지금까지 자기 마음을 오랫동안 점거해온 죽음이란 절박한 문제에도 마음을 쓰지 않고 지내게 되었소. 그는 자신이 전부터 소망해온 불가능한 일이라고 체념했던 생활을 시작했소. 그는 우여곡절의 생애를 통하여 학자의 정밀한 생활을 계속 마음속에 품고 있었소.

그의 기억력은 놀라울 정도였소. 그것은 육체의 속박에서 벗어나 드높은 명석한 영역에 도달한 것 같았소. 학생 시절에 배운 것보다 훨씬 수월하게 모든 것을 배울 수 있겠다고 생각했을 정도로, 그는 곧 책이 필요하다는 문제에 부딪쳤는데 그가 가져온 책이 몇 권 있었지만, 그중에는 아마 흥미가 있을 것이리라 생각합니다만, 영어 문법과 사전, 그리고 플로리오*가 번역한 몽테뉴 등이 포함되어 있었소. 우선 그것만을 가지고 당신 나라의 복잡한 말을 배우려고 노력했소. 그의 첫 언어 연습의 원고의 하나는 지금 우리의 도서관에 보존되어 있소. 몽테뉴의《수상록》중 '허영에 대하여'는 티베트어로 번역했지만 이것은 유래 없는 노작이오."

콘웨이는 미소 지었다.

"좋으시다면 언젠가 꼭 보여주십시오."

"그러겠소. 지극히 실용성 없는 일이라고 생각되겠지만 페로 자신이 실용성 없는 연령이었다는 점을 상기해주시오. 그런 일마저도 없었다면 그는 쓸쓸했을 거요. 아무튼 십구 세기에 이르러 사 년째까지는 그랬었소. 그해야말로 우리 사원 역사에 매우 중대한 사건이 일어난 해였는데 유럽에서 두 번째의 타국인이 이 '푸른 달'의 계곡에 당도했소. 그는 헨셸이라는 오스트리아의 청년인데, 이탈

* 영국의 사전 편집자. 몽테뉴의 수상록을 영역했다.

리아에서 나폴레옹 군대와 싸운 적이 있었다더군요. 고귀한 집안의 출신이고, 높은 교양과 매력적인 태도를 갖춘 청년이었소. 거듭되는 전란으로 가산을 잃고 그것을 되찾자는 막연한 결심으로 러시아를 횡단, 아시아로 왔다는 것이었소. 그가 어떻게 해서 고원에 당도했느냐를 알 수가 있다면 재미있겠는데 본인 자신도 뚜렷한 기억이 없었던 것이오. 사실 그가 이곳에 당도했을 때는 일찍이 페로도 그랬듯이 그는 빈사 상태였으니까, 또다시 이곳 주민들의 정성어린 간호 끝에 그는 회복했고, 페로와 유사점은 거기까지였소. 헨셀은 곧 이 계곡의 금광에 흥미를 쏟았소. 그의 제일의 야심은 돈을 모아 될 수 있는 대로 빨리 유럽으로 돌아가는 것이었소. 그러나 그는 돌아가지 않았소. 기묘한 일이 일어났기 때문이오. 그 후 여러 번 그런 일이 있었지요. 별로 기묘하다고 할 수도 없겠지만, 현세의 고뇌에서 해방된 이 계곡의 평화와 자유가 그의 출발을 지연시켰으나, 어느 날 이 지방의 소문을 들은 그는 샹그릴라에 올라와서 페로를 처음으로 만났소. 그 회견은 진정한 의미에서 역사적인 것이었소. 우정이나 애정 같은 인간적인 정념에서는 좀 초월한 것이었으나 페로는 풍부한 자비심을 지니고 있어서 그것이 마른 땅에 물이 흘러내리듯 청년의 마음을 촉촉히 적셔주었지요. 두 사람의 솟아오른 친분에 대하여는 여러 말은 생략하겠소. 한편이 다시 없는 존경심을 바치면 한편은 나의 지식, 법열, 유일한 실재로 되어 있는 꿈을 나누어주었다고 하면 충분하겠지요."

잠시 승정의 말이 끊어졌다. 곧 콘웨이는 공손하게 말했다.

"말씀 도중 송구스럽습니다만, 저는 납득이 가지 않습니다만."

"잘 알고 있소."

그 속삭이는 듯한 대답에는 동정어린 투가 담겨 있었다.

"모든 것이 이해가 간다면 내가 놀라겠지요. 하여튼 내 이야기가 끝날 때까지 설명할 문제로 남겨두고, 우선 간단한 사항만 말하겠소. 이것은 당신도 흥미를 가지리라 믿지만 이윽고 헨셀은 중국의 미술품과 우리의 도서와 음악에 관계되는 귀중한 재료를 수집하기 시작했소. 그는 페이핑까지 힘든 여행을 하고, 1809년 최초의 물품을 가져왔소. 그리고 다시는 이곳을 떠나지 않았지만 그 이후 이 사원이 필요한 것을 외계에서 들여오는 복잡한 방법은 순전히 그의 노력에 의한 것이었소.

"지불은 고생을 하지 않고도 금으로 되었겠군요?"

"그렇소, 다행히도 우리는 다른 곳에서 귀한 금이 풍부했으니까요."

"그렇게 귀중한 것이 황금 소동에서 벗어날 수 있었으니, 얼마나 행운이셨습니까?"

승정은 끄덕였다.

"실은 헨셀이 염려하던 것도 그것이었소. 그는 세심한 주의를 기울여 서적과 미술품을 운반하는 인부들을 골짜기 부근까지 오지 못하게 하고, 여기서 하루 걸리는 곳에 짐을 내려놓고 다음부터는 마을 주민들이 들여왔소. 그는 계곡 입구에 보초를 세우고 감시도 시켰는데, 그는 더 간단하고 결정적인 호위수단을 고안해냈소."

"그 방법은?"

콘웨이는 자못 긴장되었다.

"아시겠지만 이곳은 지형상으로나 거리로 보나 외부 군대의 침략은 불가능하게 되어 있어요. 겨우 찾아드는 사람이란 길 잃은 방랑자가 두세 명 정도이고 가령 그들이 무기를 소지하고 있다 해도 기진맥진하여서 위험을 가할 수가 없어요. 그 후부터는 타국인도 원한다면 자유롭게 들어와도 좋다는 결정을 했지요. 단 한 가지 중요한 조건을 달아서 말이오.

그렇게 여러 해 동안 타국인이 찾아왔었소. 다른 횡단로가 있는데도 위험한 고원을 넘으려다 잘못 들어선 중국 상인들, 자신들의 무리에서 떨어져 지쳐버린 짐승들처럼 찾아 들어오는 티베트의 유목민들, 그들은 모두 반갑게 맞아들여졌소. 그중에는 당도하자마자 죽은 사람들도 있었지요. 또 워털루 전쟁 때에는 페이핑으로 육로 여행을 하던 영국인 선교사 두 사람이 이름도 모를 산길을 지나 큰 산맥을 넘어 산책이라도 하다가 들른 것 같은 표정으로 운 좋게 들른 적도 있었소. 1820년에는 병들고 굶주린 몇 사람을 인솔한 그리이스의 무역상인이 산길 위에서 죽어가는 것이 발견된 일도 있었고, 1821년에는 막연히 금광 소문을 들은 스페인 사람이 이곳저곳 헤매다가 실망 끝에 당도하기도 했소. 1830년에는 천객만래(千客萬來)라는 식으로 독일인 두 명, 러시아인 한 명, 영국인 한 명, 스웨덴인 한 명이 그 무렵에 성했던 과학조사라는 목적에 열중하여 텐진 산맥의 험난한 길을 넘어 찾아왔었소. 이와 같이 많은 방문객이 찾아오게 되자, 방문자에 대한 샹그릴라의 태도에 약간이나마 수정이 가해지게 되었지요. 우연히 계곡의 길로 들어선 사람들을 환영하는 것은 물론이지만 어떤 일정한 범위에 들어왔을 때에는 이쪽에서 그 사람들을 마중 나가기로 되었소. 그러나 여기서 중요한 것은 아시다시피 사원이 외부에 대해 무관심할 수 없게 되었다는 사실이오. 사원으로서는 새로운 사람들의 도착은 이미 필요한 것, 바람직한 것으로 되어버린 것이오. 사실 그 후 몇 년간 카라칼의 봉우리를 처음으로 멀리서 바라보고 기뻐한 탐험대가 정중한 초대장을 가져간 이쪽의 사람과 만난 적도 한두 번이 아니었고 또 그 초대가 거절당한 적도 없었소.

그사이에도 이 사원은 현재 보는 바와 같은 특성을 여러모로 채용하기 시작했소. 그 점에서 나는 헨셀이 뛰어나게 유능한 사람이고, 또 오늘의 샹그릴라 창설자에 비견할 만큼 큰 공로가 있었다는 것을 강조하고 싶소이다. 그는 모든 시설이 발전 도상에 있는 단계에서 필요로 하는 견고하면서도 친절한 인재였기 때문이었소. 그가 필생의 사업 이상으로 일을 성취하지 못하고 죽었다면 그 죽음은 돌이킬 수 없는 것이 되었을 것이오."

콘웨이는 얼굴을 들어 그의 말을 반복하듯이 말했다.

"죽었다!"

"그래요. 너무나 갑작스런 일이었소. 피살되었소. 인도의 동란이 있던 해였소. 그가 죽기 직전에 중국인 화가가 그의 초상화를 그렸는데 보여드리리다. 이 방에 있어요."

그가 미묘한 손짓을 하자 하인이 들어왔다. 콘웨이는 황홀한 관객같이 하인이 방 한쪽 끝에 있는 커튼을 열고 그 어슴푸레함 속에 등불을 두고 사라지는 것을 바라보았다. 그때 이리 오라고 속삭이는 음성이 들렸다. 이미 귀에 익은 음악의 선율 같은 속삭임이었다.

그는 몽롱한 기분으로 일어나 흔들리는 불빛을 향해 서서히 걸어갔다. 초상은 작은 수채의 세밀화 정도의 것이었으나, 그림은 밀랍 세공과 같은 기막히게 섬세한 피부색을 내고 있었다. 그 자태는 젊은 처녀를 모델로 한 듯 아름다워서 콘웨이는 사랑스러움 속에서 시간과 죽음과 인위의 장벽을 넘어서 호소하는 직접적인 매력을 발견했다. 처음에는 숨 막힐 듯이 황홀하게 바라보던 콘웨이는 얼마 후에 불가사의한 사실에 직면했다. 그 얼굴이 바로 청년의 얼굴이라는 사실이었다.

그는 그 자리에서 비켜서며 겨우 말했다.

"그런데… 승정님은… 죽기 직전에… 그려진 것이라고 말씀하셨습니다만……."

"그래요, 아주 잘 그렸습니다. 바로 그 모습이었소."

"그럼, 승정님이 말씀하신 해에 사망했다면……."

"사실이오."

"그가 이곳에 온 것은 1803년이고 그가 젊었을 때였다고……."

"그렇소."

콘웨이는 잠시 대답을 할 수가 없었다. 겨우 정신을 가다듬고 물었다.

"그리고 살해되었다고 말씀하셨지요?"

"예, 한 영국인이 쏘았소. 그 영국인이 샹그릴라에 와서 이삼 주일 후의 어느 날이었소. 그도 탐험가의 한 사람이었는데……."

"원인이 무엇입니까?"

"언쟁을 한 것 같았소… 인부 일 때문에. 헨셀은 샹그릴라에서 손님을 맞을 때의 우리의 규칙인 중요한 조건을 말하고 있었소. 이 일이 매우 어려운 일이지요. 그 이후 내가 몸은 쇠약해졌지만 무리를 해서 그 일을 하고 있지요."

승정은 좀 전보다 더 긴 간격을 두었다. 그 침묵은 무엇인가 속셈이 있는 듯이 생각되었다. 그는 말을 계속했다.

"그 조건이 무엇이었나 당신은 궁금할 거요, 콘웨이."

콘웨이는 천천히 나지막하게 말했다.

"대략 짐작이 갑니다."

"정말이오? 그렇다면 나의 이 긴 이야기를 듣고 무언가 짐작되는 데가 있소?"

그 질문에 관한 답변을 찾으려 했을 때, 콘웨이는 머리가 멍해지는 것을 느꼈다. 방 전체가 그 온화한 노인을 중심으로 하여 그림자의 소용돌이가 되어 있는 듯하였다. 그 이야기를 처음부터 끝까지 긴장해서 들었기 때문에 오히려 그 뜻을 완전히 이해 못 했는지도 모른다. 그래서 지금 그것을 의식적으로 표현하려다 놀라움에 압도되었다. 마음속에 모여진 확신도 말로 튀어나왔을 때에는 거의 압도되어버렸다.

"그것은 불가능합니다……."

그는 떠듬거리며 말했다.

"그러나 그렇게 생각지 않을 수가 없어. 놀라운… 당치도 않은… 도저히 믿을 수가 없는… 그렇다고 해서 절대로 믿지 못한다고도 할 수 없는……."

"왜 그러시오?"

이유도 모르는 감정 때문에 온몸을 떨며, 그렇다고 그것을 숨기려고도 않고 콘웨이는 대답했다.

"당신이 아직 살아 계시다는 말씀입니다, 페로 신부님."

8

승정이 다시 차를 청하였기 때문에 이야기가 잠시 중단되었다. 콘웨이는 너무나 당연한 일이라고 생각하였다. 이와 같은 긴 이야기를 하자면 상당히 피로할 것이기 때문이다. 콘웨이 자신도 휴식을 감사하게 느꼈다. 막간이란 다른 견지에서나 예술적 견지에서나 바람직한 것이며 또 습관적으로 즉석에서 주고받는 대화와 더불어 차를 음미한다는 것은 음악에 있어서의 카덴차와 같은 역할을 하는 것이라고 그는 생각했다. 이 감상은 (우연의 일치일지도 모르지만) 승정의 정신 감응의 일단을 이끌어냈다. 그가 곧 음악 이야기를 시작하여 콘웨이의 음악 취미가 이곳에서 전혀 충족되지 않았다는 것도 아닌 듯하니 기쁘게 생각한다고 말한 것이다. 콘웨이는 그 자리에 합당한 정중한 말로써 사원에 유럽 작곡가의 작품이 이만큼 구비되어 있는 것을 보고 감탄했다고 대답했다. 승정은 천천히 차를 마시면서 그 인사말을 받아들였다.

"그것이 다행스럽게도 수도사 중 재능 있는 음악가 한 사람이 있어서, 사실 그 사람은 쇼팽의 제자였소. 그래서 우리는 기꺼이 그에게 음악실의 관리를 일임했지요. 당신도 꼭 한 번 그를 만나보시오."

"네, 만나보겠습니다. 장노인에게 들었습니다만, 승정님께서는 모차르트를 좋아하신다고요."

"그렇소, 모차르트는 말하자면 엄숙한 우아함이 있어서 마음의 충족감을 줍니다. 그는 알맞은 집을 짓고는 아주 완벽하게 취미를 살려 생활용품을 갖추고 있지요."

이러한 대화는 찻잔이 치워질 때까지 계속되었다. 그때쯤 되니까 콘웨이는 침착하게 이야기를 할 수 있게 되었다.

"이야기를 앞으로 돌립니다만, 승정님께선 우리를 붙잡아두실 작정이십니까? 그것이 중요하고 변경할 수 없는 조건이라고 생각됩니다만."

"당신은 정확히 추측하셨소."

"그렇다면 우리는 언제까지나 이곳에 머물러야만 됩니까?"

"당신네 나라의 멋진 관용어를 쓴다면 우리 모두가 이곳에 '영원히' 있는다는 것이 되겠지요."

"도저히 이해가 안 되는 것은 세계의 그 많은 사람들 중에 왜 우리 네 사람이 선택되었는가 하는 것입니다."

승정은 처음에 보였던 위엄 있는 모습으로 되돌아가 대답했다.

"듣고 싶다면 이야기하겠소만, 그것이 매우 복잡하오. 우선 염두에 두어야 할 것은 우리는 가능한 한 이곳에 사는 사람의 수를 확보하고 싶소. 그 이유는 그만두고서라도 여러 가지 연령의 사람들, 다른 시대의 대표자들과 함께 사는 즐거움 때문이오. 불행하게도 최근에 일어난 유럽의 전쟁과 러시아 혁명 이래, 티베트로 찾아오는 여행자나 탐험가가 완전히 두절되었소. 사실 마지막으로 온 사람은 일본인이었는데 1912년에 왔으나, 정직하게 말해서 값어치 있는 수확이 못 되었소. 콘웨이, 당신도 아시겠지만 우리는 사기꾼도 협잡꾼도 아니오. 성공을 보장할 수도 없고, 또 될 수도 없는 일이오. 외래자 중에는 이곳에 살아도 아무런 은혜를 받지 않는 사람도 있고, 또 보통 천수를 다하여 죽는 사람도 있어요. 대충 말하면 이 지방의 고도와 그 외의 조건에 익숙해서, 티베트인이 외부 사람보다는 감각이 무디다는 것을 알았소. 그들은 매력적인 사람들이고 우리는 그들의 대부분을 입문시키고 있어요. 그러나 백 살 이상 사는 사람은 몇 안 돼요. 중국인은 그보다는 좀 낫지만 그들도 실패율은 높아요. 그래서 최고의 인재는 확실히 북구나 유럽의 라틴계 사람들인데, 미국인도 적응성이 있다고 생각되오. 그 점에서 일행 중의 한 사람을, 즉 그 나라의 한 시민을 우리가 받아들였다는 것은 더없는 기쁨이외다. 당신의 질문에 대답을 해야겠소. 설명했듯이 우리는 약 이십 년 가까이 새로운 사람을 맞아들이지 못한 실정이고 그 사이 여러 명이 사망하여 문제가 대두되었소. 그러나 이삼 년 전 이곳 주민의 하나가 아주 좋은 생각을 해주었소. 이곳 주민으로 젊은 사람인데 믿을 만하였고 우리의 목적에 진심으로 공감을 해주었소. 다만 다른 주민들같이 그도 티베트인이어서 멀리서 온 사람들에겐 비교적 재수 좋게 잡을 수 있는 기회가 주어지지 않았소. 하여튼 그가 제안한 것은 그가 혼자 어느 나라든지 여행을 떠나 전 같으면 있을 수 없는 방법으로 몇 명인가를 이곳으로 대동하여 오겠다는 것이었소. 그것은 여러 각도로 보아 혁명적인 제안이었으나 심사숙고한 후에 동의했었소. 아무리 샹그릴라라지만 역시 시간의 흐름에 따라 움직여야 했으니까."

"그렇다면 그는 비행기로 누군가를 데려오기 위해 파견되었다는 말입니까?"

"말하자면 그는 재치와 재능을 가진 청년이었소. 그리하여 우리는 그를 몹시 신뢰하였소. 우리는 그 일을 어떤 방법으로 수행하느냐를 그에게 자유로이 일임하였소. 우리가 확실히 알고 있었던 것은 계획의 첫 단계에서 그가 한때 미국의 항공학교에서 교육을 받았다는 것뿐이었소."

"그러나 그 뒤의 일을 그는 어떻게 해냈을까요? 그 비행기가 바스쿨에 와 있었다는 것은 우연한 일이……."

"맞아요, 콘웨이……. 우연히 일어나는 일은 많은 법이오. 그러나 요컨대 그것은 탈루가 전부터 찾고 있던 우연이라고도 할 수가 있어요. 가령 그가 그 당시 그 우연을 찾지 못하였다 할지라도 아마 일이 년 동안에 또 다른 우연을 발견했을 것이오. 또 영 찾아오지 않을 수도 있었을 것이오. 사실 그가 고원에 착륙했다고 보초가 알렸을 때에 우리는 놀랐었소. 비행기의 급성장은 주지의 사실이었으나 보통 비행기가 그와 같은 산맥을 넘기에는 아직 상당한 시간을 요할 거라고 믿었기 때문이오."

"그것은 보통 비행기가 아니었습니다. 산악 지대를 날기 위해 제조된 특수비행기였습니다."

"그 또한 우연이었소. 그렇다면 그 청년은 대단한 행운아였군요. 단지 그에 대해 이야기 못하는 것이 유감스러울 뿐이오. 그의 죽음에 대하여는 우리 모두가 슬퍼했었소. 당신도 아마 그를 좋아하게 됐을 텐데."

콘웨이는 고개를 끄덕였다. 아마 그랬을 것이라고 생각했다. 잠시 침묵 후에 그는 말했다.

"이러한 말씀 중에 무슨 생각을 품고 계십니까, 승정님?"

"그렇게 질문을 해주니 기쁠 따름이오. 지금까지 그와 같이 평온한 태도로 하는 질문을 받아본 일은 한 번도 없었소. 나의 긴 이야기는 그야말로 다양하게 받아들여졌으니까……. 분개, 고통, 분노, 불신, 히스테리 등 사실 오늘 밤처럼 단순한 흥미를 가지고 받아들여진 일은 없었어요. 당신 태도야말로 내가 진정 환영하고 싶은 태도라 하겠소. 오늘은 당신이 흥미를 느꼈지만 내일이 되면 큰일났다고 생각할지도 모르오. 그러나 결국에는 아마 당신의 헌신을 얻을 것이라고 생각하오."

"그것은 약속을 드릴 수가 없습니다만."

"그 염려가 나로서는 기쁩니다. 그것이 뜻깊은 신앙의 기초이니까 말이오. 그러나 여기서 의논을 하겠소. 당신은 흥미를 느끼고 있고 나로서는 그것으로 충분하오. 다만 소원은 내가 지금까지 한 이야기를 당분간 친구 세 분에게는 비밀로 해달라는 것이오."

콘웨이는 말이 없었다.

"언젠가 때가 오면 그분들에게도 말하겠지만 당장은 그분들을 위해서 서두르지 않는 것이 좋으리라 생각해요. 이 점에 있어서는 당신의 슬기를 믿고 있으니까 약속해달라고는 안 하겠소. 당신은 반드시 우리 두 사람이 최선이라고 생각하는 행동을 할 것이오. 나는 그것을 잘 알고 있소……. 자, 이젠 즐거운 이야기를 할까요. 당신은 세상의 표준으로 볼 때 아직 아주 젊다고 하겠지요. 사람들이 흔히 말하듯이 아직 앞날이 창창하오. 쉽게 말해서 활동력이 둔해지지 않는 시간이 앞으로 이십 년, 삼십 년 남아 있소. 절대로 어두운 앞날은 아니오. 또 지금 나와 같이 인생을 보는 방법, 즉 그것은 아주 짧은 막간밖에 안 되는 그와 같은 견해를 당신에게 기대할 수는 없을 것이오. 당신은 인생의 첫 이십오 년은 무엇을 하든 너무 젊다는 고민 속에서 지냈을 것이오. 그러나 그 이후의 이십오 년은 무엇을 하든 너무 나이를 먹었다는 한층 더 깊은 고민에 빠지는 것이 보통일 게요. 그리고 이 두 가지의 고민 사이에 인간의 생애를 비추는 햇빛은 너무나 짧고도 좁은 것일 거요. 그러나 당신은 좀 더 행운을 받고 있을지 모르오. 샹그릴라의 기준에서 말하자면 당신의 인생은 아직 태양이 비치는 곳까지 못 갔으니 말이오. 아마 이제부터 이삼십 년 지난 뒤에도 오늘의 당신보다 나이를 더 먹었다고는 느껴지지 않으리라고 생각되오. 헨셀이 그랬듯이 아마 당신도 긴 멋진 청춘을 간직할 수 있을지도 모르오. 하지만 그것도 아직 젊은 피상적인 단계밖에 안 되오. 정말이오. 언젠가는 당신도 다른 사람같이 늙는 때가 오겠지만 다른 사람들보다는 늦게 훨씬 고귀한 상태로 들어갈 것이오. 여든 살이 되어도 젊은이의 발걸음으로 고갯길을 오르겠지요. 그러나 그 배의 나이가 되어도 그 놀라운 일이 그대로 남으리라고 생각지 마시오. 우리는 기적을 행하지는 못하오. 죽음을 정복할 수도, 노쇠를 막을 수도 없소. 다만 우리가 할 수 있는 일은 인생이라고 불리는 이 짧은 막간의 속도를 늦춘다는 것뿐. 이것만은 다른 곳에서는 불가능해도 여기서는 간단한 여러 가지 방법으로 할 수 있소. 그러나 오해는 마시기를. 종언은 우리 모든 인간을 기다리고 있으니까 말이오.

내가 당신에게 보여주는 앞날이 대단히 매력 있는 것이라고 말할 수 있지 않을까요. 긴 고요하고 평온한 나날. 그사이 당신은 외계의 사람들이 시계 치는 소리를 듣듯이 더욱 편한 마음으로 태양이 저무는 것을 바라보겠죠. 태양은 떠올랐다가 사라진다. 그리고 당신은 육체적인 향락에서 더 험한, 그러나 더욱 만족한 경지로 들어간다. 실상 근육이나 욕망의 강도는 없어지겠지만 그것을 메울 만한 것을 얻을 수가 있어요. 즉 깊은 고요함, 원숙한 예지, 명석한 추억의 매력 등을 얻게 될 것이오. 그리고 무엇보다 귀중한 것은 '시간'을 획득할 수 있다는 것, 당신들 서구의 국가들이 추구하면 추구할수록 상실해버리는 그 귀중한 보물 말이오. 자, 생각해보시오. 당신이 독서할 시간을 얻는다면 이제 두 번 다시 시간을 아껴 급히 읽지도 않을뿐더러 지나치게 열중한다고 한들 연구를 하는 것도 아니오. 당신은 음악의 취미를 가져서 악보도, 악기도, 자유로운 무한의 시간과 더불어 가장 풍부하게 즐길 수 있게끔 갖추어져 있소. 더욱이 당신은 우정이 두터운 분이오. 현명하고 온화한 우정, 황량한 죽음의 부름 소리에서 벗어난, 길고 따뜻한 마음의 우정에 당신은 끌리지 않나요? 혹은 고독을 좋아하신다면 고요한 고독의 사색을 한층 더 즐기기 위해 이곳을 사용하지 않겠소?"

말이 잠시 끊겼으나 콘웨이는 잠자코 있었다.

"콘웨이, 당신은 아무 말도 없구료. 나의 다변을 용서하시오. 나는 마음속에 있는 것을 분명히 실토하는 것을 안 좋게 보지 않는 연대와 나라에 속한 사람이기에……. 그런데, 당신은 속세에 두고 온 부인, 양친, 아이들 일을 생각하고 계시지 않습니까? 아니면 이것저것 하고 싶은 야망 같은 것? 물론 처음에는 상심도 하여 괴로우시겠지만, 앞으로 십 년이 지나면 그림자도 없어지게 될 것이오. 사실은 내 추측이 정확하다면 당신에겐 그런 슬픔은 없다고 보입니다만."

콘웨이는 그 혜안에 놀랄 뿐이었다.

"옳은 말씀입니다. 저는 미혼입니다. 또 친구도 별로 없고, 이렇다 할 야망도 없습니다."

"야망도 없다? 그렇다면 당신은 이 세상에 만연해 있는 병폐에서 어떻게 빠져나오셨소?"

콘웨이는 이때 처음으로 자신이 대화에 끼어들고 있다는 것을 느꼈다. 그는 대답했다.

"저 같은 직업을 가지고 있으면 자기가 해야 된다고 느끼고 있는 이상의 노력이 강요되는 일은 별도로 치더라도, 세상에서 흔히 말하는 성공이라는 것의 대부분이 오히려 불쾌하게 느껴집니다. 저는 영사관에 근무하고 있습니다. 말단이지만 그 직책이 저에게는 적합했습니다."

"정력을 쏟지 않았던가요?"

"열심도 아니었고, 정력의 반도 쏟지 않았습니다. 저는 본래 게으름뱅이였으니까요."

승정의 얼굴이 움직였다. 그가 처음 미소 짓는 것을 깨달았다. 승정은 소근거렸다.

"일을 하는 데 나태하다는 것은 큰 미덕이 될 수도 있소. 당신도 차차 알게 되겠지만 우리는 그 점에 있어서 별로 엄하게 다루지 않아요. 분명히 장노인이 우리의 중용 원칙에 대해 설명했으리라고 생각되지만 중요한 점의 하나로, 활동에서도 항상 중용을 유지한다는 것이 있소. 예를 들어, 나는 십 개 국의 언어를 알고 있으나 만일 중용을 지키지 않았다면 십 개 국어, 혹은 이십 개 국어가 모두 통용되었을지도 모르오. 그러나 나는 그렇게는 안 했소. 그리고 이것은 다른 면에서도 같소. 곧 당신도 우리가 방탕자도 아니고, 금욕주의자도 아니라는 것을 알게 될 거요. 배려해야 될 나이가 되기까지는 식탁의 진미도 즐겼고, 한편 이것은 젊은 친구를 위해서이지만, 계곡의 부인들은 정조에 중용의 원칙을 적용하고 있소. 하여간 모든 것을 고려하여 당신도 별 고생 없이 우리의 생활에 익숙해지리라 생각되오. 장은 아주 낙관하고 있었지만 지금 만나보니 나도 동감이오. 그러나 당신은 모든 사람에게서는 볼 수 없었던 글쎄, 무어라고 할까 좀 불가사의한 점이 있소. 냉소주의도 아니고 그렇다고 신랄한 것도 아니야. 아마 환멸에서 온 것이겠지만 분명히 백 살 안팎 사람에게서 기대할 수 없는 정신의 명석함이라는 것이 있소. 그것을 한마디로 말한다면 무감동이라고나 할까요."

콘웨이는 대답했다.

"참 명언이십니다. 이곳에 오는 사람들을 한 사람씩 분류하시는지는 모릅니다만, 가령 그렇게 하신다면 저에게는 '1914~18년'이란 딱지를 붙일 수가 있습니다. 그렇게 하시면 분명히 아마 고대 유물을 소장한 박물관에 유례 없는 표본이 하나 늘어나게 될 것입니다. 그러나 저와 같이 온 세 사람은 이 범주에 들지 않습니다. 저는 지금 말씀드린 몇 년 사이에 정열과 정력을 다 소모하여서 다른 사람에게는 말한 적이 없으나 그 이후 제가 이 세상에서 희구하는 것은 혼자 있고 싶다는 것뿐입니다. 분명히 이곳은 저의 마음에 호소해오는 일종의 매력과 고요함이 있습니다. 따라서 승정님께서 말씀하셨듯이 저는 차차 익숙해지겠지요."

"그뿐인가요?"

"당신이 말씀하시는 중용의 법칙을 지키고 싶습니다."

"현명한 분이오. 장이 말한 대로 당신은 아주 현명한 분이오. 그러나 좀 전에 내가 이야기한 것 중에서 무언가 좀 더 마음이 쏠린 것은 없었어요?"

콘웨이는 잠시 사이를 두고 난 후 대답했다.

"과거에 대한 말씀은 깊은 감명을 받았습니다. 그러나 솔직히 말씀드려서 장래에 대한 말씀에는 추상적인 의미의 흥미밖에 느끼지 않았습니다. 저는 그토록 앞날까지 내다볼 수가 없습니다. 만약 내일이나 내주, 아니 내년에라도 샹그릴라를 떠나야 한다면 나는 분명히 유감스럽게 생각할 것입니다. 그러나 백 살까지 산다면 어떤 느낌이 들까 하는 문제는 예상할 수가 없습니다. 물론 장래에 대한 것과 같이 그것에 대해서도 맞설 수는 있습니다만 열중하려면 거기에 요점이 될 만한 것이 있어야겠지요. 저는 때로는 인생에 그런 것이 있을 수 있을까 하는 의문이 생기고, 가령 없다면 긴 인생은 더욱 무의미한 것이 될 것입니다."

"그러나 당신에게 이 건물의 전통, 즉 불교와 그리스도교가 유효한 보증이 된다고 생각합니다만."

"네, 그렇습니다. 그러나 백 살까지 장수를 원한다면 무언가 더 명확한 이유가 있으면 좋겠습니다."

"이유는 있소. 매우 명확한 이유지요. 그것은 또 우연히 모인 이 집단에 있어서 자신들의 수명을 초월 장생하고자 하는 최대의 이유이기도 하오. 우리는 다만 기이하다는 것만으로 무익한 실험을 추구하고 있는 것은 아니오. 우리에게는 하나의 꿈, 하나의 환상이 있소. 그것은 페로 노인이 1789년 이방에서 맞은 임종 때 처음 본 환상이오. 그때 그는 좀 전에 내가 말했듯이 자신의 긴 생애를 돌이켜 보고 있었는데 아름다운 것은 모두가 덧없이 멸망하기 쉬운 것으로 생각되어, 또 전쟁이나 욕망과 잔학 행위가 언젠가는 그것을 분쇄하여 끝에 가서는 아름다운 것이 아무것도 남지 않으리라고 생각했소. 그는 자신이 보아온 많은 광경을 생각했고 마음속으로 또 다른 광경을 그려보았소. 즉 그는 예지에 있어서가 아니라 저속한 정열과 파괴의 의지에서 점차 강화되어가는 나라들을 보았소. 기계력이 증가되고 마침내는 하나의 무장한 인간이 루이 14세의 전군(全軍)에 필적하게 되는 것을 보았소. 그리고 그는 그것들이 육지와 해상을 모조리 파괴하고는 드디어 하늘까지 향하리라는 것을 감지하였소. 그의 환상은 진실이 아니라고 말할 수 있을까요?"

"아니, 진실입니다."

"그러나 그뿐만이 아니었소. 살인의 기술에 광희(狂喜)하는 인간들이 전 세계에서 맹렬한 기세로 날뛰어 모든 귀중한 것이 위기에 처하게 될 때가 다가오리라는 것을 그는 예감하였소. 서적도 회화도 음악도 이천 년을 통해서 간직되었던 작고 섬세하고 무방비한 모든 보물이 저 리비우스*가 잃어버린 서적과 같이 상실되거나 영국군에 의해 파괴된 페이핑의 여름 궁전처럼 파괴되리라는 것도 말이오."

"그 의견은 저도 동감입니다."

"그러시겠죠. 그러나 철강과 대항하는 데 있어, 이성 있는 인간은 어떠한 의견을 가지면 좋을까요? 아시겠소? 페로 노인의 환상은 필연코 진실이 될 것이오. 바로 그것이 내가 이곳에 있는 이유이고 또 당신이 이곳에 있는 이유이며, 사방에서 들이닥치는 운명에서 벗어나 살아가는 것이 우리의 소망이오."

"그것을 벗어나 살아간다는 말씀은?"

"희망은 있어요. 그때는 아마 당신이 나의 나이가 되기 전에 될 것이니까요."

"그래서 승정님은 샹그릴라는 그것에서 벗어날 수 있다고 생각하시는군요."

"어쩌면 벗어날 수 있을 것이오. 자비에만 기대할 수는 없겠지만 이 샹그릴라는 좀 기대를 걸 수가 있을 것이오. 우리는 이곳에서 독서와 음악과 명상과 더불어 지내며 멸망해가는 시대의 덧없이 우아한 것을 보존하고 그 저속한 정열이 타버린 뒤 인류가 필요해 마지않는 예지를 찾아 구할 것이오. 우리는 소중히 보존하고 후세에 양도해야 될 유산이 있소. 그때가 다가올 때까지 허용되는 데까지 즐거움을 누려보지 않겠소?"

---

* 로마의 역사가.

"그 뒤는요?"

"그때는, 강자가 서로 잡아먹고 멸망한 뒤는, 마침내 그리스도교의 윤리가 충만하여 온유한 자가 땅을 이어받게 되는 것이오."*

그 나지막한 음성이 조금 강조되어 콘웨이는 그 음성의 아름다움에 도취되어버렸다. 그는 또다시 주변에 어둠이 스며드는 것을 느꼈다. 그러나 이번에는 외계가 이미 폭풍에 휩싸인 것 같은 상징적인 느낌이었다.

바로 그때 그는 승정이 실제로 몸을 움직여 의자에서 일어나 망령처럼 꼿꼿이 서는 것을 보았다. 콘웨이는 예의로 그를 부축하려 했다. 그러나 갑자기 더 깊은 충동이 그를 사로잡아 이전에 아무에게도 해본 적이 없는 일을 그는 하고 말았다. 무릎을 꿇었던 것이다. 왜 그런 짓을 하였는지 자기 자신도 모르는 일이었다.

"잘 알겠습니다, 승정님" 하고 그는 말했다.

그 후에 어찌하여 그 자리를 떠났는지 그는 전혀 알 수가 없었다. 그는 꿈속을 언제까지나 헤매고 있었다. 저 위층 방에서 나온 후, 밤공기가 얼음같이 냉랭하였던 것을, 그리고 별이 빛나는 안마당을 지나는 사이 장노인이 조용히 자기 옆을 따라오던 것을 기억할 뿐이었다. 그때만큼 샹그릴라가 그의 눈에 아름답게 비친 때는 없었다. 절벽 끝 저 너머에는 계곡이 흐르고 있을 것이다. 그리고 그 이미지는 자신의 평화로운 상념과 완전히 조화된 잔 물결 하나 일지 않는 깊은 호수, 그것이었다. 그렇게 느낀 것은 콘웨이가 이미 경악

---

* 〈마태복음〉 5장 5절.

을 초월하였기 때문이다. 하고많은 말에 채색된 길고 긴 이야기가 그를 무아의 경지로 이끌고 그의 이성, 감성, 더욱이 정신에 어떤 충족감만을 남긴 것이다. 지금은 의념(疑念)조차 그를 괴롭히지 않고, 반대로 미묘한 조화의 일부를 이룬 듯이 생각되었다. 장노인은 아무 말도 없었다. 그도 마찬가지였다. 밤은 이미 깊었다. 다른 친구들은 모두 잠들었을 것이다. 그는 그것이 기뻤다.

9

아침이 되자, 그는 마음속에 생각나는 모든 것이 실제 있었던 것인지, 꿈에 본 환상이었는지 생각해보지 않을 수 없었다.

곧 그는 뚜렷이 생각이 났다. 아침 식사 때, 질문의 합창이 그를 맞이하였기 때문이다. 먼저 미국인이 시작했다.

"아니, 어젯밤은 대장과 장시간 회담을 하셨더군요. 자지 않고 기다리려고 했는데 너무 피곤해서. 그래, 그 대장은 어떤 남성입니까?"

"인부 일에 대해서 그분은 무어라고 하시던가요?"

맬린슨이 급하게 물었다.

"이곳에 선교사를 두고자 말씀하시던가요?"

브린클로 여사는 말했다. 이 집중 공격은 콘웨이로 하여금 그가 항상 지니고 있는 방비 체제를 만들게 하였다.

"유감스럽지만 여러분을 실망시키게 될 것 같은데요."

그는 정말로 그러한 분위기로 쉽게 자신을 밀어넣으려 대답했다.

"선교사 문제는 말도 못 했고, 인부 건은 비치지도 않았어요. 그분의 인상은 영어가 너무나 능숙했고, 그리고 총명하신 비상한 노인이었어요."

맬린슨이 초조한 듯 말참견을 했다.

"문제는 그분이 신용할 만한 분인가 아닌가, 또는 우리의 말을 들어줄 것 같느냐 하는 거예요."

"정직한 분 같았어."

"왜 인부의 일을 좀 조르지 않았죠?"

"좀 멍청했었지."

맬린슨은 믿을 수 없다는 표정으로 그를 바라보았다.

"나는 당신이라는 사람을 알 수가 없어요. 콘웨이. 바스쿨 소동 때는 당신은 아주 멋진 사나이였어요. 그러나 지금은 아주 다른 사람인 것 같아요. 마치 산산이 분산돼버린 것 같군요."

"미안하네."

"미안하다는 말만으로는 안 돼요. 남의 일같이 말하지 말고 좀 긴장하지 않으면 곤란합니다."

"자네는 오해하고 있어. 나는 여러분을 실망시켜 미안하다고 한 거야."

콘웨이의 말은 퉁명스러웠다. 자신의 감정을 억제하기 위해서였다. 사실상 그의 감정은 너무나 복잡하여 다른 친구들에겐 이해될 것 같지 않았다. 이렇게 쉽게 말할 수 있었던 것에 대해 그는 스스로 놀라지 않을 수 없었다. 분명히 승정의 제안에 따라 비밀을 지킬 심산이었다. 그는 또, 다른 사람들이 배반 행위라고 원망해도 별 도리가 없는 입장을 선뜻 받아들이고 있는 자신을 의아하게 생각했다.

전에 맬린슨이 말한 대로 이것은 영웅이 취할 행위라고는 할 수 없었다. 콘웨이는 그 청년에 대하여 불현듯 연민이 뒤섞인 호의를 느꼈으나 곧 마음을 독하게 가져 영웅 숭배에 열중하는 사람은 결국 환멸을 느끼게 된다고 생각했다. 바스쿨에서 맬린슨은 바로 운동부의 주장을 숭배하는 신입생 같았다. 그리고 이제 그 주장은 그 위치에서 전락까지는 아니라도 금방 쓰러지려 하고 있는 것이다. 그릇된 이상이라 하여도 그것이 분쇄될 때에는 항상 무엇인가 일말의 비애가 따르기 마련이다. 맬린슨의 찬미는 적어도 또 다른 자신을 분장하지 않으면 안 될 긴박감에는 다소 위안이 되었을지는 모른다. 그러나 어쨌든 그러한 분장은 불가능했다. 샹그릴라의 대기에는, 아마 고도 탓이겠지만 허위의 감정을 갖지 못하게 하는 그 무엇이 있었다.

콘웨이는 말했다.

"이봐요, 맬린슨, 바스쿨에서 있었던 이야기를 계속해봤자 소용없는 일이야. 물론 그때의 나는 달랐지. 상황이 지금과는 전혀 달랐으니까."

"내가 볼 때는 그때가 훨씬 건전한 것 같아요. 적어도 무엇에 대해 맞서야 되는가를 알고 계셨으니 말이죠."

"살인과 약탈, 정확하게 말한다면, 그래 자네가 그렇게 부르고 싶다면 그것을 건전하다고 해도 상관은 없어."

청년은 목청을 높여 대꾸했다.

"네, 저는 건전이라고 부르겠어요. 어떤 의미에선, 이런 수수께끼 같은 것보다는 무언가 부딪쳐 나가고 싶은 게 있었어요."

갑자기 그는 덧붙였다.

"예를 들어, 그 중국 처녀 말이에요. 어떻게 해서 그녀가 이곳에 왔죠? 그 노인은 아무 말도 안 하던가요?"

"아니, 왜 말을 해야만 되나?"

"왜 해서는 안 됩니까? 그리고 당신은 왜 묻지 않으셨죠? 다소나마 그 사실에 관심이 있다면 말입니다만, 중놈들이 우글거리는 이곳에 젊은 처녀가 있다는 것이 이상하지 않습니까?"

이런 생각은 콘웨이는 여태까지 해본 적이 없었다.

"이곳은 보통 사원이 아닐세."

잠시 생각한 후에 겨우 대답했다.

"맙소사! 그렇지 않아요!"

침묵이 흘렀다. 논쟁은 분명히 막다른 곳에 와 있었다. 콘웨이는 로첸(羅簪)의 내력은 아무래도 좋다고 생각하였다. 그 귀여운 중국 아가씨는 너무나 얌전하게 그의 마음 한 구석에 자리잡고 있어서 그 존재조차도 깨닫지 못할 정도였다. 그러나 그녀의 이름이 잠깐 나왔을 때, 브린클로 여사는 아침 식사를 하며 공부하던 티베트어 문법책에서 갑자기 눈을 들었다. 콘웨이는 브린클로 여사가 문법 공부에 열중하고 있지 않았다고 생각했다. (그녀는 처녀와 수도승에 대한 잡담을 듣자, 그녀는 남자 선교사가 자기 처에게 한 이야기를 그 처가 친구인 미혼 여성에게 들려준, 인도의 사원 이야기를 상기하였을 것이다.)

"물론이죠. 이런 곳의 도덕이란 염증이 나요. 대강 예상은 할 수가 있어요."

그녀는 입을 삐죽거리며 말했다. 그리고 찬성을 구하듯이 바너드를 돌아보았다. 그러나 바너드는 빙긋 웃었을 뿐이었다.

"도덕에 대하여 내가 말해봤자, 무슨 소리냐고들 하겠지요. 하여튼 논쟁은 안 하는 것이 좋아요. 당분간은 이곳에 있어야 되니까요. 서로 화내지 말고 기분 좋게 지냅시다."

콘웨이는 좋은 충고라고 생각했으나 맬린슨은 그런 말로서는 통하지를 않았다.

"그야 당신에게는 다트무어에 있기보다는 이곳이 좋으니까 그럴 거예요."

그는 함축성 있게 말했다.

"다트무어? 아, 알겠어. 당신네 나라의 큰 형무소 말이지, 응, 그래. 그런 곳에 갇혀 있는 사람들을 부러워한 적은 없으니까. 한 가지 말할 게 있어요. 그런 걸로 나를 골탕먹이려고 하지만 나는 상관없어요. 철면피와 부드러운 마음의 혼합물 같은 인간이니까요."

콘웨이는 감사의 눈길로 그를 바라보고는, 다시 맬린슨을 나무라듯이 바라보았다. 그러나 그때, 모두가 큰 무대에서 연기를 하고 있는데 그 무대의 배경은 자기밖에 모른다는 감정이 불현듯 솟아올랐다. 그리고 어떤 일이 있어도 다른 사람들에게는 말할 수 없다는 생각이 갑자기 그를 혼자 있고 싶게 만들었다.

그는 그들에게 가볍게 끄덕여 보이고는 혼자 되고 싶어 안마당으로 나갔다. 카라칼의 아름다운 광경을 바라보니 마음이 홀가분해졌다. 세 사람에 대한 양심의 가책도, 그들의 생각을 능가한 곳에 있는 신세계를 받아들인다는 신비스런 기분 속으로 사라져갔다. 모든 것이 기이하기 때문에 개개의 불가사의에 대하여 아는 것이 점점 어려워지는 그런 때가 온 것이라고 그는 깨달았다. 놀라기만 하고 있으면 모두가 싫증이 날 뿐이므로 모든 것을 당연한 것으로 받아들일 때가 온 것이다. 자신도 샹그릴라에 와서 이 정도로 진보했단 말인가? 그리고 그는 전쟁 당시 기분은 좋지 않았어도 이와 같은 차분한 기분을 느꼈던 것이 생각났다.

그에게는 앞으로 자기가 감당해야 될 이중 생활에 잘 적응시켜 나가기 위해서도 차분한 기분이 필요했다. 앞으로는 추방된 친구들과 함께 있을 때는 인부의 도착과 인도로의 귀환에 관심 있는 세계에 살고, 다른 시간은 지평선의 커튼처럼 열려진 세계, 시간이 확장되고 공간이 응축되며, "푸른 달"이란 이름이 "미래는 푸른 달에 한 번밖에 찾아오지 않아요" 하고 다정하게 타이르는 것 같은, 그와 같은 상징적인 뜻을 가져오는 세계에 살게 될 것이다. 간혹 그는 과연 어느 쪽 생이 더 진실할까 하고 의심도 하였으나 그것은 긴박한 문제는 아니었다. 그리고 또 전쟁이 생각났다. 그것은 무서운 포격 속에 있을 때 현재와 같이 자기에게는 여러 개의 생명이 있어, 죽음으로 빼앗기는 것은 그중의 하나에 불과하다는 안도의 기분을 느낀 적이 있었기 때문이다.

장노인은 이제는 무엇이든지 개의치 않고 이야기하고 둘은 자주 사원의 규칙과 일상의 과정 등을 화제로 삼았다. 처음 5년간은 이렇다 할 특별한 섭생을 할 필요도 없이 보통 생활을 하면 된다고 콘웨이는 배웠다. 언제나 그렇게 하고 있다고 장노인은 말했다.

"신체를 이 땅의 고도에 익숙하게 하는 것과 동시에 정신과 감정에서 회한의 흔적을 없앨 시간을 주기 위해서지요."

콘웨이는 웃으며 대답했다.

"그렇다면 사람의 애정 같은 것은 내버려두면 오 년도 못 간다는 말씀이군요."

장노인은 대답했다.

"아니, 못 가는 건 아니지요. 다만 그 향기뿐이고, 그 애수를 오히려 즐길 수 있겠지요."

장노인은 계속 설명을 하면서, 그 견습 기간이 5년 지나면 드디어 수명을 연장하는 과정이 시작되는데 그것이 잘 된다면 콘웨이도 40세의 외모를 지닌 채 반세기는 갈 수 있을 것이고, 더구나 40세라는 나이는 인생에서 나쁜 시기는 아닐 것이라고 하였다.

콘웨이는 물었다.

"당신 자신은 어떻습니까, 당신의 경우는 어떻게 되어 나가던가요?"

"네, 나는 다행스럽게도 아주 젊었을 스물두 살 때였어요. 당신은 그렇게 생각 안 하시겠지만 나는 군인이었어요. 1855년의 산족 토벌대의 지휘관이었죠. 그때 상관에 보고하기 위해 귀환하는 도중 산에서 길을 잃어버렸습니다. 그때 백 명 중 추위에 살아남은 사람이 일곱 명뿐이었죠. 최후에 구조되어 샹그릴라에 왔을 때에는 극도로 쇠약했지만 젊은 체력 덕분에 살아남았습니다."

콘웨이는 마음속으로 계산하며 되물었다.

"스물두 살, 그렇다면 지금 아흔일곱 살입니까?"

"그래요, 라마승들의 찬성만 얻게 되면 곧 입문할 수 있습니다."

"네, 그렇다면 백 살 될 때까지 기다려야 됩니까?"

"아니오, 뚜렷한 나이의 제한이 있는 것은 아니고, 다만 범인(凡人)의 신념과 정념의 기분이 없어지는 해가 대략 일 세기라고 생각하고 있습니다."

"그러시겠죠. 그래서 그 뒤는 어떻게 되죠? 어느 정도 살았으면 좋겠다고 생각하십니까?"

"라마승이 된다면 우선 샹그릴라에서 허용하는 한 살고 싶습니다. 앞으로 새로 백 년 혹은 그 이상으로 말입니다."

콘웨이는 끄덕였다.

"축하의 말씀을 드려야 좋을지 어쩔지 모르겠습니다. 하여간 쌍방의 세계를 잘 살아가실 것 같습니다. 뒤에는 길고 즐거운 청춘, 앞으로는 또 길고 즐거운 노년이 있으니까요. 언제부터였죠, 노인다운 외관이 되신 것은?"

"아마 일흔이 넘었을 때였을 겁니다. 대개의 사람들이 그런 것 같습니다. 그러나 나는 나이에 비해 젊게 보일 것이라고 생각하고 있습니다만."

"확실히 그렇습니다. 만일 지금 곧 이 골짜기를 떠난다면 어떻게 될까요?"

"혹시라도 이삼 일 이상 밖에 나가 있게 되면 죽음이 있을 뿐이겠지요."

"그렇다면 이곳의 공기가 생명의 연장을 좌우한다는 말씀입니까?"

"'푸른 달'의 골짜기는 오직 하나뿐입니다. 또 이 밖에도 발견될 수 있다고 생각하는 것은 자연에 대하여 너무나 많은 것을 요구하는 것입니다."

"그렇습니까? 그럼 만일 당신께서 삼십 년 전에, 즉 청춘의 연장 시대에 여기를 떠나셨다면 어떻게 되었을까요?"

장노인은 대답했다.

"그 무렵이었다 하더라도 역시 죽었겠지요. 어찌 되었거나 순간적으로 실제 나이의 모습이 되었을 것입니다. 몇 년 전 일인데 이상한 예가 있었어요. 몇 년 전에도 여러 번 있었습니다만, 우리 동료 한 사람이 이곳으로 다가오는 여행자 일행을 마중하러 나갔었지요. 그 사람은 러시아인이었고 인생의 전성시대에 이곳에 도착하여 우리 생활에 적응을 잘 하고 여든 살이 다 되어도 마흔 살 정도로 보였습니다. 그는 일주일 이상 나가 있을 리가 없었고, 이 정도의 일수로는 별일이 없으니까요. 그런데 불행히도 산족의 포로가 되어 멀리 끌려갔습니다. 우리는 무슨 사고가 있었다고 생각하고 체념하고 있었습니다. 그러나 삼 개월 후에 그는 탈출하여 돌아왔습니다. 그러나 아주 딴 사람이 되었더군요. 얼굴과 행동이 뚜렷하게 실제의 나이처럼 보였습니다. 그 후 얼마 지나서 보통 노인들과 같이 죽어 갔습니다."

콘웨이는 잠시 침묵하였다. 그들은 도서실에서 이야기를 나누고 있었는데 노인이 말을 하는 동안 그는 창에서 외계로 통하는 고갯길을 바라보고 있었다. 한 줌의 구름이 지붕 위를 떠돌고 있었다.

"뒷맛이 씁쓸한 이야깁니다만."

콘웨이는 입을 열었다.

"시간이라는 것이 어쩐지 금족령을 당한 괴물같이 느껴집니다.

계곡 밖에서 기다리고 있다가 허용되는 이상으로 시간으로부터 피하고 있는 슬래커들을 잡아먹는 것 같은 느낌입니다."

"슬래커?"

장노인이 물었다. 영어에 관한 노인의 지식은 높았지만 회화 용어에는 모르는 것이 간혹 있었다.

콘웨이는 말했다.

"슬래커라는 것은 속어입니다. 게으름뱅이라든가 쓸모없는 녀석이라는 뜻입니다. 물론 나는 그 말을 진지한 의미로 쓴 것은 아닙니다."

장노인은 머리를 숙여 설명에 감사했다. 그는 언어에 비상한 흥미를 가지고 있었고, 또 새로운 말을 철학적으로 추측하기를 좋아했다. 얼마 후에 그는 말했다.

"영국인들이 나태한 것을 악덕이라고 간주하는 것은 의미심장하군요. 우리는 반대로 긴장하는 것보다는 훨씬 바람직하다고 생각하고 있습니다만, 현세에서는 긴장이 너무 지나치지 않나요? 사람이 더 슬래커일수록 오히려 좋지 않을까요?"

"찬성하고 싶습니다."

콘웨이는 미소를 보이며 진지하게 대답했다.

승정과 회견한 후 일주일 동안 콘웨이는 미래의 동료 몇 사람을 만났다. 장노인은 덤덤한 표정으로 그들을 소개했다. 콘웨이는 소란스럽게 독촉하지도 않고, 또 연기되었다고 실망하지도 않는 새로운 매력적인 분위기를 그러한 태도 속에서 느낀 것이다. 장노인은 설명했다.

"사실, 앞으로 오랜 세월 동안 만날 수 있는 라마승도 있어요. 아마 몇 년이 되겠지요. 그러나 그런 것에 놀라서는 안 됩니다. 그때가 되면 그들도 기쁜 마음으로 당신과 사귈 겁니다. 그들이 당신을 피한다 해도 당신과 사귀기 싫어서 그런 것이 아니니 오해 마시기 바랍니다."

외국의 영사관에 부임 인사차 들렀을 때에 여러 번 그와 같은 느낌을 받은 콘웨이로서는 쉽게 납득이 가는 태도였다.

그러나 허용된 범위 내에서 회견은 모두 성공적이었다. 자신보다 세 배나 나이가 많은 연장자들과 대화를 하여도 런던과 델리에서 느꼈을 사교상의 곤혹은 조금도 느끼지 않았다.

처음 만난 사람은 마이스터라는 온화한 독일 사람인데, 1880년대에 탐험대의 생존자로서 이 사원에 들어온 것이다. 사투리가 좀 섞였으나 영어를 잘 구사하였다. 그리고 이삼 일 후에 두 번째 소개가 있었는데, 콘웨이는 승정이 특별히 이름을 들어 말하던 알퐁스 브리악과 인사를 하고 대화를 즐겼다. 근육 있는 몸집이 작은 프랑스인인데 쇼팽의 제자였다고 자기 소개를 했지만, 늙어 보이지가 않았다. 그 사람도, 첫 번째로 만난 독일 사람도 기분 좋은 친구가 될 수 있겠다고 콘웨이는 생각했다.

이미 무의식적으로 분석한 일이었지만, 그 뒤에도 두세 사람하고 회담한 후 그는 한두 가지의 일반적인 결론에 도달했다. 그가 만난 라마승들은 각기 개별적인 차이는 있었으나, 무언가 공통된 특질을 갖추고 있다는 것이었다. 그것을 표현하는 데 있어 그는 각별히 적절한 말이라고는 생각지 않았지만 "불로(不老)"라는 표현밖에는 떠오르지 않았다. 또 그들은 모두가 평온한 지성을 부여받고 있어서, 그것이 겸손하고 잘 조화된 의견이 되어 넘쳐나오는 것이었다. 이와 같은 교제라면 콘웨이는 잘 대응할 수 있었고, 또 그들 역시 그것을 깨닫고 만족하고 있다는 것을 그는 알았다. 그들과 함께라면 지금까지 만난 교양 있는 사람들과 같이 마음 편하게 교제할 수 있을 것 같았다. 그들이 너무나 먼 과거의 추억담을 천연스럽게 말할 때는 간혹 기이한 느낌을 받을 때도 있었다. 예를 들면 백발의 자비로운 라마승이 대화를 나눈 끝에 잠시 브론테 자매에게 흥미를 느끼느냐고 물었다. 콘웨이가 조금 느낀다고 대답하자 라마승은 말했다.

"실은 1840년대에 웨스트 라이딩에서 목사보(補)를 지낼 때 나는 하워드에 가서 그 목사관에 유숙한 적이 있었어요. 이곳에 와서 나는 브론테 문제를 연구해서 현재 집필하고 있습니다. 좋으시다면 한번 보여드리고 싶어요."

콘웨이는 그러겠다고 성의 있게 대답했다. 그 후 장노인과 둘이 있을 때, 콘웨이는 라마승들이 티베트에 오기 이전의 생활을 기억하고 그 선명한 기억력에 대해 이야기를 나눴다. 그러나 장노인은 그것도 수업의 일부라고 대답했다.

"즉 정신을 명석하게 하기 위한 첫걸음은 자기 자신의 과거를 파노라마처럼 뒤돌아보는 일인데, 그러면 다른 경치를 바라볼 때와 같이 더 한층 원근감이 뚜렷해지지요. 당신도 우리와 오랜 세월 지내노라면 자신의 과거 생활이 바로 렌즈를 조종하며 망원경을 들여다보고 있을 때처럼 서서히 초점이 생기는 것을 알게 될 것입니다.

모든 것이 정해진 위치에 배치되어 그 본래의 뜻을 되찾으며 조용히 뚜렷하게 떠오르지요. 가령, 당신이 조금 전에 새로 알게 된 분은 자신의 생애에서 가장 중요한 순간을 젊었을 때 한 노인과 그의 세 딸이 살고 있던 목사관을 방문했을 때였다고 보는 것이지요."

"그렇다면 나도 언젠가는 그 중요한 순간을 생각해내려고 노력하게 된다는 말씀이군요."

"별로 노력할 필요는 없어요. 자연히 저쪽에서 찾아오니까요."

"찾아온다 해도 환영할 수 있을지 모르겠는데요."

콘웨이는 무뚝뚝하게 대답했다.

과거가 어떤 것을 갖다 줄는지는 모른다 해도 아무튼 그는 현재 행복을 발견하고 있었다. 도서실에서 독서하고 있을 때, 혹은 음악실에서 모차르트의 곡을 연주하고 있을 때 그는 깊은 정신적인 감동이 몸 안에 침투되어오는 것을 간혹 느꼈다. 흡사 샹그릴라가 세월의 마술에서 증류되어 시간과 죽음에서 기적적으로 보호되어 있는 생명의 본질인 것만 같았다. 이와 같은 순간 그는 승정과 대화하던 때의 일을 인상적으로 회상하는 것이었다. 그는 또 모든 일상 생활에서도 조용한 지성이 자라면서 눈과 귀에 안도의 말을 계속 속삭여오는 것을 느꼈다. 그가 그 속삭임에 귀를 기울이고 있는 한편에서 로첸은 복잡한 둔주곡(遁走曲)을 여러 곡 연주했다. 그리고 그는 그녀의 입술을 마치 피어나는 꽃과 같이 벌어지게 하는 그윽한, 인간의 그것이라고는 생각되지 않는 미소 뒤에 도대체 무엇이 숨겨져 있는 것일까 생각하는 것이었다. 지금은 콘웨이가 그녀의 나라

말로 얘기할 수 있다는 것을 알고 있었으나, 그래도 그녀는 전혀 말을 하려 하지 않았다. 간혹 음악실을 즐겨 찾아오는 맬린슨에게는 그야말로 벙어리같이 말이 없었다. 그러나 콘웨이는 그 침묵에 의해 완벽하게 표현되는 하나의 매력을 느끼고 있었다.

언젠가 그는 장노인에게 그녀의 내력을 물어 그녀가 만주의 왕가 출신이라는 것을 알았다.

"투르케스탄의 왕자와 약혼하여 그를 만나려고 카시가르로 향하는 여행 중 그녀의 호위병들이 산에서 길을 잃어 우리의 보초들이 발견하지 않았더라면 아마 전원이 죽었을 겁니다."

"언제 일이었죠?"

"1884년의 일인데, 그녀는 열여덟 살이었어요."

"열여덟 살? 그때 말입니까?"

장노인은 고개를 끄덕였다.

"그래요. 당신도 아시다시피 그녀의 경우는 아주 잘 되어갔습니다. 그 진전은 시종일관하여 아주 훌륭했지요."

"처음 왔을 때는 어땠습니까?"

"아마 이 사태를 받아들이는 데 보통 이상의 고난을 보였지요. 별로 이의를 달지는 않았지만 당분간 그녀가 괴로워하는 것을 우리도 알고 있었습니다. 확실히 비정상적인 상태였으니까요. 젊은 처녀를 시집가는 도중 빼낸 것 같아서… 우리는 모두 그녀가 이곳에서 행복하게 지낼 수 있도록 무진 신경을 썼습니다."

장노인은 느긋이 미소 지었다.

"사랑으로 설레던 가슴이 그리 쉽사리 진정되지는 않을 테니까요. 그래도 처음 오 년 동안에 그 목적은 충분히 이루어졌습니다."

"결혼할 남성을 깊이 사랑하고 있었겠지요?"

"글쎄요, 한 번도 말한 적이 없었으니까. 아시다시피 그것은 옛날부터의 관습에 따른 것이니까 연정(戀情)이라 해도 극히 추상적인 것이었겠지요."

콘웨이는 고개를 끄덕였다. 그리고 로첸이 애처롭게 느껴졌다. 반세기 전의 그녀는 어땠을까 하고 마음속에 그려보았다. 고생하며 고원을 걸어나가는 호위대들이 둘러멘, 아름답게 장식된 의자에 앉아 있던 그녀의 모습. 그녀의 눈은 바람이 휘몰아치는 지평선 그 위를 헤매고 있었지만, 궁전에서 정원과 연못만 보아왔으니 너무나 황량하게 보였을 것이다.

"애처로운 처녀!"

세월이 흘러도 아직 간직하고 있는 우아함을 되새기며 그는 중얼거렸다. 그녀의 과거를 알았기 때문에 그녀의 고요함, 침묵이 그의 마음을 더욱더 충만시켜주었다. 그녀는 내부에서 스며나오는 빛 외에는 아무 장식도 없는 차갑고 아름다운 꽃병과 같았다.

그는 또 로첸에 대한 황홀감 같은 것은 아니더라도, 브리악이 쇼팽의 이야기를 하고 그의 곡을 화려하게 연주해주었을 때 역시 마음이 충족됨을 느꼈다. 이 프랑스인은 쇼팽의 미발표 작품도 알고 있는 듯하였다. 더구나 그는 악보를 가지고 있었기 때문에 콘웨이는 그것을 열심히 외우면서 즐거운 시간을 보낼 수 있었다. 코르도*나

* 프랑스의 피아니스트.

파하만*도 이만한 행운은 맛보지 못했을 것이라고 생각하며 그는 매우 통쾌감을 느꼈다. 더구나 브리악의 추억은 한이 없었다. 그는 쇼팽이 써갈긴 것, 즉흥적으로 연주한 소품들을 계속 생각해냈다. 그것들을 머리에 떠오르는 대로 기록해놓았다. 그중에는 아름다운 소품이 몇 개 있었다. 장노인은 설명을 했다.

"브리악은 입문한 지 얼마 안 되어, 쇼팽 이야기만 자꾸 늘어놓아도 관대하게 봐주셔야 합니다. 젊은 라마승은 자연히 과거 일에 사로잡히기 마련이니까. 하기야 그것도 미래를 내다보는 데 필요한 단계입니다만."

"그렇다면 미래는 나이 많은 분들의 역할이 되겠군요."

"그렇습니다. 예를 들어, 승정님 같은 분은 전 생애를 통찰력으로 명상 속에 살아오셨지요."

콘웨이는 잠시 생각한 후에 말했다.

"그분은 또 언제 뵐 수 있을까요?"

"아마 이 처음의 오 년이 지날 무렵에야 만나게 되겠지요?"

그러나 장노인의 이 장담만은 빗나가고 말았다. 왜냐하면 샹그릴라에 도착한 지 한 달이 채 되기 전에 콘웨이는 그 타는 듯한 위층 방에 재차 초대되었던 것이다.

장노인의 말에 의하면 승정은 절대로 자기 방을 떠나는 일이 없는데 그 덥고 건조한 공기는 거의 육체적인 생존에 없어서는 안 될 필요한 것이었다. 따라서 이번에는 마음의 준비가 되어 있어서 콘

---

* 러시아의 피아니스트.

웨이는 전번처럼 당황하지는 않았다. 사실 승정에게 절을 하고, 그의 움푹한 두 눈이 거기에 응하여 생기를 보이는 순간, 콘웨이는 호흡이 편해졌다. 그는 깊은 두 눈 속에 도사리고 있는 마음의 친밀감을 느꼈다. 그리고 첫 번째 회담에 이어서 이렇게 빨리 두 번째 회담이 허용된 것은 전례 없는 영광이라는 것을 충분히 알고 있었으나, 그래도 그 때문에 신경이 예민해지거나 그 위엄에 위압되는 일은 없었다. 연령의 차이는 지위나 인종에 대해서와 같이 그에게 있어서 마음을 빼앗길 문제는 아니었다. 상대방이 젊든가 혹은 너무 늙었다는 것으로 사람에 대한 좋고 나쁜 감정을 좌우당하는 일은 없었다. 물론 그는 승정에 대하여 최대의 경의를 표하였다. 그러나 예의바른 사교 관계가 그 이상의 것이 되어야 할 이유가 조금은 있다고 생각하고 있었다.

두 사람은 전과 같이 정중하게 대화를 나누고, 콘웨이는 공손하게 많은 질문에 답하였다. 그는 아주 즐거운 생활을 보내고 있으며 친구도 사귀게 되었다고 말했다.

"세 사람에게 비밀로 해달라는 것은 지키셨소?"

"네, 지금까지 지켰습니다. 때때로 당황할 때가 있습니다만, 털어놓았더라면 더 혼란했을 것입니다."

"내가 생각했던 대로군요. 당신이 최선의 방법을 행한 셈이오. 또 혼란은 한동안이오. 장은 그 친구들 중 두 분은 무난할 것이라고 말하더군요."

"그렇습니다."

"그 세 번째 분은?"

콘웨이는 대답했다.

"맬린슨은 다혈질입니다. 무척 돌아가고 싶어합니다."

"그를 좋아하오?"

"네, 좋아합니다."

이때 차가 나왔다. 그리고 향기 짙은 차를 마시는 동안에, 대화는 차츰 가벼운 방향으로 이끌려갔다. 그것은 그 자리에 어울리는 대화였고, 때로는 경박한 기미가 보이는 말까지 나올 정도였다. 따라서 콘웨이는 부담 없이 응할 수가 있었다. 승정이 샹그릴라 같은 곳은 처음 왔을 텐데 서양에도 이와 비슷한 곳이 있느냐고 물었을 때 그는 미소를 머금고 대답했다.

"네, 있습니다. 솔직히 말씀드려 옥스퍼드대학을 좀 연상시킵니다. 전에 그곳에서 강의를 했습니다만, 경치도 여기보다 아름답지 못하지만, 그래도 연구 대상은 이곳처럼 비실용적인 것이 자주 있었고, 제일 나이 많은 교수도 여기 계신 분들같이 많지는 않았지만, 그들의 연륜은 어딘지 여기 있는 분들과 비슷한 데가 엿보입니다."

승정은 대답했다.

"당신은 유머 감각을 갖고 있구먼, 콘웨이 씨. 앞으로의 세월에 우리는 그 유머를 고맙게 생각할 것이외다."

10

"놀라운 일입니다."

콘웨이로부터 승정을 재차 회견하였다는 말을 듣고 장노인은 이렇게 말했다. 더구나 과장된 표현을 질색하는 사람의 입에서 이런 말이 나왔다는 것은 굉장히 의미심장한 것이었다. 사원의 일상 과정이 확립된 이후 이런 일은 한 번도 없었다. 5년의 견습 기간이 추방자들 고유의 정념을 깨끗이 씻어버릴 때까지 승정이 두 번째의 회합을 원하는 일은 절대로 없었다. 노인은 강조했다.

"왜냐하면, 즉 내방한 사람과 평소처럼 말을 나눈다는 것은 그분에게는 고통스러운 일이기 때문이지요. 아주 사소한 인간적인 정념도 싫어하신답니다. 그분의 나이가 되면 참을 수 없을 정도의 불쾌감을 느끼시는 모양이에요. 그렇다고 그분의 완전한 예지를 의심하는 것은 아닙니다. 오히려 그것이 우리에게 많은 가치 있는 교훈을 준다고 나는 생각합니다. 즉 우리 사회에서는 요지부동한 규칙도 중용을 얻고 있다는 것이지요. 그러나 놀라운 일임에는 틀림이 없습니다."

물론 콘웨이로서는 그것이 유달리 놀라운 일이라고는 느껴지지 않았다. 그 이후 승정을 회견하는 일이 세 번, 네 번 거듭될수록 놀라운 일이라고는 전혀 느껴지지 않았다. 사실 두 사람의 마음이 쉽게 가까워지는 데는 무엇인가 숙명적인 것을 감지했다. 콘웨이에게 있어서 그것은 마치 그의 남 모르는 긴장을 일체 풀어주고 그 자리를 떠나면 떠나는 대로 충만한 마음의 평안을 주는 것 같았다. 때때로 그는 예지 바로 그 자체인 것 같은 승정에 완전히 매료되는 것을 느꼈다. 그리고 흰색의 조그만 찻잔 너머로 상념이 너무나 상냥하고 면밀하게, 어떤 생생한 것으로 응결하는 바람에 하나의 정리가 용해되어 투명한 소네트로 변하는 것 같은 그런 인상을 받는 것이었다.

두 사람의 이야기는 광범한 범위에 이르렀다. 모든 철학이 피력되었다. 역사가 장황하게 펼쳐지고, 검토되고, 그리고 새롭게 적절한 가설이 주어졌다. 콘웨이에게 그것은 망아(忘我)의 경지에 이를 정도의 경험이었으나 그는 비판적인 태도를 삼가지는 않았다. 한 번 그가 어느 요점을 역설하였을 때 승정은 대답했다.

"아직 나이가 젊은데 당신의 예지에는 노련한 원숙함이 있구료. 아마 무슨 특별한 일이 있었던 건 아닌지요?"

콘웨이는 미소 지었다.

"제 세대의 사람들이 경험한 것 이상으로 특별히 겪은 일은 없습니다."

"지금까지 당신 같은 사람은 만나본 적이 없소."

콘웨이는 잠시 후에 대답했다.

"각별히 미스터리 같은 것은 없습니다. 승정님께 노숙하게 보인 부분은 조숙한 경험으로 인하여 낡아버린 부분이겠지요. 열아홉 살부터 스물두 살까지 내가 받은 교육은 확실히 최고의 교육이었습니다. 그러나 그것 때문에 완전히 소모된 거나 다름없습니다."

"전쟁 때에는 몹시 비참한 느낌이었죠?"

"별로 그렇지도 않았습니다. 흥분을 하고, 자멸적이 되고, 겁을 먹고, 무분별하게 되고, 때로는 맹렬한 분노를 느끼는 정도였습니다. 사실 다른 수백만의 사람들과 다른 점이 없습니다. 술에 만취되고, 사람을 죽이고, 공공연하게 여인도 샀습니다. 그것은 모든 인간 감정의 자독(自瀆) 행위였습니다. 그리고 사람들은 어쩔 수 없는 권태와 초조로, 거기서 빠져나온 것입니다. 만약 빠져나왔다고 한다면 말입니다만, 그것이 그 이후의 세월을 아주 난처한 것으로 만들었습니다. 부디 제가 비극적인 자세를 취하고 있다고는 생각지 말아주십시오. 대체로 그 후로는 저는 상당히 운이 좋은 편이었습니다. 물론 좋지 못한 교장이 있는 학교에 들어가 있는 것 같은 기분이었습니다만. 하고 싶다면 얼마든지 재미있는 일도 있었지만 항상 신경이 피곤하여 진정으로 만족할 수가 없었습니다. 다른 사람들보다는 유별나게 그렇게 느꼈는지 모릅니다만."

"그래서 당신의 교육은 그런 식으로 계속되었다는 말이오?"

콘웨이는 어깨를 움츠렸다.

"속담에 따라 말씀드리자면 정열이 고갈된 곳에 예지가 시작된다고 할까요."

"콘웨이, 바로 그것이 샹그릴라의 교리이기도 하오."

"네, 잘 알고 있습니다. 그것이 저를 아주 편안하게 해주고 있습니다."

그는 분명히 진실을 토로하고 있었던 것이다. 날이 갈수록 그는 몸과 마음을 하나로 묶는 아픈 것 같은 충족감을 느끼게 되었다. 페로나 헨셀이나 그 밖의 사람들처럼 그 역시 마력에 끌려들어갔다. "푸른 달"이 그를 사로잡은 것이다. 그리고 이제는 벗어날 수 없었다. 산들은 접근하기 힘든 청순함으로 만들어진 장벽 너머에서 빛나고, 그는 눈이 부셔 눈길을 계곡의 짙은 녹색 위로 옮겼다. 모든 풍경이 너무나 아름답고 연못을 스쳐 흘러나오는 하프시코드의 은방울 같은 단조로운 곡에 귀를 기울이고 있으면 풍경과 음악이 완벽하게 조화를 이룬 것처럼 느껴지는 것이었다.

그는 그 사랑스러운 만주 아가씨를 마음속 깊이 사랑한다는 것을 알고 있었다. 그의 사랑은 아무것도 응답조차 바라지 않았다. 그것은 다만 마음의 선물이었다. 육체적 감각은 그것에 대해 오직 풍취를 곁들일 뿐이었다.

그녀는 모든 섬세한 것, 덧없는 것의 상징으로서 그의 앞에 서 있었다. 그녀의 단정한 예의범절, 건반에 닿는 손가락까지 그에게 충분한 친밀감을 주는 것이었다. 간혹 그는 그녀가 기분이 좋을 때 자연스럽게 말을 걸 때도 있었다. 그러나 그녀의 대답은 그녀의 마음속을 보여주는 일이 단 한 번도 없었다. 그리고 어떤 의미에서는 그것을 원치도 않았다. 불현듯 그는 자기에게 약속된 보석의 일면을 이해했다. 나에게는 "시간"이 주어져 있다. 이루어지기를 원하는 자신의 소망을 성취시켜주는 "시간". 욕망 그 자체까지도 확실히 충족된다는 그 정확성에 의하여 억제시켜주는 "시간". 앞으로 일 년, 혹은 십 년이 지나더라도 그 "시간"은 내 것으로서 존재한다. 이 환상은 그의 내부에서 점차 부풀어오르고, 그는 그것만으로도 행복하였다. 이윽고 그는 간혹 또 하나의 생활에 발을 들여놓았는데 거기서 맬린슨의 신경질, 바너드의 쾌활함, 브린클로 여사의 씩씩한 의지와 부딪치게 되었다. 그는 그들이 자기가 알고 있는 것을 다 알게 되었을 때는 정말 기쁠 것이라고 생각했다. 그리고 장노인의 예상처럼 바너드와 브린클로 여사는 별로 귀찮게 굴지 않으리라고 상상할 수 있었다. 사실 바너드가 이런 말을 했을 때에 그는 우스워서 소리내어 웃을 뻔했다.

“콘웨이, 이곳에 주저앉아도 좋을 것 같아요. 처음에는 신문도 없고 영화관도 없고 너무나 적적할 줄 알았는데, 사람이란 어디든 정들면 되나 봐, 진정코.”

“나도 동감이오.”

그 후에 장노인이 바너드의 부탁을 받고 그를 계곡에 안내했다는 소식을 들었다. 이곳에서 줄 수 있는 모든 즐거움을 만끽하기 위한, 말하자면 “밤놀이”를 하기 위해서였다. 이 말을 들은 맬린슨은 경멸하듯이 말했다.

“분명히 술에 곤드레가 되었겠지요.”

콘웨이 쪽을 바라보며 말하던 맬린슨은 고개를 돌려 바너드에게 말했다.

“물론 내가 상관할 바는 아닙니다만, 당신은 언제 길을 떠나도 좋게끔 준비할 필요가 있지 않을까요. 앞으로 두 주일 있으면 인부들이 와요. 그리고 돌아가는 길은 관광 여행 따위가 아니란 말입니다.”

바너드는 고분고분히 대답했다.

“나도 그런 여행이 되리라고는 생각지 않아요. 그리고 언제나 떠날 수 있게 하라는 말인데, 몸은 근래에 느껴보지 못했을 정도로 양호하고 매일 운동도 하고 걱정할 만한 아무것도 없고, 계곡의 술집에서도 도가 넘지 않도록 해주니, 말하자면 적당하게, 이것이 이곳의 모토인데, 알고 있겠지요?”

“알고 있지요. 그러니까 아마 당신도 적당하게 즐기는 걸 배운 모양이군요.”

맬린슨은 심술궂게 말했다.

"분명히 그래요. 이곳의 시설은 어떠한 즐거움도 제공해주고 있어. 그리고 누군가는 그 피아노인지 뭔지를 치는 예쁘장한 아가씨에게 반하고 있어. 안 그래요? 누가 무엇을 즐기건 말을 하진 말아야지."

콘웨이는 태연하였으나 맬린슨은 마치 아이같이 얼굴을 붉혔다.

"즐기는 건 좋은데, 남의 재산을 즐기면 감옥에 끌려가는 수도 있어요."

맬린슨은 물고 늘어졌다. 노발대발하여 이제는 농담도 아주 노골적이었다.

미국인은 상냥하게 웃으며 말했다.

"확실히 그래요. 그러나 그건 체포되고 나서의 이야기지. 그러고 보니 생각나는데 지금 여러분에게 말씀드리는 게 좋겠군요. 나는 이번에는 인부들을 돌려보내겠어요. 어차피 그들은 정기적으로 오니까 이 다음이나 그다음으로 미루겠어요. 물론 여기 스님들이 숙식비 없이 있게 해준다면 말입니다만."

"그렇다면 우리와 함께 안 돌아간다는 말입니까?"

"그래요. 잠시 이곳에 묵겠어요. 당신 경우는 그게 좋겠지. 고국에 돌아가면 악대의 연주로 환영해줄 테니까. 그러나 나를 환영해주는 것은 경관들뿐이오. 이건 생각할수록 고맙지 않은 이야기란 말이오."

"다시 말해서 책임지는 게 두렵다는 건가요?"

"글쎄, 아무튼 책임을 지는 건 한 번도 좋아한 적이 없어요."

맬린슨은 냉정하게 경멸하듯 말했다.

"그야 당신 자신의 문제지요. 혹시 당신이 한평생 여기에 있겠다면 아무도 말리지는 못할 거요."

그러면서도 그는 무언가를 호소하는 듯한 눈길로 모두를 바라보았다.

"다른 분들은 그런 일이 없겠죠. 그러나 사람의 생각은 다 각각이니까. 콘웨이 씨는?"

"동감이오. 사람의 생각은 모두 가지가지일세."

맬린슨은 브린클로 여사에게 얼굴을 돌렸다. 그녀는 갑자기 손에 들고 있던 책을 내려놓고 말했다.

"사실은 나도 이곳에 남고 싶어요."

"뭐라구요?"

세 사람은 일제히 소리쳤다.

그녀는 얼굴빛을 밝게 해주는 웃음이라기보다는 얼굴의 일부처럼 생각될 만한 그런 밝은 웃음을 띠며 말을 이었다.

"나는 왜 모두가 이곳에 오게 되었는가를 계속 생각해왔습니다만, 결국 내가 얻은 결론은 꼭 한 가지입니다. 이 배후에는 어느 신비한 힘이 움직이고 있다는 것입니다. 당신은 그렇게 생각지 않으세요, 콘웨이 씨?"

콘웨이는 좀 대답하기가 어려운 듯 머뭇거렸으나 여사는 대답도 듣지 않고 서둘러 말했다.

"어떻게 신의 배려에 거역할 수가 있지요? 내가 이곳에 보내진 데에는 무언가 목적이 있어서일 것입니다. 그래서 나는 이곳에 남겠어요."

"여사께서는 여기서 전도를 하시렵니까?"

맬린슨이 물었다.

"그냥 전도하고 싶다는 것이 아니고, 진심으로 할 결심입니다. 이곳 주민들을 다루는 방법을 잘 알고 있어요. 나는 나의 방식대로 할 터이니 염려들 마세요. 이곳 주민들은 기개(氣槪)라는 것은 없으니까요."

"그래서 교리를 좀 전도하고 싶다는 말씀이세요?"

"네, 맬린슨 씨. 대체로 저는 그 중용이라는 사고방식과는 정반대입니다. 그것을 관대라고 불러도 상관없어요. 그렇지만 나의 생각으로는 그것은 양질이 못 되는 나태와 통하는 것입니다. 이곳 주민들의 좋지 못한 점은 소위 그들의 관대성이라는 것입니다. 나는 전력을 다하여 그것과 대항할 거예요."

"그래서 그들이 너무 관대하여 여사께서 하시는 것을 용인해준다면 어떻게 하시렵니까?"

콘웨이는 미소를 띠며 말했다.

"아니면, 이분의 마음이 너무나 견고하여 그들로서는 말릴 수가 없든가 둘 중의 하나겠지요. 내가 좀전에 말했던 대로입니다. 이곳은 어떤 즐거움도 제공해줍니다."

바너드는 웃으며 말했다.

"글쎄요, 감옥이 좋은 사람에게는 그렇겠지요."

맬린슨이 쏘아붙였다.

"그런데 말야, 거기에도 두 가지 견해가 있어요. 알겠어요? 젊은 양반, 세상에는 삭막한 데서 빠져나와 이런 곳에 올 수 있다면 전 재산을 던져버려도 좋다고 생각하는 사람들이 있다는 것을 생각해봐요. 다만 그들은 빠져나오지를 못해요. 어느 쪽이 감옥에 있는 걸까, 우리일까, 그들일까?"

"우리 안의 원숭이나 좋아할 추측이군요."

맬린슨은 아직도 흥분한 채 대꾸했다.

얼마 후에 맬린슨은 안마당을 천천히 거닐면서 콘웨이에게 말했다.

"그 친구 때문에 아무래도 화가 나요. 그자와 같이 돌아가지 않아도 나는 조금도 유감스럽지 않아요. 성급한 놈이라고 생각하시겠지만, 그 만주 아가씨를 비난하는 데는 참을 수가 없어요."

콘웨이는 맬린슨의 팔을 잡았다. 자기는 이 청년을 참 좋아하고 있다고, 그리고 최근 몇 주일을 함께 지내며 좀 기분이 언짢을 때도 있었으나 그 감정이 더 깊어진 것이 분명하다고 그는 대답했다.

"나는 또 그녀의 일로 놀림당하는 것은 자네가 아니고 난 줄 알았는데."

"아니, 그자는 나보고 말했어요. 내가 그녀에게 관심을 가지고 있다는 것을 알고 있으니까요. 사실은 맞습니다. 콘웨이 씨, 그녀가 왜 이곳에 있는지, 또 그녀가 이곳을 좋아하는지 안 좋아하는지 나는 모르겠어요. 정말이지 내가 콘웨이 씨 정도로 중국어를 한다면 곧 그녀에게 물어보겠어요."

"글쎄, 물어볼 수 있을까. 그녀는 누구와도 별로 이야기를 하지 않으니까."

"왜 당신은 여러 가지를 묻지 않죠? 이상하군요."

"남에게 귀찮게 묻는 것을 좋아하지 않기 때문이지."

좀 더 털어놓고 말을 할 수 있다면 얼마나 좋을까 하고 그는 생각했다. 갑자기 연민과 야유가 섞인 감정이 그의 내부에 엷은 안개처럼 퍼져갔다. 이 혈기 왕성한 청년은 분명히 일을 복잡하게 만들 것이다.

"내가 만일 자네라면 그 아가씨 일은 별로 생각하지 않을 걸세. 그녀는 충분히 흡족한 상태이니까."

바너드와 브린클로 여사가 남겠다는 말은 콘웨이에게는 다행한 일이었다. 물론 그 일 때문에 맬린슨과는 정반대의 입장에 놓이게 될 것이다. 그것은 기묘한 사태라 아니할 수 없다. 그렇다고 그와 대항할 아무런 계획도 없었다.

그러나 다행스러운 것은 우선은 맞붙을 필요가 없었다. 이 개월이 지날 때까지는 별로 무슨 일이 일어날 리가 없었고, 또 그 뒤에도 그가 이미 각오하고 있는 이상으로 사태가 악화될 리도 없었기 때문이다. 그 밖에 이런저런 이유도 있고 해서 그는 어쩔 수도 없는 일 때문에 신경 쓰는 것은 그만두기로 했다. 그래도 한 번은 장노인에게 이런 말을 한 적이 있었다.

"사실은 맬린슨이 걱정됩니다. 사실을 안다면 일을 나쁘게 해석하지나 않을까 하고 말입니다."

장노인은 끄덕이며 말했다.

"글쎄요. 그분에게 행운을 설득한다는 건 쉬운 일이 아니겠지요. 그러나 어렵다고 해도 잠시뿐입니다. 앞으로 이십 년만 지나면 그분도 아주 운명을 감수하게 될 테니까요."

그것은 이 문제에 대하여 너무나 달관한 견해라고 콘웨이는 느꼈다. 그는 말했다.

"그에게 이 진상을 어떻게 꺼내야 될 것인지 염려스럽습니다. 그는 인부들이 도착하기를 손꼽아 기다리고 있어요. 만일 인부들이 오지 않는다면……."

"아니오. 그들은 옵니다."

"그래요? 나는 그런 말은 우리의 기분을 누그러뜨리기 위해서 꾸며낸 악의 없는 조작이라고 생각했습니다만."

"아니, 절대로 그렇지는 않습니다. 별로 그것을 고집하는 건 아닙니다만, 적절하게 진실을 말하는 것이 샹그릴라의 관습이지요. 인부들의 이야기는 거의가 사실입니다. 어쨌든 인부들은 내가 말씀드린 시기, 혹은 그 무렵에 올 것으로 알고 있습니다."

"그렇다면 맬린슨이 그들을 따라간다는 것을 막기는 어려워지겠는데요."

"말릴 생각은 없어요. 다만 그분이 직접 직면하면 인부들이 다른 사람을 데리고 가고 싶어 하지 않는다는 것을 알게 될 것입니다."

"네, 그럴 수도 있겠군요. 그리고 다음은 어떻게 됩니까?"

"글쎄요, 당분간은 실망하겠지만, 젊고 낙천적인 사람이니까, 다음 인부는 구 개월이나 십 개월 간격으로 오게 됩니다만, 좀 더 쾌히 말을 들어줄지도 모른다는 희망을 걸게 되겠지요. 하긴 만일 현명하다면 처음부터 그런 희망은 안 갖는 게 옳겠지요."

콘웨이는 날카롭게 말했다.

"그가 그렇게 하리라고는 생각지 않는데요. 그보다도 자신의 힘으로 탈출을 계획할 것입니다."

"탈출? 글쎄 어떨는지요. 요컨대 산길은 항상 개방돼 있어요. 이곳에는 간수가 없지요. 다만 자연 자체가 준비한 것 외에는."

콘웨이는 빙그레 웃었다.

"자연이 임무를 잘 수행한다는 뜻이군요. 그러나 그것을 언제나 기대할 수는 없을 겁니다. 이곳에 당도한 여러 탐험대에 대해서는 어떻게 생각하십니까. 그들이 나가고 싶다고 생각했을 때도 역시 산길은 항상 열려 있었나요?"

이번에는 장노인이 빙그레 웃었다.

"콘웨이 씨. 특별한 사정이 있을 때는 때때로 특별한 배려가 필요합니다."

"훌륭한 말씀이군요. 즉 도저히 탈출 못 할 것 같은 사람에게만 그 기회를 준다는 말씀이군요. 설사 그렇다 해도 그중에는 탈출자가 있다고 생각하는데요?"

"네, 그런 예도 드물지만 있었어요. 그러나 대개 고원에서 하룻밤 지내고는 기꺼이 돌아옵니다."

"비바람을 피할 곳도 없고 적당한 장비도 없으니까요. 그렇다면 당신들의 부드러운 방법이 가혹한 방법 못지않게 효력이 있다는 걸 알겠습니다. 허나 만일 돌아오지 않는 사람들이 있다면 어찌 될까요?"

"그 대답은 당신의 질문 속에 있습니다. 즉 돌아오지 않는 것입니다. 그러나 그와 같은 비운을 당하는 사람은 극히 드물지요. 당신의 친구분이 그 수를 늘려주는 성급한 분이라고는 생각지 않습니다만.”

이런 대답으로는 콘웨이는 안심할 수가 없었다. 그리하여 맬린슨의 장래 문제가 계속 머릿속에서 떠나지를 않았다. 그는 그 청년이 동의를 얻어 돌아갈 수 있다면 좋겠다고 생각했다. 또 그것은 전례가 없는 일도 아닌 것이었다. 왜냐하면 최근의 예로 비행사인 탈루의 건도 있지 않은가. 장노인은 분명히 상부의 사람들에게는 현명하다고 생각되는 일은 뭐든지 할 수 있는 권능이 주어져 있다고 말했다.

“그러나 그렇게 되면 그 친구가 감사해할 것이라는 막연한 기대에 우리의 장래를 전적으로 맡긴다는 것이 과연 현명한 일일까요?”

확실히 정곡을 찌른 질문이라고 콘웨이는 느꼈다. 왜냐하면 맬린슨의 태도로 보아 그가 인도에 도착하자마자 무엇을 할 것인가에 대하여는 의심할 여지가 없었기 때문이다. 그것은 맬린슨이 좋아하는 화제라 때때로 호언장담하고 있었기 때문이다.

그러나 그와 같은 일은 모두가 속세에 대한 일에 불과하고, 샹그릴라의 풍요함이 마음의 구석구석까지 퍼져, 점차 그의 마음에서 사라지고 있었다. 맬린슨을 생각할 때만 빼고는 그는 이상하리만큼 만족감을 느꼈다. 유유히 그 모습을 나타내는 새로운 환경이 그의 요구와 취미에 미묘하게도 일치되어 계속 놀라고 있었다.

어느 날 그는 장노인에게 말했다.

“이런 생활 방식에서 사람들은 어떻게 연애를 하지요? 이곳에 오는 사람들도 때로는 애정을 발전시키는 수가 있겠지요?”

그는 활짝 웃으며 대답했다.

"네, 헤아릴 수 없을 정도로 많지요. 물론 라마승들은 면역이 되어 있고, 우리도 상당한 나이가 되면 마찬가지입니다. 그러나 그때까지는 보통 사람들과 다를 데가 없지요. 다만 좀 이성적으로 행동한다고 할 수 있겠지만, 마침 기회가 왔으니 말씀드립니다만, 이 샹그릴라의 접대는 각별합니다. 동료이신 바너드 씨는 이미 이용하셨지만."

콘웨이는 웃으며 무뚝뚝하게 대답했다.

"바너드는 그럴 테지요. 그러나 저는 이용하고 싶은 마음은 없어요. 제가 묻고 싶은 것은 생리적인 것이 아니고 정서적인 면을 말한 것입니다."

"흠, 그렇다면 당신은 그 양면을 분리해서 생각하신다는 말씀이군요. 혹시 로첸을 사랑하고 계시는지요?"

콘웨이는 허를 찔려 좀 어리둥절했다. 그 표정이 얼굴에 나타나지 말았으면 싶었다.

"무슨 그런 말씀을."

"왜냐고요, 만일 그러시다면 잘 어울려서요. 물론 항상 중용을 지켰을 때의 이야기이지만. 로첸은 당신이 기대하시는 만큼 정열을 가지고 응하지 않겠지만, 아주 즐거운 경험을 얻으실 것입니다. 그 점은 어느 정도 자신 있게 말씀드릴 수 있어요. 이렇게 말씀드리는 것은 나도 젊었을 때 그녀를 사랑한 적이 있었습니다."

"정말입니까? 그래 그녀는 반응을 보였습니까?"

"나의 달콤한 속삭임을 아주 매력적으로 받아들였을 뿐이었어요. 그리고 해를 거듭할수록 더 귀중해지는 우정으로 응해주고 있습니다."

"말을 바꿔보면 그녀는 승낙을 안 했다는 말씀이군요."

"그렇게 받아들이고 싶으면 그래도 좋습니다만."

장노인은 말한 다음 좀 거드름을 피우듯이 덧붙였다.

"연인들에게 모든 것을 다 주어 만족시키는 그런 짓을 하지 않는 것이 그녀의 주의입니다."

콘웨이는 웃음이 터져 나왔다.

"당신 같은 경우는, 또 나의 경우도 그렇겠지만 그것도 괜찮겠지요. 그러나 맬린슨 같은 혈기 왕성한 청년의 경우에는 과연 어떨는지요?"

"콘웨이 씨, 그야말로 바람직한 일이 아닙니까? 돌아갈 수 없다고 비관에 젖어 사는 사람에게 로첸이 위안을 준 것은 이것이 처음이 아니니까요."

"위안이라뇨?"

"그렇습니다. 그러나 내가 사용한 말의 뜻을 오해 마시기를. 로첸은 단지 그 존재만으로 타격받은 마음에 위로의 손을 뻗을 뿐이지, 어떠한 애무도 해주지는 않습니다. 클레오파트라에 대해 셰익스피어가 뭐라고 말했습니까? '그녀는, 배부른데 더욱더 식욕을 돋운다'* 고 말했습니다. 아무튼 정열에 사로잡힌 사람들에게는 확실히 인기 있는 유형입니다. 그러나 이 샹그릴라에서는 그런 여성은 맞지 않는다고 말해야 되겠지요. 앞서 인용한 문구를 흉내내어 말한다면 '그녀는 만족감을 주지 않고, 식욕을 없애준다'가 됩니다. 이

---

* 〈안토니오와 클레오파트라〉 2막 2장.

편이 훨씬 겸손하고 영속적인 재예(才藝)가 되지 않을까요?"

"그리고 그녀는 그 재예를 교묘하게 발휘한다는 말씀이군요."

"바로 그렇습니다. 그 예를 우리는 보아왔습니다. 두근거리는 욕망의 물결을 가라앉혀 독백으로 바꾸고, 충족되지 못해도 마음 즐겁게 해주는, 바로 이것이 그녀의 방법입니다."

"그런 뜻으로 나간다면, 그녀는 이곳에서 훈련을 하기 위한 도구로 보아도 좋단 말인가요?"

"원하신다면, 그렇게 보셔도 괜찮아요."

장노인은 부드러운 어조였으나 비난하는 듯이 보였다.

"그보다는 유리 그릇에 비치는 무지개의 그림자나 혹은 꽃잎에 내려앉은 이슬 방울에라도 비유하는 편이 훨씬 우아하고 진실에 가까우리라 믿습니다."

"동감입니다, 장노인. 훨씬 우아하군요."

콘웨이는 자신의 야유에 중국인이 냉큼 대꾸하는 진실 어린 오묘한 말을 즐겼다.

그러나 다음에 그 예쁘장한 로첸과 단둘이 되었을 때, 장노인의 말은 아주 예리한 뜻을 지니고 있다고 새삼 느꼈다. 그녀의 주변에는 아련한 향기가 떠돌고, 그것이 그의 감정에 전해져 타다 남은 불을 휘저어 타오르지 않게 하고 다만 포근하게만 해주는 것이었다. 그리고 그때 그는 갑자기 샹그릴라도 로첸과 같이 완벽하다는 것을 느꼈고, 그 정적 속에서 일어날지도 모르는 사소한 반응의 설레임 외에는 아무 일도 일어나지 않기를 원했다.

지금까지 몇 년간 그의 정념은 이 세상에서 상처받은 신경 섬유

와 같은 것이었다. 지금에야 그 아픔이 가시어 고통도 무료함도 따르지 않는 애정에 자기 몸을 내맡길 수가 있었다. 밤에 연못가를 산책할 때도 그는 가끔 가슴에 품은 그녀를 마음속에 그려보는 일이 있었으나, 그의 환상조차도 그 "시간"의 감각이 씻겨져 한없는 부드러운 자제(自制)에 그를 잠기게 하는 것이었다.

그는 자신이 이처럼 행복한 일은 이제까지 없었다고 생각했다. 세계 대전이라는 큰 장벽이 가로막기 이전의 인생에서도 이처럼 행복하지는 않았다. 샹그릴라가 그에게 제공한 청랑(晴朗)한 세계, 단순하고 원대한 이념에 의하여 지배되고 있다기보다는 위로받고 있는 이 별천지가 그는 좋았다. 감정이 사고의 칼집 속에 담기고, 또 그 사고는 그들의 감정의 움직임에 의해 말로 옮겨짐으로써 교묘한 표현으로 이끌어가는 이곳의 지배적인 풍조가 그는 좋았다. 과거의 경험에서 조야(粗野)한 언동이 결코 좋은 신뢰 관계를 보증할 수 없다는 것을 배운 콘웨이는 더욱 교묘한 어구의 표현이 불성실함의 증거라고는 보지 않게 되었다. 담화가 단순한 습관이 아니고 일종의 기예인 것 같은 예의바른 느긋한 분위기가 그는 좋았다. 더욱이 이제는 아무리 나태한 일이라도 시간의 낭비라는 힐책에서 자유로웠고 아무리 덧없는 꿈을 추구해도 마음의 즐거움을 얻을 수 있다고 생각할 수 있는 것이 그는 즐거웠다. 샹그릴라는 언제나 온화하고 고요했지만, 그곳은 계속 눈에 띄지 않는 일이 진척되어가는 벌집 같은 곳이었다. 라마승들은 실상 시간이 남아도는 것 같았지만 그렇다고 그 시간을 결코 하찮은 것으로 생각하는 것은 아니었다.

콘웨이는 그 이후 그들과 만난 일은 없었지만 그들이 광범위한 여러 가지 일에 종사한다는 것을 인식하게 되었다. 언어에 관한 지식뿐만 아니라 서양의 세계가 경탄해 마지않는 방법으로 모든 학문의 세계로 진출하고 있었다. 대부분은 서적 집필에 종사하고 있었다. 장노인의 말에 의하면 어떤 사람은 순수 수학의 귀중한 연구를 수행하였고, 기번*과 시펭글러**를 합하여 유럽 문명에 대한 방대한 논문을 작성하고 있는 사람도 있었다.

그러나 누구나가 그런 일에 종사하는 것은 아니고, 또 그 일에만 매달려 있는 것은 아니었다. 말하자면 그곳에는 썰물도 밀물도 없는 수로(水路)가 많이 있어서 그들은 기분대로 뛰어들어가서, 예를 들면 브리악과 같이 옛날 곡의 단장(斷章)을 연주하거나 영국인 목사보(補)같이 《폭풍의 언덕》에 관하여 새로운 이론을 엮어내면서 휴식하는 것이었다. 그러나 이런 것보다 더욱 비실용적인 일에 종사하는 사람도 있었다.

어느 날 콘웨이가 그 건에 관련된 의견을 말했더니 승정은 3세기경의 어느 중국인 예술가의 이야기를 들려주었다. 그 예술가는 몇 년간 벚나무 씨앗에다 용이며 새며 말들을 새겨 완성된 것을 왕자에게 증정했다. 왕자에게는 씨앗만 보이고 아무것도 보이질 않았다. 그래서 예술가가 아뢰었다.

"벽을 세우고, 거기에 창을 만들어서 그 창을 통하여 아침의 서광 속에서 보시옵소서."

---

* 영국의 역사가.

** 독일의 역사가.

왕자는 하라는 대로 하였다. 그리고 과연 그 씨앗이 아름답다는 것을 깨달았다.

"재미있는 이야기지요, 콘웨이? 그리고 귀중한 교훈이 포함되어 있다고 생각하지 않소?"

콘웨이는 동의했다. 샹그릴라의 아름다운 목적이 기묘하면서도 하찮은 것으로 생각되는 이 수많은 일들을 포용할 수 있다는 것을 알고 그는 한없이 즐거웠다. 또 그것은 그 자신이 그러한 사항에 항상 애정을 느끼고 있었기 때문이다. 사실 자신의 과거를 되돌아볼 때 너무나 복잡하여서, 혹은 너무나 부담스러워서 끝까지 완수할 것 같지 않던 많은 일들을 거기서 보는 것이었다. 그러나 지금은 그 일들이 모두 가능해졌을 뿐만 아니라 느긋한 기분으로 할 수가 있는 것이었다. 그것은 생각만으로도 즐거운 일이었다. 그래서 바너드가 샹그릴라에서 보낼 앞으로의 생활이 기대된다고 살짝 털어놓았을 때 그는 멸시하는 태도를 조금도 표시하지 않았다.

최근에 바너드는 빈번히 계곡에 내려갔으나 반드시 술과 여자만이 목적이 아닌 듯싶었다.

"콘웨이 씨, 당신은 맬린슨과는 사람이 달라서 말을 합니다만, 아시다시피 그는 나에게 원한이 있는 듯합니다. 그러나 당신은 나의 입장을 그보다 잘 이해해주십니다. 이상하지요? 당신들 영국의 관리들이란 처음에는 쓸모없는 것 같은데 결국은 신뢰할 수 있는 분들이에요."

"글쎄요, 그래도 어찌 되었거나 맬린슨도 나와 같은 영국 관리입니다."

콘웨이는 웃으며 말했다.

"그야 알고 있어요. 하지만 그는 아직 어립니다. 사물을 이성적으로 보질 못해요. 거기에 비하면 당신과 나는 장부입니다. 사물을 바로 볼 수가 있지요. 이를테면 이 사원만 하더라도 도대체 어떻게 되어 있는지 하나에서 열까지 알고 있는 것도 아니고, 왜 우리가 이런 곳에 끌려오게 되었는지도 몰라요. 그러나 무엇이든 그렇지 않나요? 그러고 보면 우리는 어째서 이 세상에 태어났는지도 안다고는 못하잖아요?"

"그야 모르는 사람도 있겠지만, 그러나 그것이 무슨 일과 연관성이 있는 겁니까?"

바너드는 음성을 낮추어 황홀한 표정을 짓고는 속삭이듯 조그맣게 말했다.

"금, 금입니다. 그것이 저 계곡에 문자 그대로 무진장 있습니다. 젊은 시절 나는 채광(採鑛) 기사였어요. 어느 정도의 광맥인지는 보면 알 수 있어요. 랜드*와 같은 정도로 풍족합니다. 더구나 채굴하기가 열 배나 쉬워요. 틀림없이 여러분은 내가 그 예쁜 의자를 타고 계곡으로 내려갈 때마다 기분 내러 가는 줄 알았겠지만 천부당만부당한 일이고 처음부터 목적이 있었습니다. 즉 이곳에 계신 분들이 외계에서 모든 것을 들여오려면 상당히 값비싼 대가를 지불하지 않고서는 불가능하다는 걸 계속 생각해왔습니다. 그렇다면 금이나 은, 혹은 다이아몬드 외에 뭐가 있겠어요? 단지 논리 문제지요. 그래서

---

* 남아프리카의 금광.

주변을 살피기 시작한 것인데 그 실마리를 찾는 데는 시간도 별로 걸리지 않았어요."

콘웨이는 물었다.

"당신 혼자 했어요, 그것을?"

"네, 그렇다고만 할 수는 없지만, 추측을 해두었죠. 그리고 장노인에게 그것에 대해 말을 꺼냈지요. 남자 대 남자라고 말이에요. 그런데 콘웨이 씨, 노인은 우리가 생각한 것처럼 나쁜 사람은 아니었어요."

"나는 처음부터 나쁜 사람이라고 생각 안 했는데요."

"그렇겠죠. 당신은 노인과 언제나 다정하게 지냈으니까. 그러니까 우리가 순조롭게 일을 시작했다 하여도 놀라지 않겠죠. 아주 뜻이 잘 맞아요. 그는 현장을 샅샅이 안내하고, 채광지역을 언제든지 조사할 수 있는 전권을 나에게 주면서 총괄적인 보고서를 작성해달라고 합디다. 어떻게 생각하세요, 콘웨이 씨? 그들은 전문가의 도움을 얻을 수 있다는 것을 무척 기뻐하는 것 같아요. 내가 증산법을 가르쳐준다고 했을 때에는 특히 더 기뻐하더군요."

"당신이 이곳에서 안락한 기분을 느끼게 된 이유를 알겠군요."

콘웨이가 말했다.

"그래요, 아무튼 일을 발견했다는 것이지요. 굉장한 일입니다. 이것이 끝에 가서 어떻게 될지도 모르니까 말입니다. 어쩌면 고국 사람들도 내가 새로운 금광의 소재를 알린다면 나를 끝까지 형무소에 넣겠다고는 않을지도 모르거든요. 다만 곤란한 것은 그들이 내 말을 믿어줄 것인지가 문제입니다만."

"믿겠지요. 사람들은 무엇이든 믿고 싶어 하니까요. 놀라울 정도로."

바너드는 열띤 표정으로 끄덕였다.

"당신이 알아주니 기쁘군요, 콘웨이 씨. 이제 거래할 수가 있겠군. 물론 모두 반반씩입니다. 즉 당신은 나의 보고서에 영국 영사라는 이름만 빌려주면 됩니다. 뭐니뭐니해도 가치가 있으니까요."

콘웨이는 웃고 말았다.

"그것은 잘 생각해보아야겠지요. 아무튼 당신이 보고서를 먼저 만드시지요."

이처럼 실현될 것 같지도 않은 가능성이 있을까 생각하니 우스워서 견딜 수가 없었다. 그와 동시에 바너드가 마음 붙일 곳을 발견한 사실을 기쁘게 생각했다.

콘웨이가 최근 자주 회견하는 승정도 마찬가지로 생각하고 있었다. 그는 간혹 밤늦게 찾아가 하인들이 최후의 찻잔을 물리고 잠자리로 간 뒤에도 몇 시간이고 대화를 나누었다. 승정은 세 명의 친구들이 어떻게 지내고 있는가를 반드시 물었다. 그러다가 어느 날 샹그릴라에 온 후에 중단된 그들의 직업에 대하여 물었다. 콘웨이는 사려 깊게 대답했다.

"맬린슨은 그대로 있었다면 성공했을 것입니다. 정력적이고 야망에 불타 있었으니까요. 하지만 다른 두 사람은."

그는 어깨를 움츠렸다.

"사실은 두 사람은 이곳에 머무르는 편이 더 좋은 모양입니다. 아무튼 잠정적이긴 하겠지만 말입니다."

그는 커튼을 드리운 창에 순간적으로 번갯불이 번쩍이는 것을 보았다. 지금은 아주 익숙해진 이 방에 오는 도중 안마당을 지나올 때 천둥이 멀리서 울리고 있었다. 그러나 이 방에서는 천둥은 들리지 않고 그 묵직한 무늬의 비단 커튼 때문에 번갯불도 아주 약한 섬광으로밖에 보이지 않았다. 승정은 대답했다.

"그럴 테지요. 우리도 그 두 분이 편안한 기분을 느낄 수 있게 힘을 기울이고 있어요. 브린클로 씨는 우리를 개종(改宗)시키고 싶어 하고, 바너드 씨 역시 우리를 개종시키고 싶어 하오. 유한 회사로 말이오. 죄 없는 계획이지요. 그것이 있음으로써 그분들도 즐겁게 시간을 보낼 수 있을 것이오. 그러나 종교도 황금도 위안을 줄 수 없는 그 청년은 어떨는지?"

"네, 그가 제일 문제입니다."

"당신의 문제가 되지 말았으면 좋겠는데."

"어째서 저의?"

그 물음에는 곧 답이 없었다. 그것은 때마침 차가 들어왔고, 승정은 언제나 차를 앞에 놓고 하는 부드러운 잡담을 하기 시작했기 때문이다. 그는 차 마시는 예법에 따라서 경쾌하게 이야기를 이어나갔다.

"매년 이맘 때가 되면 카라칼이 태풍을 보내오지요. '푸른 달'의 계곡 주민들은 재 너머 하늘에서 노한 악마들이 이 태풍을 보낸다고 믿고 있어요. 그들은 '바깥'이라고 부르고 있소. 아마 짐작이 가겠지만, 이 말은 그들의 방언인데 그들이 사는 이외의 세계 전체를 말하는 데 쓰고 있소. 물론 그들은 프랑스, 영국, 혹은 인도라는 국가에 대해 아무것도 모르고, 다만 그 무서운 대고원만 끝없이 이어지는 줄로만 알고 있어요. 사실 거의가 그대로이긴 하지만 바람이 휘몰아치지 않는 이 포근한 계곡에 조촐하게 살고 있는 그들은 누구나 이곳을 떠나는 것은 도저히 생각조차 못 하오. 사실 그들은 불행한 바깥 사람들이 모두 이곳에 오고 싶어한다고 상상하고 있어요. 즉 이것도 하나의 견해 차이겠지, 안 그렇소?"

콘웨이는 바너드가 이와 비슷한 말을 하던 것을 생각하고는 바너드의 이야기를 했다.

"어쩌면 그렇게 이해가 빠른가, 그분은. 그리고 그분은 우리에게는 최초의 미국인이오. 우리로서는 아주 다행한 일이오."

세계 각국의 경찰이 혈안이 되어 찾고 있는 사람을 손에 넣은 것이 라마 사원의 다행함과 연결이 된다고 생각하니 콘웨이는 어쩐지 통쾌감을 느꼈다. 그리고 그 통쾌감을 승정과 나누고 싶었으나 머지않아 바너드가 자신의 입으로 신상 이야기를 하게 만드는 것이 좋을 것 같아서 삼갔다. 그는 말했다.

"분명히 바너드의 말대로 요즘 세상에는 이런 곳으로 오고 싶어하는 사람이 많을 줄로 압니다."

"많아요, 콘웨이. 우리는 강풍이 몰아치는 바다에 떠 있는 한 척의 구명 보트 같은 것이어서, 몇 명밖에 안 되는 생존자라면 구할 수도 있겠지만 난파선의 승객 전원이 몰려온다면 우리 자체가 침몰해 버리고 말아요……. 그러나 지금은 그런 생각은 하지 맙시다. 듣자하니 당신은 훌륭한 재능을 가진 브리악과 사귀고 있다고요. 나와는 같은 나라 사람인데 아주 즐거운 친구지요. 모든 작곡가 중 쇼팽이 가장 위대하다는 그의 의견에는 찬성할 수 없지만. 나는 아시다시피 모차르트가 가장 위대하다고 생각하고 있소."

하인이 찻잔을 들고 물러간 후, 콘웨이는 용기를 내어 앞서 질문에 대한 답을 요구했다.

"아까 맬린슨에 대해 말씀드렸을 때, 제 문제가 될지도 모른다고 하셨는데, 무슨 말씀이십니까?"

승정은 간결하게 대답했다.

"내가 죽기 때문이오."

콘웨이는 잠시 입을 열지 못하였다. 승정은 말을 이어갔다.

"놀라셨소? 그러나 우리는 모두 언젠가는 죽어야 하오. 샹그릴라에서도 말이오. 내게는 아직 얼마의 시간이 남아 있을지도 모르오. 혹은 앞으로 이삼 년이 될는지. 아무튼 이야기하고 싶은 것은 내가 종말을 보고 있다는 간단한 진실이외다. 당신이 그와 같이 염려해 주는 것은 고마운 일이오. 그리고 나는 별로 숨기고 싶은 생각은 없으나 내 나이가 되어도 역시 죽음을 생각하면 왠지 아쉬운 생각이 드는 법이오. 다행히 육체로 죽는 부분이 내게는 거의 남아 있지 않아요. 그리고 나머지 부분에 있어서는 우리의 종교는 모두 일치해서 즐거운 내세를 그려주고 있어요. 나는 매우 만족하고 있으나 이 남아 있는 짧은 시간에 나는 기묘한 감정을 느끼게끔 내 몸을 길들여야 한다오. 즉 앞으로 살아 있는 동안에 해야 할 일이 있다오. 그것이 무엇인지 상상할 수 있겠소?"

콘웨이는 말이 없었다.

"그것은 당신과 관계된 일이오."

"너무나 영광스럽습니다."

"영광 이상의 것을 드리게 될 것이오."

콘웨이는 머리를 숙였으나 말은 하지 않았다. 승정은 잠시 후 말을 이어갔다.

"아마 알고 있겠지만, 이곳에서는 이렇게 자주 회담을 하는 것은 별로 없던 일이오. 그러나 역설적인 표현을 한다면 전통의 노예가 되지 않는 것이 우리의 전통이지요. 우리에게는 완고함도, 가차 없는 법칙도 없소. 우리는 적당하다고 생각되면 행하는데, 그러는 데는 과거의 예를 다소 본따는 일도 있으나 그것보다는 현재의 예지, 미래에의 통찰력에 더 한층 신뢰를 두지요. 내가 용기를 얻고, 이 최후의 일을 수행하려는 것도 그것이 있기 때문에 하는 것이오."

콘웨이는 여전히 듣고만 있었다.

"아들이여, 나는 샹그릴라의 자산(資産)과 운명을 당신의 손에 넘겨주고 싶소."

드디어 긴장이 풀렸다. 그리고 콘웨이는 그 긴장 저편에 온화한 자애로운 설득의 힘을 느꼈다. 승정이 한 말의 여운이 실내를 감돌다가 곧 침묵 속에 녹아버리고, 그 뒤에는 징처럼 울리는 심장의 고동만이 남았다. 얼마 후에 그 고동소리를 헤치고 말소리가 들려왔다.

"아들이여, 나는 당신이 오기를 오랫동안 기다리고 있었소. 이 방에 앉아서 새 방문자를 많이 만났소. 그분들의 눈을 바라보고 그 말소리에 귀를 기울이고 언젠가는 당신 같은 사람이 나타날 것이라고 염원하고 있었소. 우리는 나이 먹고 현명해졌으나 당신은 아직 젊은데도 이미 현명하오. 콘웨이, 내가 당신에게 맡기고 싶은 일은 그렇게 어려운 일은 아니오. 우리의 사회에는 다만 비단결 같은 결속이 있을 뿐이니까. 착하고 인내심 있고 마음의 풍요를 사랑할 것, 거센 폭풍에 아랑곳없이 예지와 비밀을 간직하고 주재해나갈 것……. 당신에게는 모두가 즐겁고, 쉬운 일일 것이외다. 그리고 당신은 반드시 행복을 찾게 될 것이외다."

콘웨이는 무언가 또다시 대답을 하려고 했으나 할 수가 없었다. 그러나 때마침 번갯불의 선명한 섬광이 창백하게 비쳤을 때, 그는 쫓기는 것같이 소리쳤다.

"이 폭풍우… 승정님이 말씀하시는 그 폭풍우는……."

"아마 세상이 아직 보지도 못하던 폭풍우가 되겠지요. 무력으로 안전할 수 없고, 권력에 의지해도 구할 수가 없고, 과학의 힘으로도 해명이 안 될 것이오. 모든 문명의 꽃들이 짓밟히고 모든 인간이 거대한 혼미 속으로 던져질 때까지 폭풍우는 불어 날뛸 것이오. 나는 이 환영을 나폴레옹의 이름조차 알려지지 않았을 때부터 이미 보아왔소. 그리고 지금 그것을 시시각각으로 더욱 선명히 보고 있소이다. 내 말이 틀렸다고 생각하오?"

콘웨이는 대답했다.

"아닙니다. 승정님 말씀이 맞습니다. 이와 같은 붕괴가 일찍이 한 번 있었습니다. 그 후 오백 년에 걸쳐 암흑 시대가 계속되었으니까요."

"아니, 그 비교는 꼭 정확하다고는 할 수가 없구료. 왜냐하면 암흑 시대는 그다지 어둡지가 않았소. 아직 도처에 불빛이 반짝이고 있었고, 비록 유럽에는 불이 완전히 꺼져 있었다 할지라도 거기에는 또 다른 빛이 다시 켜질 수 있는 빛이 문자 그대로 중국에서 페루에 이르기까지 있었소. 그러나 다음에 오는 암흑 시대는 이 세계 전체를 단 한 장의 수의(襚衣)로 덮어버릴 것입니다. 그렇게 되면 찾아내기에는 너무나 비밀스런 장소나 혹은 너무나 초라한 곳을 제외하고는 피난 갈 곳도 숨을 곳도 없어지겠지요. 그러나 샹그릴라는 다행하게도 그 두 가지를 겸비하고 있다고 할 수가 있을 것이오. 죽음의 폭탄을 싣고 대도시로 나는 비행사도 우리의 상공을 날 리 없고, 설사 난다 해도 폭탄을 투사할 만한 가치가 없다고 생각할 것이외다."

"그래서 승정님께선 그것이 모두 저의 시대에 온다고 생각하십니까?"

"나는 당신이 그 폭풍우를 이겨내리라 믿고 있소. 그리고 그 이후에도 긴 황폐의 시대를 통하여 당신은 살아갈 것이고 나이를 거듭할수록 더욱 현명하고 더욱 인내심이 강해질 것이오. 당신은 우리 역사의 방향(芳香)을 보존하고 또 당신의 마음에도 채색을 더해 나갈 것이오. 타국 사람을 친절히 맞이하고 그에게 시간과 예지의 법칙을 가르치고, 또 그 이방인 중 하나가 당신이 너무 고령이 되었을 때 당신의 뒤를 계승할 것이오. 그로부터의 앞날에 관해서는 나의 시계(視界)가 흐려 있지만 아득히 먼 저편 폐허 속에서 꿈틀거리고 있는 잃어버린 전설의 보물을 찾아서 보기 흉하지만 희망에 불타 꿈틀거리는 하나의 새로운 세계를 볼 수가 있소. 그리고 내 아들이여, 그 보물들은 모두 이곳에 있소. 산맥 깊숙이 마치 기적에 의해 보호되는 것같이 이 '푸른 달'의 계곡에 있어요… 새로운 르네상스를 위하여……."

승정의 이야기는 여기서 끝났다. 그리고 콘웨이는 이 세상 사람 같지 않은 싱싱한 아름다움에 충만된 그를 바라보았다. 그러나 곧 그 아름다운 빛은 차차 사라지고, 어두운 그늘이 드리운 삭아빠진 고목 같은 가면만이 남았다. 그리고 승정은 꼼짝도 하지 않았다. 두 눈은 감겨 있었다. 그는 잠시 바라보고 있었으나 이윽고 어렴풋이 승정이 타계한 것을 알았다.

이 상황을 무슨 현실적인 데 고정시킬 필요가 있는 것같이 생각되었다. 그렇게라도 하지 않고서는 너무나 불가사의했기에 믿을 수 없었다. 그래서 콘웨이는 손과 눈을 본능적인 동작으로 움직여 손목시계를 보았다. 자정에서 15분 지나고 있었다. 문 앞으로 걸어나오다가 그는 문득 도움을 청하자면 어디로 어떻게 가야 되는지 전혀 모르고 있다는 것을 알았다. 티베트인들은 이미 잠을 자기 위해 물러갔고 장노인과 누군가를 찾고 싶어도 어디로 가야 좋은지 알 수가 없었다. 그는 불안한 마음으로 컴컴한 복도 입구에 우뚝 서 있었다.

창문으로 맑은 밤하늘이 보였으나, 주변의 산들은 아직도 번갯불을 받고 은빛 벽화같이 반짝이고 있었다. 그때 아직도 깨지 않은 꿈결 같은 심정으로 그는 자신이 샹그릴라의 주인이 된 것을 감지했다. 그의 주위 일대에는 그가 더없이 사랑하는 것들이 있었다. 속세의 고뇌에서 점차 떠나서 살게 된 마음속의 모든 것들이…….

그의 시선은 어두운 그림자 속을 헤매다가, 물결치는 칠흑 속에 조그맣게 금빛으로 빛나는 것에 멎었다. 그리고 월하향의 연한 향기에 이끌리어 그는 방에서 밖으로 걸어나갔다. 드디어 그는 비틀거리며 안마당으로 나와 연못가에 섰다. 보름달이 밝게 카라칼의 뒤쪽에 떠 있었다. 시각은 2시 20분 전이었다.

그 뒤, 그는 맬린슨이 어느 사이에 자기 옆에 와서 팔을 잡고, 몹시 급하게 어딘가로 데려가려 하고 있음을 알았다. 도대체 무슨 일인지 그는 알 수가 없었다. 그러나 그 청년이 무언가 흥분해서 지껄이는 목소리만이 귀에 들어왔다.

11

그들은 모두가 항상 식사를 하던 발코니가 달린 방으로 갔다. 맬린슨이 그의 팔을 잡은 채 반쯤 끌다시피 해서 거기까지 데리고 간 것이다.

"자, 콘웨이 씨, 새벽까지 짐을 꾸려서 여기를 나가야 됩니다. 아침이 되어 우리가 없어진 것을 알면 바너드나 브린클로 여사가 어떻게 생각할까요? 하긴 그들은 자진해서 남겠다고 말했으니까. 또 그들이 없는 편이 일하기가 훨씬 수월해요. 인부들이 재 넘어 오 마일 떨어진 곳에 왔습니다. 어제 책과 여러 가지 물건을 가지고 왔어요……. 내일 떠난답니다. 이곳에 있는 사람들이 우리를 속이려고 한 이유를 알겠어요. 한마디 말도 안 했으니까요. 어물어물하다가는 언제까지 이런 곳에 처박혀 있어야 할지 모릅니다……. 아니 왜 그러시죠? 기분이라도 나쁘십니까?"

콘웨이는 의자에 앉아 테이블에 팔꿈치를 괴고 몸을 앞으로 구부리고 있었다. 그는 한 손으로 눈을 비볐다.

"기분? 아니, 그냥 좀 피곤해서 그렇겠지."

"아마 그 폭풍우 때문일 겁니다. 대관절 어디에 가셨었죠? 굉장히 기다렸습니다."

"응, 승정을 만났었지."

"아, 그분? 어찌 되었거나 이젠 마지막이에요. 고맙게도 말입니다."

"그래, 맬린슨, 마지막이야."

콘웨이의 말에 포함되어 있는 그 무엇인가가, 그리고 그 이상으로 뒤에 계속되는 침묵이 맬린슨의 신경을 곤두세웠다.

"이렇게 무사태평으로 있을 때가 아닙니다. 알고 계시지요. 우리는 부지런히 움직여야만 됩니다."

콘웨이는 의식을 바로잡으려고 몸을 긴장시켰다.

"미안해."

그는 말했다. 그리고 자신의 신경과 오관(五官)의 현실감을 시험해보기 위해 담배에 불을 붙여보았다. 두 손과 입술이 떨리고 있는 것을 보았다.

"똑똑히 못 들었는데… 아마 인부가!"

"그래요. 인부 말이에요. 좀 똑똑히 정신을 차리세요."

"그래서 자네는 그들 있는 데로 가려고 하는 건가?"

"네, 뻔하지 않습니까. 인부들은 바로 저 산등성이까지 와 있어요. 우리는 지금 곧 떠나야 돼요."

"지금 곧?"

"네, 그래요. 그렇지 않습니까?"

콘웨이는 다시 한번 자신을 다른 세계에서 또 하나의 세계로 노력하여 옮겨놓았다. 그것이 좀 성공한 다음 그는 말했다.

"입으로 말하는 것처럼 쉬운 일이 아니라는 것은 자네도 알고 있을 줄 아는데?"

맬린슨은 무릎 높이까지 오는 티베트식 등산화의 끈을 매면서 퉁명스럽게 말했다.

"네, 잘 알고 있어요. 그러나 이것만은 세상 없어도 해야만 돼요. 그리고 운이 좋아서 만일 늦지만 않으면 충분히 될 수 있는 일이에요."

"글쎄 어떻게 해야 되는지, 아무래도 난……."

"기가 막혀서, 콘웨이 씨, 왜 당신은 편하려고만 하시죠? 당신은 이제 담력도 남아 있지 않습니까?"

절반은 자포자기한, 절반은 비난하는 그 소리가 콘웨이의 정신을 차리게 했다.

"나에게 담력이 남아 있느냐 없느냐는 문제가 안 돼. 설명을 하라면 하겠네. 즉 이것에는 두세 가지 중요한 문제가 있네. 가령 재를 넘어 인부를 찾았다 해도 그들이 반드시 데려가준다고는 할 수 없지 않아? 어떻게 그들에게 부탁할 셈인가? 그들은 우리가 생각하는 정도로 호의적이 아닐지도 모르지. 불쑥 나타나서 데리고 가시오라고 해서는 안 될 거야. 역시 미리 손을 써서 교섭을 해놓지 않고서야……."

맬린슨은 목청을 높였다.

"이러니저러니 하며 늦출 셈입니까? 당신은 정말! 당신에게 부탁을 해놓지 않은 것이 얼마나 다행인지. 나는 벌써 다 해놓았죠. 인부들에게 선금을 주고 그들은 승낙을 했어요. 그리고 입을 것과 여행 도구는 다 갖추어졌답니다. 자, 이렇게 되면 마지막 핑계가 없겠죠. 어서 서두르시죠."

"하지만, 난 모르겠어……."

"그러실 테지요. 하지만 그런 거야 아무러면 어때요?"

"누가 이 계획을 꾸몄지?"

맬린슨은 화가 치미는 듯이 대답했다.

"로첸입니다. 그렇게 알고 싶으시다면… 그녀는 지금 인부들 있는 곳에 있어요. 기다리고 있습니다."

"기다리고 있어?"

"네, 그녀도 우리와 같이 떠납니다. 반대는 안 하시겠지요?"

로첸의 이름이 들려오자, 콘웨이의 마음속에 두 개의 세계가 접촉했다가는 다시 용해되었다. 그는 날카롭게 멸시하듯이 소리쳤다.

"당치도 않아, 그럴 수는 없어."

맬린슨도 똑같이 신경이 곤두서 있었다.

"어째서요?"

"어째서라니… 말하자면 이유는 많아. 내 말을 믿어줘. 그건 안 돼. 그녀가 그곳에 가 있다는 것은 믿을 수가 없어. 자네 이야기만으로도 난 놀라고 있어. 그녀가 그 이상 더 멀리 간다는 건 당치도 않은 이야길세."

"무엇이 당치 않은 소린지 난 모르겠군요. 그녀도 나와 똑같이 이곳에서 빠져나가고 싶어하는 것은 당연한 노릇이 아닙니까?"

"그러나 그녀는 빠져나가고 싶은 생각은 없네. 그 점은 자네가 착각하고 있는 것일세."

맬린슨은 짓궂게 웃으며 말했다.

"그녀에 관해서는 나보다 더 잘 알고 계신 듯하나 사실은 그렇지가 않을 겁니다."

"그건 무슨 뜻이지?"

"말은 많이 못 배워도 사람을 이해하는 방법은 따로 있습니다."

"부탁일세. 도대체 무슨 말이 하고 싶은 건가, 자네는?" 하고 콘웨이는 부드럽게 말했다.

"이럴 수 없어. 말다툼을 할 게 못 돼. 말해주게나, 맬린슨. 무슨 일인가? 난 모르겠어."

"그럼 왜 그렇게 야단법석을 떠시죠?"

"그래 좋으니까 사실대로 말 좀 해주게."

"간단한 일이죠. 그녀 같은 처녀가 괴상한 노인들과 이곳에 갇혀 있으니 기회를 보아 빠져나가려는 것은 너무나 당연하지요. 다만 그녀에게는 아직껏 기회가 없었다는 것뿐입니다."

"그것은 자네의 입장에서 그녀를 그렇게 생각하는 것이 아닐까? 언제나 말하듯이 그녀는 충분히 행복하다는 말일세."

"그렇다면 왜 그녀가 함께 가자고 했지요?"

"그녀가 그러던가? 어떻게? 영어를 전혀 모르는데."

"제가 물었습니다, 티베트어로. 브린클로 여사가 말을 엮어주었지요. 말을 더듬거렸지만 이해는 충분히 했습니다" 하고 맬린슨은 얼굴을 붉혔다.

"왜 그리 뚫어지게 보시죠? 남이 보면 내가 무슨 잘못이라도 한 줄로 생각하겠습니다."

콘웨이는 대답했다.

"아무도 그렇게 생각은 않네. 아무튼 그러기를 바라네. 지금 자네의 말은 자네가 의도한 이상의 것을 나에게 가르쳐주었어. 나로서는 다만 유감스럽다고밖에는 할 말이 없어."

"도대체 무엇이 유감스럽다는 겁니까?"

콘웨이는 손가락 사이로 담배를 떨어뜨렸다. 피로와 번잡스러움과 가능하다면 느끼고 싶지 않은 연민을 느꼈다. 그는 다정하게 말했다.

"우리 서로의 말이 엇갈리지 않으면 좋을 텐데, 로첸은 아주 매력적이야. 그것은 나도 알고 있어. 그러나 왜 그런 것 때문에 우리가 언쟁을 해야 되지?"

"매력적?" 맬린슨은 비웃듯이 그 말을 반복했다. "그녀는 그게 문제가 아닙니다. 이런 일에 대해서 모두가 콘웨이 씨 같은 냉혈한이라고 생각하시면 안 되죠. 그녀의 가치는 박물관의 진열품과 같이 멀리서 감상하는 것이 당신의 생각일 것입니다만, 저는 좀 실제적인 면이 있어서 제가 좋아하는 사람이 궁지에 처해 있는 것을 보면 뭔가 해줘야겠다는 생각이 앞서지요."

"그러나 성급하다고 생각하지는 않는가? 이곳에서 나가면 그녀가 어디로 갈 거라고 생각하나, 맬린슨?"

"중국이나 그 주변에 친구들이 있겠지요. 이곳보다야 안락하게 지낼 수 있겠지요."

"어떻게 그렇게 자신이 있지?"

"아무도 그녀를 돌봐주지 않으면 제가 돌볼 생각입니다. 요컨대 지옥 같은 곳에서 구원하려면 그 뒤에 어디로 갈 것인가는 말 않는 법입니다."

"그럼 자넨 이곳 샹그릴라가 지옥 같은 곳이라고 생각하나?"

"그렇습니다. 이곳은 무언가 어둡고 불길한 그 무엇이 둘러싸고 있어요. 처음부터 쭉 그랬어요. 아무런 이유 없이 어느 미친 사람에게 이곳으로 끌려온 것도 그렇고, 그 뒤 무언가 구실을 붙여 우리를 잡아두는 것도 그래요. 그러나 나에게 제일 무서웠던 것은 그것이 당신에게 미친 영향입니다."

"나에게?"

"그래요. 당신에게 말입니다. 당신은 아무 일도 없는 것같이 이곳저곳 돌아다닐 뿐이며 이곳에 머무르는 일에 만족하고 있지 않아요? 당신은 이곳이 좋다고 자인했어요……. 콘웨이 씨, 도대체 어찌 된 셈입니까? 어떻게 본래의 모습으로 돌아갈 수 없나요? 우리는 바스쿨에서는 잘 맞았었는데. 그때의 콘웨이 씨는 전혀 달랐었는데."

"맬린슨!"

콘웨이는 맬린슨에게 손을 내밀었다. 그 손을 꼭 잡은 청년의 손은 따뜻하고 뜨거운 애정이 담겨 있었다. 맬린슨은 계속했다.

"당신은 모르셨겠지만, 이삼 주일 동안 저는 몹시 외로웠습니다. 누구나가 제일 중요한 것을 조금도 생각하기 싫어하는 것 같고…, 바너드와 브린클로 여사에겐 그럴 만한 이유가 있지만, 당신마저 나에게 반대를 하신다니 정말 견딜 수가 없었습니다."

"미안하네."

"당신은 미안하다고만 하시는데, 그건 소용이 없습니다."

콘웨이는 갑자기 충동에 사로잡혀 대답했다.

"그렇다면 자네한테 소용이 되는 말을 한 가지 해주겠네. 이 말을 들으면 지금 도저히 기이해서 납득이 가지 않는 것들이 다 이해될 걸세. 어쨌든 왜 로첸이 자네와 함께 가서는 안 되는지, 그것만은 알게 될 걸세."

"나는 무슨 말을 들어도 납득이 안 갈 겁니다. 그리고 될 수 있는 대로 간단하게 해주세요. 정말 시간이 없으니까요."

콘웨이는 승정으로부터 들은 샹그릴라에 얽힌 모든 역사, 그리고 승정과 장노인과의 대화에서 알 수 있었던 사항을 간단하게 말했다. 이 말만은 끝까지 비밀을 지킬 작정이었지만 일이 여기에 와서는 말할 수밖에 없었고, 또 그렇게 할 필요가 있다고 생각되었다. 맬린슨이 그의 문제였다고 한 것은 사실이었다. 그리고 그는 자신이 적당하다고 생각하는 방법으로 해결을 해야만 했다. 그는 간략하게 재빨리 이야기해나갔다. 그리고 그는 이야기를 해나가며 또다시 그 불가사의한 무한 세계의 마력에 매료되어갔다. 그 아름다움이 그 말을 하는 그를 압도해버리는 것이었다. 그는 여러 번 기억의 페이지를 읽어가는 듯한 기분을 느꼈다. 그토록 관념과 말이 마음속에 새겨 있었던 것이었다.

그러나 그는 단 한 가지만은 말하지 않았다. 아직 확실히 잡지 못한 자신의 감정을 피력하기가 싫었고, 그것은 그날 밤 승정이 타계하고 자신이 그 뒤를 잇게 되었다는 사실이었다.

이야기가 끝날 무렵이 되자, 그는 안도감을 느꼈다. 드디어 이야기를 끝냈다는 것이 기뻤고 결국 해결 방법도 그것뿐이었다. 말을 끝내자 그는 잘 되었다는 자신감을 가지고 조용히 눈을 들었다.

그러나 맬린슨은 다만 손가락으로 테이블 위를 툭툭 치고 있을 뿐이었다. 그리고 한참 후에 그는 말했다.

"뭐라고 해야 좋을지 나도 모르겠습니다. 콘웨이… 당신은 완전히 정신이상이라는 것 외에는……."

긴 침묵이 계속되었다. 그동안 두 사람은 서로 완전히 다른 기분을 느끼며 서로를 물끄러미 바라보고 있었다. 콘웨이는 실망하여 의기소침하였고 맬린슨은 마음이 들떠서 안절부절못하고 있었다. 콘웨이가 마침내 말했다.

"그럼, 자넨 나를 미친놈으로 보고 있군."

맬린슨은 갑자기 병적으로 웃었다.

"하지만 그런 말을 듣고서야 그럴 수밖에 없겠죠. 즉, 글쎄요… 너무나 어이없는 일이어서… 논쟁할 기분조차 나지 않네요."

콘웨이는 표정도 목소리도 놀라움으로 가득 차 있었다.

"자넨 정말 어이없는 말이라고 생각하나?"

"네… 달리 생각할 길이 없지 않아요? 미안합니다. 너무 심한 말을 해서요. 하지만 정상적인 사람이라면 누구나가 그런 말은 이상하게 생각할 겁니다."

"그럼 자네는 지금도 우리가 우연한 사고로 이곳에 끌려온 것이라고 알고 있군 그래. 어느 미친 사람이 그냥 재미로 세밀한 계획을 세워 비행기를 가로채어 멀리 1천 마일이나 날아온 것이라고?"

콘웨이는 담배를 내밀었다. 그러자 맬린슨은 한 개비를 뽑아들었다. 한 모금 빨아들이고 두 사람은 마음이 가라앉은 듯하였다. 곧 맬린슨이 대답했다.

"이런 걸 가지고 일일이 입씨름을 해보았자 별 수 없어요. 실제 문제로, 이곳 사람들이 단지 막연하게 외부의 사람을 꾀어 오기 위해서 사람을 내보냈다느니, 그래서 그가 그 목적을 위하여 조정법을 배우고, 시기를 기다리던 중 마침 바스쿨에서 네 명의 승객을 태워 나르는 안성마춤의 비행기를 발견했다느니… 그야 당신의 그런 말이 문자 그대로 불가능하다고는 못합니다. 단지 너무나 조작된 것 같이 보입니다. 그러나 이야기가 그것뿐이라면 한번 생각해볼 여지도 있겠지만, 절대로 있을 수 없는 말이 되고 보면…, 즉 몇백 살 된 라마승이라든가, 젊음을 유지하는 비약(秘藥)을 발견했다느니, 이쯤 되면… 도대체 어떤 세균이 콘웨이 씨에게 붙었는지 의심스럽다는… 그것뿐입니다."

콘웨이는 미소 지었다.

"그래, 믿어지지 않겠지. 나 역시 처음에는 그랬던 것 같아. 지금은 잊었지만. 물론 이건 좀 이상한 이야기지만, 원래 이곳이 이상한 곳이라는 증거를 자네도 충분히 보고 있지 않은가. 우리, 즉 자네와 내가 실제로 본 것, 아무도 들어서지 않던 산속에 숨은 계곡이라든가, 유럽의 문헌이 갖추어진 도서실이 있는 사원을 생각해보게나."

"그래요. 중앙 난방 설비도 있고, 근대적인 상하수도, 그리고 오후의 티타임 등등, 확실히 멋지다는 건 알고 있어요."

"그렇다면 그걸 어떻게 이해하는가?"

"모른다고밖에 말할 수가 없겠죠. 완전한 수수께끼입니다. 그렇다고 해서 물리적으로 불가능한 이야기를 곧이들어도 좋다는 이유는 되지 않아요. 실제로 물 속에 들어가서 뜨거운 목욕물이라고 믿는 것과 그냥 상대방에게서 들었다고 몇백 살 된 사람을 믿는 것과는 뜻이 달라요."

맬린슨은 또다시 신경질적으로 웃었다.

"여보세요, 콘웨이 씨. 이 고장이 당신의 신경을 어떻게 한 모양이에요. 무리도 아니겠지만, 하여간 짐을 꾸려서 빨리 나가십시다. 이 논쟁은 한 달이나 두 달 후에 메이든 근방에서 즐거운 저녁 식사 후에 얼마든지 계속 할 수 있으니까요."

콘웨이는 조용히 말했다.

"나는 그런 생활로 되돌아가고 싶지 않네."

"어떤 생활 말이죠?"

"자네가 생각하는 생활 말이네. 만찬회… 댄스… 폴로 등……."

"저는 댄스나 폴로 이야기를 한 것은 아닙니다. 또 했다손 치더라도 무엇이 나쁩니까? 저와 같이 안 가시겠다는 건가요? 그 두 사람같이 이곳에 남으실 작정인가요? 그렇다면 제가 떠나는 것만이라도 말리지 마십시오!"

맬린슨은 담배를 던져버리고 눈을 이글거리면서 문 쪽으로 급히 걸어갔다. 그는 난폭하게 내뱉었다.

"당신은 머리가 돌았나 봐요! 돌았어요. 콘웨이 씨, 그것이 문제입니다! 알아요. 당신은 항상 냉정하고 나는 항상 흥분하고 있어요. 그러나 나는 정신은 제대로예요. 당신은 그렇지 않아요! 바스쿨에서 당신과 같이 행동하기 전에 다른 사람들이 주의를 시키더군요. 그러나 나는 그들이 잘못 안 거라고 생각했죠. 지금에서야 그 뜻을 알겠군요."

"무슨 주의를 줍디까?"

"전쟁에서 폭풍을 맞은 후 가끔 이상해진다고요. 제가 당신을 책망하는 것은 아닙니다. 당신으로서는 별 도리가 없었으니까요. 저는 이런 말을 하는 것은 딱 질색입니다. 자, 저는 갑니다. 구토증이 납니다만, 그래도 가야 합니다. 약속을 해놓았으니까요."

"로첸과?"

"네."

콘웨이는 일어서서 손을 내밀었다.

"그럼, 맬린슨."

"마지막으로 다시 한번… 같이 가시죠?"

"못 가겠네."

"그럼."

두 사람은 악수를 나누고, 맬린슨은 떠났다.

콘웨이는 등불 아래 혼자 앉아 있었다. 기억 속에 있는 어느 문구에 있듯이 모든 아름다운 것은 덧없이 소멸되며, 미와 현실의 두 세계는 항상 용납되지 않고, 한쪽은 항상 풍전등화같이 생각되었다. 잠시 생각에 잠긴 후 그는 손목시계를 바라보았다. 3시 10분 전이었다.

맬린슨이 되돌아왔을 때 콘웨이는 마지막 담배를 피우며 테이블에 기대어 있었다. 청년은 다소 동요된 얼굴로 들어오더니 콘웨이를 바라보고는 무슨 변명을 생각해내려는 듯 가구 뒤로 몸을 숨겼다. 그는 잠자코 있었다. 콘웨이는 잠시 기다렸다가 입을 열었다.

"왜 돌아왔지? 어찌 된 일이야?"

그의 자연스런 물음에 맬린슨은 앞으로 나왔다. 그는 두툼한 양피 웃옷을 벗고 의자에 앉았다. 얼굴은 창백하고 전신은 떨리고 있었다. 그는 반쯤 울상이 되어 있었다.

"용기가 나질 않았어요. 우리가 밧줄을 걸었던 장소였습니다. 기억하시죠? 거기까지는 갔었는데… 어쩔 수가 없었어요. 나는 높은 곳은 틀렸습니다. 그것이 달빛 속에서 더욱 무섭게 보여서, 바보스러워서……."

그는 아주 울어버렸다. 콘웨이가 달랠 때까지 계속하였다. 그는 덧붙였다.

"여기에 있는 사람들은 아무런 걱정도 없어요. 땅 위에서 그들을 위협해올 사람은 아무도 없으니까요. 제기랄, 폭탄을 가득 싣고 이 상공을 날 수만 있다면 무엇을 줘도 좋겠어요!"

"뭣 때문에 그런 짓이 하고 싶지, 맬린슨?"

"이런 곳은 박살이 나야 돼요. 불건강하고 불결해요. 더구나 당신의 터무니없는 이야기가 만약 사실이라면 더욱 구역질이 나요! 바싹 마른 늙은이들이 마치 거미들처럼 우글거리면서 누군가가 다가오기를 기다리고 있다……. 더러워요… 첫째 그런 나이가 되도록 살고 싶은 사람이 있습니까? 그리고 당신이 존경하는 승정 말입니다만, 설사 당신이 말씀하신 절반의 나이라고 해도 누군가가 그 비참한 상태에서 하직을 시켜도 좋을 때예요……. 왜 당신은 나와 함께 도망가지 않죠? 나를 위해 부탁드리는 것은 아닙니다. 나는 젊고 우리는 친구가 아니었습니까? 이곳의 고약한 사람들의 터무니없는 말에 비해 나의 인생은 하찮은 것이라는 말씀인가요? 로첸도… 그녀도 젊어요… 그것도 문제가 되지 않는다는 말씀인가요?"

"로첸은 젊지가 않네."

콘웨이가 말했다. 맬린슨은 얼굴을 들어 히스테릭하게 웃었다.

"그랬었지. 물론 젊지는 않아요. 열일곱 살 정도로 보이지만 사실은 아흔은 넘었다는 말씀이겠지요."

"맬린슨, 그녀는 이곳에 1884년에 왔네."

"그것은 당신의 헛소리예요."

"맬린슨, 그녀의 아름다움은 이 세상 모든 아름다운 것과 같이 그 진가를 모르는 인간의 손에 맡겨져 있어. 덧없는 것은 덧없는 것이 사랑받는 곳이 아니고는 살아갈 수가 없는 법일세. 그것을 이 계곡에서 꺼내어 가지고 나가보게. 산울림처럼 사라져버린다는 것을 자네도 알게 될 거야."

맬린슨은 자신의 생각에 확신을 가지고 있다는 듯이 웃어댔다.

"난 그런 것은 겁나지 않아요. 그녀가 이런 곳에 있기 때문에 그런 거예요."

잠시 말을 끊었다가 가시 말을 이었다.

"이런 말은 아무리 해도 소용이 없어요. 이런 거짓말 같은 이야기는 잊어버리고 현실로 돌아가는 것이 좋아요. 콘웨이 씨, 나는 당신을 돕고 싶습니다. 그런 건 너무나 바보스러워요. 그건 알고 있지요. 그러나 그것이 콘웨이 씨에게 어떤 도움이 되는 것이라면 끝까지 얘기해보십시다. 그 말씀하신 것이 가능한 일이라서 실제로 검토해볼 필요가 있다고 치고, 자, 사실을 진지하게 말씀하여주십시오. 어떠한 증거가 있지요?"

콘웨이가 잠자코 있었다.

"단지 누군가가 콘웨이 씨에게 터무니없는 말을 했다는 것뿐이 아닙니까? 설사 그 말이 콘웨이 씨가 믿을 수 있는 사람에게서 들었다 해도 증거 없이 받아들일 수는 없을 거예요. 이번 경우 무슨 증거가 있지요? 아무것도 없어요. 내가 보는 한에서는. 로첸이 자신의 내력을 말했습니까?"

"아니, 그렇지만……."

"그렇다면 다른 사람한테 듣고 어떻게 믿죠? 그리고 그 불로장수의 이야기도 그래요. 하나라도 좋으니 그것을 뒷받침할 만한 객관적인 사실을 들 수 있어요, 콘웨이 씨?"

콘웨이는 잠시 생각하고는 곧 브리악이 들려주던 쇼팽의 미발표 작품에 대하여 말했다.

"그것도 나에게는 의미가 없어요. 음악가가 아니니까 나는, 그 작품들이 진짜라 하더라도 다른 방법으로 입수할 수 있었을지도 모르잖아요? 그런 이야기와는 전혀 관계없이."

"확실히 할 수 있었겠지."

"다음은 당신이 실제로 있다고 하는 불로장수의 방법 말입니다만, 그건 도대체 무엇이죠? 당신은 마약의 일종이라고 하시는데 어떤 마약인지 알고 싶군요. 보았다거나 복용해보셨어요, 당신은? 누군가가 확실한 사실이라도 보여주었습니까?"

"별로 자세하게는 안 했지."

"그래도 당신은 자세히 알려고도 안 하셨죠? 그런 말에는 무언가 확증이 필요하다는 것을 한 번도 생각을 안 하셨다는 말씀입니까? 그냥 건성으로 넘겼습니까? 이곳에 대하여 당신은 어느 정도 알고 계시죠? 남에게서 들은 것 말고요. 당신은 두세 명의 노인과 만났다, 그것뿐이지요. 그 외에 우리가 말할 수 있는 것은 설비가 좋고 상당히 수준 높게 운영되고 있다는 것 정도입니다. 어떻게 해서 왜 이런 곳이 존재하고 있는지 우리는 모르고 또 왜 우리를 잡아두려고 하는지… 만약 붙들 수 있다면 말입니다만, 모두가 수수께끼입니다. 그렇다고 들은 전설을 믿어야만 된다는 법은 없습니다! 원래 콘웨이 씨는 비판적인 사람입니다. 가령 영국의 수도원이라도 당신은 들은 것 전부를 믿는 데 주저하실 겁니다. 나는 도무지 납득이 안 갑니다. 티베트에 왔다고 해서 왜 모든 것을 금방 믿어버리시는지."

콘웨이는 끄덕였다. 지각이 더욱 명석한 상태였다 해도 교묘하게 정곡을 찌른 이 논점을 긍정할 수밖에 없었다.

"아주 예리한 이야긴데, 맬린슨, 나는 이렇게 생각해요. 즉 실제의 증거 없이 사물을 믿을 때에는 자신의 마음이 제일 끌리는 것을 믿고 싶은 것이라고 말일세."

"그러나 나 자신은 반쯤 죽어가는 상태까지 산다는 것에 뭔가 끌리는 점이 있다는 걸 생각하니 소름이 끼칩니다. 기왕에 산다면 짧고 즐거운 인생을 택하겠어요. 그리고 그 미래의 전쟁 이야기, 그것도 내겐 실감이 나지 않아요. 다음 전쟁이 언제 시작되는지, 혹은 어떤 전쟁이 될 것인지, 어떻게 아십니까. 지난번의 전쟁만 해도 예언은 전부 빗나가질 않았던가요?"

콘웨이가 대답을 하지 않으니까 그는 계속하여 말을 이어갔다.

"아무튼 나는 모든 일이 불가피하게 일어난다는 건 믿지 않습니다. 혹시 그렇다 하여도 겁낼 필요는 없을 거예요. 만일 전쟁에 끌려나가 싸워야 된다면 아마 겁이 나서 떨겠지요. 그래도 이런 곳에 파묻히는 것보다는 전쟁을 하는 편이 좋을 거예요."

콘웨이는 미소 지었다.

"맬린슨, 자네는 날 오해하는 데는 명수이군. 바스쿨에서는 나를 영웅처럼 대했네. 그러나 지금은 겁쟁이로 보고 있어. 사실은 그 어느 쪽도 아니야. 물론 아무래도 좋아. 만일 그러고 싶다면 인도에 돌아갔을 때 그 친구는 다음 전쟁이 겁이 나서 티베트에 남았다고 모두에게 말해도 상관없어. 그래서 남는 것은 아니지만. 아마 날 미친 놈이라고 알고 있는 사람들은 틀림없이 믿을 거야."

맬린슨은 슬픈 듯이 대답했다.

"그런 법이 어디 있어요. 나는 무슨 일이 있어도 콘웨이 씨를 나쁘게 말할 수는 없어요. 그것만은 믿어주세요. 그러나 나는 당신을 이해할 수가 없어요. 아, 이해할 수 있다면 얼마나 좋겠어요. 콘웨이 씨, 당신을 도울 수 없을까요? 내가 할 수 있는 말, 내가 할 수 있는 일은 없을까요?"

그 뒤 오랜 침묵이 흘렀다. 드디어 콘웨이가 말했다.

"한 가지 자네에게 묻고 싶은 것이 있네. 좀 주제넘는 일이라 어떨는지 모르겠지만."

"무슨 일이죠?"

"자넨 로첸을 사랑하는가?"

청년의 창백한 얼굴이 붉어졌다.

"네, 그렇습니다. 바보스럽고, 생각할 수 없는 일이라고 말씀하실 줄 믿습니다. 또 그것이 옳을지도 모릅니다. 하지만 저의 이 마음은 어찌 할 도리가 없습니다."

"바보 같은 노릇이라고는 전혀 생각지 않네."

지금까지 거듭해온 언쟁도 이제는 종말에 다다른 것 같았다. 콘웨이는 덧붙였다.

"나도 마찬가지로 내 기분을 어쩔 도리가 없네. 자네와 그녀는 내가 이 세상에서 제일 신경을 쓰고 있는 두 사람이라서 말이네. 이런 말을 하면 또 자넨 나를 이상하게 생각할지 모르겠지만."

그는 갑자기 일어서서 방 안을 이리저리 걷기 시작했다.

"이제는 하고 싶은 말을 다 한 것 같군. 안 그래?"

"네, 그렇습니다. 그녀가 젊지 않다니, 아닙니다, 그건 천하고 불쾌한 이야기예요. 콘웨이 씨, 그런 것을 믿으시면 안 됩니다. 너무나 엉터리예요. 사실 그것에 무슨 뜻이 있어요?"

맬린슨이 열띤 어조로 말했다.

"하지만 그녀가 정말 젊다는 걸 자넨 어떻게 알지?"

맬린슨은 반쯤 얼굴을 돌렸지만 그 얼굴은 수치심으로 달아오르고 있었다.

"어떻게고 뭐고, 알고 있으니까 그러지요. 당치도 않은 일이라고 생각하시겠지만, 저는 알고 있어요. 콘웨이 씨는 그녀를 잘 모르고 계신 것 같아요. 분명히 그녀는 겉으로는 냉정합니다. 이곳에서 살아서 따사로움을 잃게 되었나 봅니다. 그러나 그 따사로움은 아직 남아 있었습니다."

"송두리째 얼어붙지 않고?"

"네, 그렇게도 말할 수 있겠지요."

"그러니까 그녀가 젊다는… 맬린슨, 그토록 자신이 있나, 자네는?"

맬린슨은 온화하게 대답했다.

"물론입니다. 그녀는 처녀였어요. 그녀에게는 미안한 짓을 했다고 생각합니다만 우린 둘 다 정신없이 열중했던 것 같아요. 그리고 별로 수치스러운 일도 아니잖아요. 사실 이런 곳에서 일어나는 일치고는 오히려 고상한 일이라고 생각합니다."

콘웨이는 발코니로 나가서 카라칼의 눈부신 봉우리를 바라보았다. 달이 잔잔한 넓은 대양을 건너가고 있었다. 그는 현실과 최초로 직면했을 때, 모든 아름다운 것과 마찬가지로 하나의 꿈이 이미 사라져버린 것을 알았다. 세계 전체의 미래도, 청춘과 사랑의 저울에 달아볼 수 있다면 공기 정도의 무게밖에 되지 않는다는 것을 알았다. 그는 자신의 마음이 그것 자체의 세계, 샹그릴라의 축소판이라는 세계에 살고 있다는 것, 그리고 그 세계도 위기에 놓여 있다는 것도 알았다. 왜냐하면 아무리 자신이 분기해보아도 자신의 상상 세계의 회랑이 충격을 받아 비틀려나가는 광경이 보였기 때문이다. 누각은 붕괴되고 모든 것이 폐허로 화하려 하고 있었다. 그는 좀 불행할 뿐이었다. 그러나 한없는 그리고 서글픈 번잡함을 느끼고 있었다. 그는 과연 자기가 지금까지 미쳤다가 지금 제정신으로 돌아왔는지, 잠시 제정신이었던 것이 또다시 미친 상태로 돌아갔는지 알 수가 없었다.

그가 맬린슨 쪽으로 돌아섰을 때, 어딘가 달라져 있었다. 음성은 날카롭고 퉁명스러웠고 얼굴은 굳어져 있었다. 이전에 바스쿨에서 영웅이었던 바로 그 콘웨이였다. 행동에 대비하여 몸을 긴장시킨 그는 정색한 태도로 맬린슨에게 물었다.

"만일 내가 함께 간다면, 그 가파른 곳을 밧줄로 빠져나갈 수 있는가?"

맬린슨은 후다닥 앞으로 달려나가 목멘 소리로 말했다.

"콘웨이 씨! 당신도 가시는군요? 결국 결심을 하셨군요?"

콘웨이가 떠날 준비를 끝내자 곧 그들은 출발했다. 샹그릴라를 떠나는 것은 놀랄 만큼 간단하여 탈출이라기보다는 출발이었다. 달빛과 그림자가 줄무늬를 아로새기는 안마당을 지날 때에도 아무 일도 없었다. 아무도 살고 있지 않는 것 같다고 콘웨이는 생각했다. 그 아무도 없다는 생각은 곧 자신의 허무감으로 변했다. 맬린슨이 그동안 계속 여행 이야기만 늘어놓았지만 그의 귀에는 하나도 들어오지 않았다.

그 긴 언쟁의 결과가 이와 같은 행동으로 끝을 맺다니… 이 비경(秘境)의 성역이 일찍이 그곳에 그 같은 행복을 찾아낸 사람에게 버림을 받게끔 되었다니, 이 무슨 불가사의한 일인가! 이렇게 말하는 것은 한 시간도 채 못 되어 그들이 숨을 몰아쉬며 산길 모퉁이에 다다랐을 때, 거기서 샹그릴라를 마지막으로 보고 있었기 때문이다. 그들의 저 아득한 밑에는 "푸른 달" 골짜기가 한 조각의 구름같이 누워 있었다. 그리고 콘웨이에게는 여기저기 흩어져 있는 지붕이 안개를 통하여 흡사 떠도는 것처럼 어디까지나 자기 뒤를 따라오는 것같이 느껴졌다. 이제는 이별할 때가 왔다. 험난한 언덕길을 오르느라고 말을 못하던 맬린슨이 헐떡이며 말했다.

"아주 잘 되었습니다. 우리는… 자, 가십시다."

콘웨이는 웃었을 뿐 대답은 하지 않았다. 그는 이미 칼날 같은 절벽을 건너기 위해 밧줄 준비를 하고 있었다. 청년이 말했듯이 결심한 것은 사실이었다. 그러나 그것은 마음 한 구석에서 이루어진 것에 지나지 않았다. 그리고 지금 작은 활동적인 일부가 우위를 차지하고 다른 부분은 거의 견딜 수 없는 허무에 잠겨 있었다. 그는 두 개의 세계를 방황하는 방랑객이었고, 영원히 유랑하지 않으면 안 되었다. 그러나 우선 현재로서 더욱 깊어만 가는 마음의 공허 속에서 그가 느끼는 것은 맬린슨이 좋아서 그를 어떻게 해서라도 도와주지 않으면 안 된다는 것뿐이었다. 세상의 수백만 사람들과 같이 그도 또한 예지에서 벗어나 영웅이 될 운명이었던 것이다.

절벽 앞에서 맬린슨은 겁을 내었으나 콘웨이는 예전의 등산가 솜씨로 그를 도와 드디어 그 시련을 이겨냈을 때 서로 몸을 기대며 맬린슨의 담배를 나누어 피웠다.

"콘웨이, 정말 잘 해주셨습니다……. 내가 지금 어떻게 생각하고 있는지 추측은 하시리라 믿습니다만……. 어쨌든 너무 기뻐서… 도저히 말로는……."

"그렇게까지는 말할 것 없네."

얼마 동안 휴식을 취한 뒤, 다시 떠나기 직전에 맬린슨이 또 말을 계속했다.

"다만, 저는 기쁩니다… 저만을 위해서가 아니고 콘웨이 씨를 위해서도 그런 이야기가 전적으로 넌센스였다는 것을 알아주셔서 다행이라고 생각합니다……. 참다운 당신의 모습을 다시 볼 수가 있다니 얼마나 기막힌 일입니까."

"천만에."

콘웨이는 좀 씁쓸하게 말했지만 그것은 자기 자신을 남몰래 위로하기 위해서였다.

날이 새기 전에 두 사람은 분수령을 넘었다. 파수꾼이 있었는지 없었는지, 있었다 하여도 그들의 방해는 되지 않았다. 그 산길은 진정한 의미에서 적절히 감시되고 있었는지도 모른다고 생각했다. 드디어 그들은 휘몰아치는 광풍에 의해 땅이 깎이어 마치 뼈같이 되어버린 고원에 당도했다.

거기서 잠시 완만한 비탈길을 내려가니 인부들의 캠프가 눈에 띄었다. 모든 것은 맬린슨이 말한 대로였다. 모피와 양피옷을 입은 건강한 사나이들이 광풍 속에 웅크리고 두 사람을 기다리고 있었다. 거기서 동쪽으로 1천1백 마일 떨어진 중국과의 국경에 있는 타전부를 향해 곧 길을 떠나고 싶어 하고 있었다.

"콘웨이 씨도 우리와 함께 갑니다."

로첸을 본 맬린슨은 흥분하여 소리쳤다. 그녀가 영어를 모른다는 것을 그는 까맣게 잊고 있었다. 콘웨이가 통역을 하였다.

이 예쁘장한 만주 아가씨가 이런 빛나는 표정을 지은 적은 한 번도 없었다고 콘웨이는 생각했다. 그녀는 매력적인 미소를 보였지만, 그 시선은 맬린슨에게 향하고 있었다.

에필로그

내가 러더퍼드를 다시 만나게 된 것은 델리에서였다. 우리는 모두 총독의 만찬회에 초대를 받았는데, 좌석이 떨어져 있었고 의례상의 일도 있고 해서 둘이 같이 어울리게 된 것은 만찬회 후 터번을 두른 하인으로부터 모자를 받은 후였다. 그는 나에게 말했다.

"내가 있는 호텔에 가서 우리 한잔 하세."

우리는 택시를 잡아 타고 루티인즈*풍의 정물화 같은 건물과, 포근하고 가슴 설레는 영화를 보는 듯한 올드 델리가(街) 사이의 메마른 길을 몇 마일인가 달렸다.

나는 그가 카시가르에서 갓 돌아왔다는 기사를 신문에서 보았다. 하나에서 열까지 사실인 양 소문나는 사람이 있는데 그도 그런 사

---

* 영국의 건축가.

람 중의 한 사람이었다. 보통 휴가인데도 탐험을 떠났다는 소문이 났다. 본인은 될 수 있는 대로 기발한 짓은 않기로 주의하고 있었건만 세상 사람들은 그것을 알 리가 없었고, 그 역시 성급한 타인의 인상을 마음대로 활용해서 돈을 벌고 있는 점이 없지도 않았다.

가령 이번의 러더퍼드의 여행도 나에게는 신문이 떠드는 만큼 특별하게 획기적인 것으로는 보이지 않았다. 스타인*과 스벤 헤딘**을 기억하는 사람에게는 호우탄***이 매몰된 도시라는 것은 별로 새로운 것은 못 된다.

나는 그와 같은 것을 놀려댈 수 있을 만큼 그와는 친숙한 사이였다. 그는 웃으며 "글쎄, 사실을 그대로 말하면 더 재미있게 될 텐데" 하고 연막을 치는 것이었다.

우리는 그의 방에 들어가 위스키를 마셨다. 나는 기회를 보아 슬쩍 말을 꺼냈다.

"그럼 자넨 콘웨이를 찾아다녔다는 건가?"

그는 대답했다.

"찾아다니다니, 너무 과장인데. 유럽의 반쯤 되는 곳을 혼자 찾아다니다니? 내가 말할 수 있는 건 그와 만날 수 있을 곳이나, 그의 소식을 들을 만한 곳을 돌아다녀봤다는 것이야. 자네도 기억하고 있겠지만, 그가 남긴 마지막 편지에는 방콕에서 북서쪽으로 간다고 쓰여 있었어. 거기서 좀 깊숙이 들어간 곳까지는 그의 흔적이 있었

---

* 영국의 고고학자 겸 탐험가.

** 스웨덴의 지리학자.

*** 중국의 신강성의 오아시스 지대.

네. 내 생각으로는 그는 아마 원주민이 살고 있는 곳으로 들어갔다고 생각하네. 미얀마에는 가지 않았어. 거기 갔다가는 영국 관헌에게 체포될 테니 말이야. 어쨌든 뚜렷한 흔적은 시암의 북부 어느 곳에서 끊겼다는데, 나는 끝까지 추적할 생각은 없었네."

"그보다는 '푸른 달'을 찾는 편이 간단하겠다고 생각했군?"

"음, 훨씬 수월하리라 생각했지. 그런데 원고는 읽어봤나?"

"음, 자네에게 돌려보내야겠는데 주소를 몰라서 못 보냈네."

러더퍼드는 고개를 끄덕였다.

"그래, 어떻게 생각했지?"

"거창한 것이라고 생각되네… 물론 구구절절이 콘웨이의 말에 기인되어 만들어진 것이라고 가정하고 하는 말이네만."

"그 점은 안심하게나. 나의 창작은 절대로 개입되어 있지 않으니까. 나는 기억력이 좋고 또 콘웨이의 말에는 조리가 있어. 그걸 잊으면 곤란해. 우린 스물네 시간 동안 계속 이야기했네."

"그래? 하여간 거창한 것이야."

그는 의자 등받이에 몸을 기대고는 싱긋 웃었다.

"자네 말이 그것뿐이라면 나로서는 변명을 좀 해야 되겠네. 아마 자네는 내가 뭣이든 곧이곧대로 받아들이는 사나이라고 생각하겠지만, 나로서는 절대로 그렇게 생각하지 않네. 사람은 흔히 너무 믿다가 실수를 저지르는 수도 있지만, 그러나 또 너무 못 믿어도 재미없는 인생을 보내게 되는데, 나는 확실히 여러 면에서 콘웨이의 이야기에 심취되었네. 그래서 가능한 한 확인하고자 찾아다닐 마음이 들었던 것이야. 그를 만날 기회는 없다 하더라도 말일세."

그는 잎담배에 불을 붙이고는 말을 계속했다.

"말하자면 매우 기묘한 여행이 되었지마는, 원래 나는 여행이 즐거웠고 또 출판사에서도 때로는 여행기를 출판해야 했으니까 반대도 못했던 걸세. 아마 이삼천 마일은 걸었을 거야. 바스쿨, 방콕, 중강, 카시가르… 모조리 헤맸어. 그리고 그것들에 둘러싸인 지역의 어딘가에 그 수수께끼가 숨겨져 있었던 거야. 허나 너무나 방대한 지역이라 그 윤곽이라 할까, 수수께끼에 좀 닿을 정도로밖에 조사하지 못했어. 사실상 자네가 콘웨이의 모험에 절대적인 사실을 알고 싶다면 내가 확인한 바로는 그가 5월 20일 바스쿨을 출발, 10월 5일에 중강에 도착했다는 것밖에는 할 말이 없어. 그에 관한 그 외의 일은 모두가 개연성(蓋然性), 가능성, 추측, 신화, 전설… 등 아무렇게 불러도 좋겠지만 그런 것뿐이야."

"그럼, 티베트에서는 아무것도 발견하지 못했나?"

"사실은 나는 티베트에는 한 발도 들여놓지 못했어. 총독부 사람들이 승낙을 안 해주어서. 마치 에베레스트 탐험의 허가를 내주는 것과 똑같지 뭔가. 내가 혼자 쿤룬 부근을 찾아보겠다고 했더니 이 친구들, 간디의 전기라도 쓸 작정인가 하는 눈으로 나를 보지 않겠어. 사실은 그들이 나보다 더 잘 알고 있으니 말이지. 티베트를 산책한다는 것은 혼자서 할 일이 못 되네. 온갖 장비를 갖춘 탐험대와 티베트어를 조금이라도 할 줄 아는 사람이 따라가야만 한다네. 지금도 생각나네만, 콘웨이의 이야기를 들을 때, 나는 죽 생각하고 있었어… 왜, 인부를 기다려야만 되는가, 어째서 자기들만이 기세 좋게 출발을 못 했는가 말일세. 그 이유를 아는 데는 별로 시간이 걸리지 않았네. 총독부 사람들의 말 그대로였으니까. 정말이지 전 세계의 여권을 가졌다 해도 쿤룬 산맥을 넘지는 못했을 거야. 맑게 개인 날 멀리서 볼 수 있는 데까지는 실제로 가보았는데, 글쎄 오십 마일이나 떨어져 있었을까, 그 근처까지도 유럽 사람들 대부분은 올라가지를 못했다네."

"그만큼 험난한 곳인가?"

"지평선에 하얀 결빙(結氷) 상태로 보이는 그것뿐이래. 야르칸드나 카시가르 등에서 만나는 사람마다 그 산에 대해 물어봐도 전혀 모르더군. 아마 세계에서 사람이 제일 못 들어간 곳일 거야. 운 좋게 나는 그곳을 넘으려고 하던 미국인 여행자를 만났는데 도저히 산길을 찾을 수가 없었대. 그러나 분명히 길은 있어. 너무나 높고, 지도에도 기재되어 있지 않다는 말일세. 나는 그에게 콘웨이가 말하던 골짜기가 있겠느냐고 물었더니 부정은 못 하겠지만, 지질학적으로 볼 때 있을 것 같지 않다고 말하더군. 나는 또 히말라야 산맥의 제일 높은 산과 같은 높이의 원추형의 산 이야기를 들은 적이 있느냐고 물었지. 그 대답이 재미있더군. 그 산에 대한 전설이 있는데 그 자신은 근거 없는 것인 줄 알고 있다면서 또 에베레스트산보다 높은 산이 있다는 소문도 있지만, 자신은 믿지 않는다고 덧붙였어. '쿤룬 산맥이라 해도 이만 5천 피트 이상 되는 산봉우리가 있다고는 생각되지 않는다'라고 말일세. 그리고 그들은 그 산들이 정식으로 측량되지 않았다는 사실을 인정하더군.

그 후에 나는 티베트의 라마승의 사원에 대해 그가 알고 있는지를 물어보았지… 그는 여러 번 그곳에 갔었더군……. 그러나 많은 책에서 찾아볼 수 있는 평범한 이야기밖에 못 들었네. 아름다운 곳도 아니고, 승려들도 모두가 타락한 불결한 사람뿐이라고 하더군. '장수한 사람이 많던가요!' 하고 물었더니, 더러운 병에 걸리지 않는 한 장수하는 자가 많다고 하더군. 나는 곧 요점으로 들어가 승려들 간의 극단적인 장수에 관한 전설을 들었느냐고 물었지. '많이 들었어요. 그러나 확인할 수는 없었고 어느 불결한 사나이를 데려와서, 이 사람은 백 년간이나 독방에서 지냈다, 이런 식입니다. 그렇게도 보입니다만, 그렇다고 출생증명서를 보여달라고는 할 수 없으니까요' 하더군. 나는 더 나아가 수명을 연장하거나 젊음을 보존하는 비결 혹은 의학적인 방법을 그들이 간직하고 있느냐고 물어 보았더니, 그들은 기묘한 지식을 많이 간직하고 있는 듯하나 잘 조사해보니, 바로 인도 사람의 로프 요술 같은 것인데 무언가 있을 듯하나 아무도 그것을 본 사람은 없다는 식이더군. 그러나 라마승들은 몸을 뜻대로 조종하는 이상한 힘을 가지고 있는 듯하다고도 말했어. '나는 그들이 바람이 휘몰아치는 빙점 이하의 혹한 속에 알몸으로 얼어붙은 호숫가에서 좌선하는 것을 본 적이 있어요. 그리고 종들이 얼음을 깨고 물에 적신 천으로 승려의 몸을 감싸지요. 그들은 그것을 열 번 이상 반복하는데 라마승은 그것을 자신의 체온으로 말려버립니다. 의지의 힘으로 체온을 유지한다고 상상하지만, 그것만으로는 설명이 약하더군요.'"

러더퍼드는 한숨을 돌리고는 위스키를 또 한 잔 따랐다.

"그 미국인도 시인한 것이지만 그런 것은 모두 장수하고는 아무런 관련이 없는 것일세. 다만 라마승들이 자기 단련에 있어 음산한 취미가 있다는 것뿐이네……. 글쎄, 이 정도인데 이 정도로는 먹이를 앞에 놓고 못 먹는 개의 심정이라고 생각하겠지, 자넨?"

확실히 그것만 가지고는 직성이 안 풀린다고 말하고, 그 미국인은 "카라칼"이나 "샹그릴라" 같은 이름에 대해서 아는 게 없었냐고 물었다.

"전혀 없었어. 물어는 보았지만, 내가 질문을 계속한 후, 그는 이렇게 말했어. '솔직히 말해서 나는 그 사원이라는 걸 별로 좋아하지 않아요. 사실 나는 한 번 티베트에서 만난 승려에게 말한 적이 있어요. 만일 내가 길을 벗어나는 일이 있다 해도 그건 사원을 찾기 위해서가 아니라 피하기 위해서라고 말이죠.' 우연히 나온 그의 말 때문에 난 문득 기묘한 생각을 품고 그 승려를 티베트에서 만난 것이 언제였느냐고 물었지. '오래된 일입니다' 하지 않겠어. '전쟁 전인데 1911년이었다고 생각해요.' 내가 더 꼬치꼬치 캐물었더니 그는 기억하고 있는 것을 모두 말해주더군. 당시 그는 미국의 어느 지질학회를 위해 몇 명의 동료와 인부들과 같이 그 방면을 여행하고 있었는데 탐험대로서는 일류였다네. 그는 그 승려를 쿤룬 산맥 부근에서 만났는데 그 사람은 중국인이었고 원주민이 메고 있는 의자에 앉아 있었대. 그는 능란한 영어로 그 부근에 있는 자기들의 라마 사원을 꼭 찾아달라고 전하고 길 안내도 자청했지만, 미국인은 시간도 없고 흥미도 없어서 그것으로 끝냈다는 말일세."

러더퍼드는 잠시 후에 말을 계속했다.

"이 사건에 나는 그다지 큰 의미를 갖게 할 마음은 없네. 이십 년 전에 일어난 우연한 일을 회상한 것이니까. 너무 기대를 걸 것은 못

되거든. 그래도 좀 생각할 만한 일이 아닌가."

"응, 그래도 그 탐험대가 그 청을 받아들였다면, 그들을 억지로 붙들어둘 수가 있었을까, 사원 측은?"

"아마, 불가능했을 걸세. 거기는 샹그릴라가 아니었는지도 모르고."

그 일에 대하여 우리는 여러모로 생각해보았으나, 의논을 하기에는 너무나 막연한 것 같았다. 그래서 나는 바스쿨에서 무언가 발견했느냐고 물었다.

"바스쿨에서도, 페샤와르에서도 불가능했어. 그 비행기 납치사건이 사실이었다는 것 외에는 아무것도 모르고 있단 말이야. 더구나 그들은 그것조차 자진해서 인정한 게 아니었다네. 뭐라 해도 별로 자랑할 만한 이야기는 아니니까."

"비행기의 그 후 소식은?"

"소식도, 소문도, 네 명의 승객에 대해서도 아무것도 못 들었어. 허나 그 비행기가 그 산맥을 넘을 만한 성능을 가졌다는 것은 확인했네. 또 그 바너드라는 사나이의 내력도 알아보았는데, 정말 굉장한 수수께끼의 사나이라서, 콘웨이가 말한 대로 챌머스 브라이언트였다 하더라도 전혀 놀랄 게 없을 사람이었어. 모두들 소란을 피우고 찾고 있는 판에 감쪽같이 없어졌다는 데는 진정 놀랐어."

"그 비행사에 대해서는 좀 탐색해봤나?"

"탐색해보았지만, 알 수 없었어. 이때 얻어맞고 옷을 뺏긴 사람은 그 후 전사를 했으니, 기대하던 수사망이 끊겨버렸어. 나는 항공학교를 경영하고 있는 미국의 친구에게 편지를 보내어 최근 티베트인

학생을 가르친 일이 있었느냐고 문의했더니, 답장은 즉시 왔네만 중국인과 티베트인은 구별할 수가 없다는군. 중국인은 약 쉰 명 정도 가르쳤대. 모두가 일본과 싸우기 위한 훈련이라네. 그렇다면 가망은 없지 않나. 그러나 한 가지 기묘한 것을 발견했지. 그것은 런던을 떠나지 않고 쉽게 발견했는데, 지난 세기 중엽에 예나대학의 독일인 교수가 세계 일주 여행을 떠나 1887년 티베트를 방문한 적이 있는데, 다시 돌아오지 않았다네. 어느 강을 건너려다 익사했다는 소문인데, 그의 이름이 프리드리히 마이스터라는군."

"아니, 그 이름은 콘웨이가 말한 이름 중 하나가 아냐, 그건!"

"그러니 말이야, 우연의 일치인지는 모르지만 그 예나대학의 교수는 1845년 태생이니까, 반드시 이야기 전체를 증명할 수는 없어. 그렇게 흥분할 건 못 되네."

그래서 나는 말했다.

"그렇다 해도 좀 이상한데."

"그래, 무척 이상한 이야기지."

"다른 사람들에 대해서는?"

"아니, 유감스럽게도 뭔가 찾아내려 해도 명부가 불충분하니 말이야. 브리악이라는 쇼팽의 제자에 대해서는 아무런 기록도 못 찾았네. 그렇다고 그 사람을 가공 인물이라고도 할 수 없네만. 생각해 보면 콘웨이는 사람 이름을 많이 말하지는 않았어. 그 사원에 있었다는 기묘한 라마승 중에서 한두 사람을 들었을 뿐이야. 그리고 페로나 헨셀도 역시 알아보질 못했어."

"맬린슨은?" 하고 나는 물었다. "그는 어찌 되었지? 또 그 아가씨는? 중국인 말이야."

"물론이지, 그러나 자네도 그 원고를 읽고 추측하겠지만 곤란한 점은 콘웨이의 이야기가 인부들과 계곡을 떠난 순간에서 끝나고 있거든. 그 후에는 무슨 일이 있었는지, 말을 하기 싫었는지, 아니면 할 수 없었는지……. 아마 시간이 있으면 말해주었겠지만. 나는 무슨 비극이 있었지 않나 하고 생각하네만. 인부들 간의 약탈, 혹은 모방 행위의 위험은 제쳐놓는다 해도 그 후부터의 고난은 소름 끼치는 일일 테니까. 도대체 무슨 일이 있었는지 알 수가 없지만, 맬린슨이 중국에 도착하지 못한 것은 확실해. 나는 정신없이 찾아다녔네. 나는 먼저 티베트 주변을 넘어 대량으로 운반되는 서적과 물자의 출처를 상세히 조사해보았으나 상하이나 페이핑 같은, 알 만한 고장에서도 아무런 정보도 얻지를 못했어. 물론 이 점에는 그다지 중요한 뜻은 없다고 생각하네만. 왜냐하면 라마승들은 분명히 반입 방법을 비밀로 하고 있으니까. 다음에 나는 타전부(打箭府)에 가보았지. 그곳은 세계 끝에 있는 시장 도시여서 무시무시한 곳인데, 거기까지 가는 데 고생은 말도 말게나. 윈난성에서 오는 중국 노동자들이 지고 온 차(茶)를 티베트인에게 넘겨주는 곳인데, 그건 새로 출판되는 내 책을 보면 알 것이고, 거기까지 가는 유럽 사람은 거의 없어. 주민들은 무식하지 않고 예의도 바르지만 콘웨이 일행이 도착했다는 기록은 전혀 없었어."

"그렇다면 콘웨이 자신은 어떻게 중강(中江)에 도착했느냐는 것도 여전히 모르는 셈이군."

"유일한 결론은 그냥 헤매다가 그곳에 들어가게 됐다는 것이겠지. 다른 고장을 헤매다 들어간 것과 마찬가지로. 아무튼 이야기가 중강으로 온다면 우리로서는 견고한 사실의 영역으로 되돌아왔다 할 수 있으니까 굉장한 일이지. 교회 병원의 수녀들도 틀림없이 실재하고 있었으니까, 그 점에서는 콘웨이가 배 안에서 의사(擬似) 쇼팽 곡을 쳤을 때에 지페킹이 감동했던 것과 같은 일일세."

러더퍼드는 잠시 침묵 후에 깊은 생각에 잠기며 말을 계속했다.

"사실 이것은 개연성이 있느냐 없느냐는 문제인데, 눈금이 어느 쪽으로도 기울어주질 않는단 말이야. 콘웨이의 말을 받아들일 수 없다면, 물론 그의 신빙성 또는 정상성을 의심하고 들어야 한다는 것일세. 분명히 말해버린다면 말이야."

그는 나의 의견을 듣고 싶은 듯이 보였다. 그래서 나는 말했다.

"자네도 알다시피 전후 한 번도 그를 만나지 못했네. 그러나 전쟁 바람에 사람이 많이 변한 것 같네."

러더퍼드가 대답했다.

"음, 분명히 변했어. 그것은 부정 못 하네. 그러나 한 청년을 이 년간 육체적으로, 감정적으로 극도로 긴박한 상태에 놓아두고 무사하기를 바란다는 건 무리한 이야기지. 하기야 긁힌 자국 하나 없지 않았느냐는 친구도 있겠지. 그러나 상처는 마음속에 받고 있었던 것일세."

우리는 잠시 전쟁 이야기와 그것이 많은 사람에게 미친 영향 등에 대해 이야기했다. 그는 말을 계속했다.

"또 한 가지 말해둘 것이 있어. 이것이 아마 어떤 의미에서는 가장 기묘한 일일지도 몰라. 내가 그 교회 병원에서 많은 것을 물었을 때에 나온 이야긴데, 수녀들은 될 수 있는 대로 친절하게 대답해주었지만 기억을 잘 하지 못하더군. 더구나 당시에는 전염병이 유행하여 쩔쩔매고 있었으니까 말할 것도 없지. 나는 우선 콘웨이가 병원에 당도했을 때의 모습을 물어보았어. 자기 혼자서 왔던가, 아니면 병이 나서 누군가가 데리고 왔던가 하고 말이야. 그러나 모두 정확히 모르고 있더군. 글쎄 오래전의 이야기니까. 그래서 체념하려 할 때 한 수녀가, '아, 그분은 여자가 데리고 왔었다고 의사 선생님이 말씀하셨던 것 같아요' 하고 말했어. 그녀는 자세히는 모르고 그 의사도 다른 곳으로 이동하여 그곳에서는 더 확인할 수가 없었네.

하지만 거기까지 간 이상, 나로서도 단념할 수가 없었네. 그 의사가 상하이의 큰 병원으로 전근했다기에 나는 그분을 찾아갔지. 바로 일본군이 폭격한 직후라 그야말로 모든 것이 참담한 광경이었어. 그분은 전에 내가 중강에 갔을 때 한 번 뵌 적이 있어서, 아주 친절하게 대해주더군. 문자 그대로 굉장히 눈코 뜰 새 없이 바빴어. 왜냐하면 일본군이 상하이에 퍼부은 폭격은 독일군의 런던 공습과는 비교도 안 되는 것이었네. 그런데 그는 기억상실증의 영국인 환자를 기억하고 있더군. 병원에 그를 여자가 데려왔다는 게 사실이냐고 물었더니, '네, 분명히 한 여자가 데려왔습니다. 중국인 여자였어요' 하더군. '그럼, 그녀에 대하여 기억나는 것이 있습니까' 하고 다그쳐 물었더니 '아니, 아무것도……. 그녀 자신도 열병에 걸려 있어서 병원에 도착한 후 곧 사망했습니다' 하더군. 바로 이때 방해물이 들이닥쳤지. 부상자가 여러 명 운반되어 복도에서 들것 위에 뉘어진 거야. 워낙 병동이 만원이니까. 그러니 내가 더는 그의 시간을 뺏을 수 없어서, 특히 우성 방면에서 들려오는 총소리를 들으니 그가 더욱 바빠질 것만 같았고……. 그래서 그분이 그 수라장 속에서도 온화한 표정을 짓고 돌아왔을 때, 마지막 질문을 했지. 어떤 질문이었는지, 자네도 짐작이 가겠지. '그 중국인 여자 말입니다, 젊었습니까?'"

러더퍼드는 그 이야기에 대하여, 나에게 기대하는 정도의 흥분을 자기 자신도 느끼고 있는 듯 초조하게 시가의 재를 손가락으로 털었다. 그리고 말을 계속하였다.

"그랬더니 그 자그마한 의사는 잠시 엄숙한 표정으로 나를 바라보더니, 곧 교양 있는 중국인에게서 흔히 볼 수 있는 좀 이상하게 짧게 발음하는 영어로 대답했어. '아니, 아니, 굉장히 나이 많은 노인이었어요. 지금까지 내가 보아온 사람 중에서 제일 나이 많은 노인이었어요.'"

우리는 오랫동안 말없이 앉아 있었다. 그리고 또다시 콘웨이에 대한 이야기를 나누었다. 나의 뇌리에 박힌 그 젊은이다운 다재다능한 매력에 넘친 그의 모습이 되살아났다. 이야기는 그를 변질시킨 전쟁에 대하여, 또 세월과 나이와 인간의 마음에 깃드는 수많은 수수께끼에 대하여, '굉장히 나이 많은 노인'이었던 그 예쁘장한 만주 아가씨에 대하여, 그리고 "푸른 달"의 불가사의한 궁극의 꿈에 대하여 펼쳐나갔다.

"그 꿈을 그가 찾아낼 것이라고 자네는 생각하나?" 하고 나는 물었다.

작품 해설

제임스 힐턴(James Hilton, 1900~1954년)은 영국 랭카셔 주에서 교사의 아들로 태어났다.

그는 케임브리지대학을 나온 준재였다. 이미 재학 당시에 처녀작《캐서린 자신》을 발표하고,《맨체스터 가디안》지 및《아일리시 인디펜던트》지에 문예 평론을 써서 일찍부터 그 재능을 인정받았다. 무엇보다 그가 작가의 명성을 굳힌 작품은《굿바이 미스터 칩스》였으며, 대표작으로는《폭풍의 길》(1922),《다감한 해》(1924),《고교 살인 사건》(1931),《갑옷 없는 기사(騎士)》(1931),《잃어버린 지평선》(1933) 등이었다.

《잃어버린 지평선》은 출판이 되자마자 선풍적인 인기를 불러일으키고, 영화로 제작되는 등, 그야말로 요란한 명성이 작가에게 찾아왔던 것이다. 그 후 영국에서 가장 권위 있는 상이라고 할 수 있는 호손덴상이 수여되고 명실공히 힐턴에게는 행운이 빗발치듯 찾아왔다. 그때 힐턴은 34세의 젊은 나이였다.

이처럼 작가에게 화려한 행운을 안겨준 당시 미국 문학계는 헤밍웨이, 피츠제럴드, 포크너와 같은 쟁쟁한 작가들이 군림하고 있을 무렵이었다. 그런데도 그들의 "잃어버린 세대(Lost Generation)"의 문학 세계와는 아주 대조적인 작품 세계를 보여준 영국 작가를 이토록 절찬하고 열렬하게 환영했다는 사실은 비단 미국적인 호기심의 정신 풍토에서만 그 원인을 찾을 것이 아니라, 이 작품이 지니고 있는 특색과 매력에 우리는 눈을 돌려야만 할 것 같다.

한마디로 말해서 《잃어버린 지평선》이 지닌 특색은 다음 작품 《굿바이 미스터 칩스》와 마찬가지로 그의 독특한 유머와 페이소스, 그리고 풍부한 구상, 깊은 서정성에 있다고 할 수 있다. 게다가 이 작품이 지닌 또 하나의 매력은 추리소설풍의 수법이다. 자칫하면 평범하고 따분해지는 소설 세계에 신비로운 베일을 씌우고, 작품의 주인공에게 원근법의 수법을 가미하여, 한없는 수수께끼와 여운을 남기게 하였다는 점이다. 결국 이 소설은 유토피아적인 계열에 서 있는, 즉 인간에게 무언가 암시와 예언적인 시사(示唆)를 하고 있는 작품이라고 말하고 싶다.

작품에 묘사되는 히말라야 산중의 비경(秘境) "샹그릴라"는 충족된 평화의 이상향(理想鄕)을 일컫는 이름으로서 일반 영어사전에 채택될 만큼 유명하게 되었다.

주인공 콘웨이는 바스쿨의 영국 영사관에 10년이나 근속한 37세의 유능한 외교관이다. 1931년 5월, 바스쿨의 토착민들이 폭동을 일으키자, 그는 최후까지 그곳에 머무르면서 백인을 슬기롭게 피난시킨다. 그는 그 후 비행기로 바스쿨을 떠났다고 전해졌으나, 곧 소식이 끊기고 만다.

몇 개월 후, 그의 옛 동창 러더퍼드는 그가 극도의 피로와 기억상실증 때문에 병원에 있다는 것을 알게 된다. 차츰 되살아나는 기억을 더듬어가며 이야기하는 그의 체험담이 이 작품의 줄거리가 되는 동시에, 독자까지도 이상한 몽환의 세계로 납치해가는 듯한 착각마저 일으키게 한다.

콘웨이가 바스쿨을 떠났을 때, 비행기에 동승한 인물, 즉 선교사 브린클로 여사, 영사관원 맬린슨 대위, 미국인 바너드 등이 주요 등장인물이다. 이 인물들의 성격 묘사도 그토록 윤곽과 특색이 뚜렷할 수가 없다. 비행기가 이륙한 지 두 시간가량 지난 후 맬린슨은 비행기가 예정된 목적지로 향하고 있지 않다는 것을 간파한다. 조종사가 탑승자 네 사람을 인질로 해서 적에게 넘겨주려는 음모가 있었던 것 같다. 토착민에 의해서 감시되고 있는 급유소에서 연료를 보급한 후 다시 비행을 시작한 비행기의 진로와 조종사의 태도는 더 한층 아리송해질 뿐이다. 자정이 지난 후, 비행기는 하마터면 산악 지대에 충돌할 뻔했다가 간신히 히말라야 산중처럼 보이는 곳에 불시착하게 된다. 부상한 조종사는 아침에 "샹그릴라"라고 하는 라마 사원에 대해서 중얼거리며 숨을 거둔다. 네 사람이 그 사원을 찾아나선 후, 곧 산중에서 몇 사람과 마주치게 된다. 그중 한 사람은 중국인이며, 영어를 유창하게 한다. 그들의 안내로 저녁 무렵 라마 사원에 당도한다. 라마 사원의 현대적 시설, 난방 시설, 수도, 식사, 도서실, 음악실 등은 그들을 또 한 번 놀라게 하고, 여우에 홀린 사람처럼 만들어버린다.

네 사람은 호화로운 객실에 안내되어 융숭한 대접을 받는다. 콘웨이는 이윽고 라마 사원의 승정과 면회를 허락받고 그로부터 세상에 다시 없는 불가사의한 이야기를 듣게 된다.

1734년에 가톨릭의 페로 신부가 산길에서 길을 잃고, 이곳 라마 사원에 당도했다가 마침내 개종해버리고 스스로 만든 불로(不老)의 영약(靈藥)과 산악 지대의 정기를 마셔 1789년 90세의 나이로 라마교의 교두(敎頭)가 되었다. 또한 1808년에는 유럽인이 이곳에 찾아들었고 그 후에도 이곳을 찾아든 유럽인, 아시아인이 있었으나 누구 하나 이곳을 떠나려고 하지 않았다. 쇼팽의 제자인 프랑스의 음악가도 있었고 65세이면서도 소녀 같은 중국 여성이 있었다. 세계 대전이 곧 일어나서 서양 문명은 멸망하지만, 이 "샹그릴라"가 신세계의 중심이 된다는 것이 라마 교두의 교조이다. 라마교식 한국판《정감록》이라고나 할까.

콘웨이는 다른 세 사람에게 교두의 이야기를 전하지 않았다. 교두는 죽음을 앞에 둔 자신의 후계자가 되어주기를 콘웨이에게 부탁한다. 세계 문화를 보호하는 책임을 맡아달라고 간청한다. 이 회담 중 라마 교두는 쓰러지고, 2백 50세의 생애를 마친다.

맬린슨은 중국 아가씨가 65세인 줄도 모르고 함께 샹그릴라를 탈출하려고 시도한다. 콘웨이는 샹그릴라에 미련을 느끼면서도 두 사람의 신변 안전에 책임을 느끼고, 인부를 고용해서 탈출했으나 의식을 잃고 병원에 입원한 몸이 되어 있다.

이상이 기억을 회복한 콘웨이의 체험담이다. 콘웨이를 병원에 데려온 것은 중국인 노파라는 것을 알고 러더퍼드는 그의 말을 믿으려고 한다. 콘웨이는 이윽고 병원에서 종적을 감추고 만다. 러더퍼드는 그가 다시 "샹그릴라"의 이상향에 무사히 안착하기를 마음속으로 빈다.

작가 힐턴뿐만 아니라 독자나 일반 사람 모두가 세계 평화와 세계 문화의 수호자가 되어야 한다는 것이 이 작품을 읽고 난 후의 결론이 아닐까 생각한다.

옮긴이

제임스 힐턴 연보

1990년 영국 랭커셔주에서 태어났다.

1920년 케임브리지대학교 재학 중 첫 소설《캐서린 자신(*Catherine Herself*)》을 발표했다. 이후 언론사에서 경력을 쌓았다.

1931년 《그리고 이제 안녕(*And Now Goodbye*)》을 출간해 성공을 거두었고 전업 작가로 활동하기 시작했다.

1933년 대표작《잃어버린 지평선》이 출간되었다. 이 작품으로 호손덴상을 받았고 큰 인기를 끌었다. 작품에 나오는 '샹그릴라'라는 가상의 지명은 이상향을 의미하는 신조어로 자리 잡았다.

1934년 《굿바이, 미스터 칩스(*Goodbye, Mr Chips*)가 출간되었다. 이 작품은 상업적으로 엄청난 성공을 거두어 두 편의 장편 영화와 텔레비전 프로그램으로 각색되었다.

1938년 미국 캘리포니아로 이사했다.《굿바이, 미스터 칩스》의 후

속작 격인《당신에게, 미스터 칩스(*To you, Mr Chips*)》를 출간했다.

1941년 1차 세계대전 발발 직후를 배경으로 하는《무작위 수확(*Random Harvest*)》이 출간되었다. 이 작품 역시 큰 성공을 거두어 그해 베스트셀러 2위를 기록했다. 1942년에 이 작품을 원작으로 한 영화가 제작되었고, 아카데미상 후보에 올랐다.

1942년 영화 〈미니버 부인〉의 각본에 참여했다. 이 영화는 6개 부문에서 아카데미상을 받았다.

1948년 1948년부터 1952년까지 CBS 라디오 프로그램을 진행했다.

1953년 마지막 소설《시간은 또다시(*Time and Time Again*)》를 발표했다.

1954년 캘리포니아 롱비치의 자택에서 간암으로 사망했다.

옮긴이 **이경식**

연세대학교 문리대 영문과와 동 대학원을 졸업하고, 동아대학교 부교수와 한성대 교수를 지냈다. 번역서로 에리히 프롬의 《잃어버린 언어》, 콜린 윌슨의 《문학과 상상력》, 워렌의 《천사의 무리》, 어니스트 헤밍웨이의 《노인과 바다》, 웨이드 레의 《현대 예술의 운명》 외 다수가 있다.

잃어버린 지평선

1판 1쇄 발행 1979년 1월 30일
3판 1쇄 발행 2025년 2월 20일

지은이 제임스 힐턴 | **옮긴이** 이경식
펴낸곳 (주)문예출판사 | **펴낸이** 전준배
출판등록 2004. 02. 11. 제 2013-000357호 (1966. 12. 2. 제 1-134호)
주 소 04001 서울특별시 마포구 월드컵북로 21
전 화 02-393-5681 | **팩 스** 02-393-5685
홈페이지 www.moonye.com | **블로그** blog.naver.com/imoonye
페이스북 www.facebook.com/moonyepublishing | **이메일** info@moonye.com

ISBN 978-89-310-2449-4 04800
ISBN 978-89-310-2365-7 (세트)

■ 문예세계문학선

★ 서울대, 연세대, 고려대 필독 권장 도서 ▲ 미국대학위원회 추천 도서
● 《타임》 선정 현대 100대 영문 소설 ▽ 《뉴스위크》 선정 세계 100대 명저

1 **젊은 베르테르의 슬픔** 괴테 / 송영택 옮김
▽ 2 **멋진 신세계** 올더스 헉슬리 / 이덕형 옮김
▽ 3 **호밀밭의 파수꾼** J. D. 샐린저 / 이덕형 옮김
4 **데미안** 헤르만 헤세 / 구기성 옮김
5 **생의 한가운데** 루이제 린저 / 전혜린 옮김
6 **대지** 펄 S. 벅 / 안정효 옮김
▽ 7 **1984** 조지 오웰 / 김승욱 옮김
▽ 8 **위대한 개츠비** F. 스콧 피츠제럴드 / 송무 옮김
▽ 9 **파리대왕** 윌리엄 골딩 / 이덕형 옮김
10 **삼십세** 잉게보르크 바흐만 / 차경아 옮김
▲ 11 **오이디푸스왕 · 안티고네** 소포클레스 · 아이스킬로스 / 천병희 옮김
▲ 12 **주홍글씨** 너새니얼 호손 / 조승국 옮김
▽ 13 **동물농장** 조지 오웰 / 김승욱 옮김
★ 14 **마음** 나쓰메 소세키 / 오유리 옮김
★ 15 **아Q정전 · 광인일기** 루쉰 / 정석원 옮김
16 **개선문** 레마르크 / 송영택 옮김
★ 17 **구토** 장 폴 사르트르 / 방곤 옮김
18 **노인과 바다** 어니스트 헤밍웨이 / 이경식 옮김
19 **좁은 문** 앙드레 지드 / 오현우 옮김
▲ 20 **변신 · 시골 의사** 프란츠 카프카 / 이덕형 옮김
▲ 21 **이방인** 알베르 카뮈 / 이휘영 옮김
22 **지하생활자의 수기** 도스토옙스키 / 이동현 옮김
★ 23 **설국** 가와바타 야스나리 / 장경룡 옮김
▲ 24 **이반 데니소비치의 하루** A. 솔제니친 / 이동현 옮김
25 **더블린 사람들** 제임스 조이스 / 김병철 옮김
★ 26 **여자의 일생** 기 드 모파상 / 신인영 옮김
27 **달과 6펜스** 서머싯 몸 / 안흥규 옮김
28 **지옥** 앙리 바르뷔스 / 오현우 옮김
▲ 29 **젊은 예술가의 초상** 제임스 조이스 / 여석기 옮김
▲ 30 **검은 고양이** 애드거 앨런 포 / 김기철 옮김
★ 31 **도련님** 나쓰메 소세키 / 오유리 옮김
32 **우리 시대의 아이** 외된 폰 호르바트 / 조경수 옮김
33 **잃어버린 지평선** 제임스 힐턴 / 이경식 옮김
34 **지상의 양식** 앙드레 지드 / 김붕구 옮김
35 **체호프 단편선** 안톤 체호프 / 김학수 옮김
36 **인간 실격** 다자이 오사무 / 오유리 옮김
37 **위기의 여자** 시몬 드 보부아르 / 손장순 옮김
●▽ 38 **댈러웨이 부인** 버지니아 울프 / 나영균 옮김
39 **인간희극** 윌리엄 사로얀 / 안정효 옮김
40 **오 헨리 단편선** O. 헨리 / 이성호 옮김
★ 41 **말테의 수기** R. M. 릴케 / 박환덕 옮김
42 **파비안** 에리히 케스트너 / 전혜린 옮김
★▲▽ 43 **햄릿** 윌리엄 셰익스피어 / 여석기 옮김
44 **바라바** 페르 라게르크비스트 / 한영환 옮김
45 **토니오 크뢰거** 토마스 만 / 강두식 옮김
46 **첫사랑** 이반 투르게네프 / 김학수 옮김
47 **제3의 사나이** 그레이엄 그린 / 안흥규 옮김
★▲▽ 48 **어둠의 속** 조셉 콘래드 / 이덕형 옮김
49 **싯다르타** 헤르만 헤세 / 차경아 옮김
50 **모파상 단편선** 기 드 모파상 / 김동현 · 김사행 옮김
51 **찰스 램 수필선** 찰스 램 / 김기철 옮김
★▲▽ 52 **보바리 부인** 귀스타브 플로베르 / 민희식 옮김
53 **페터 카멘친트** 헤르만 헤세 / 박종서 옮김
★ 54 **몽테뉴 수상록** 몽테뉴 / 손우성 옮김
55 **알퐁스 도데 단편선** 알퐁스 도데 / 김사행 옮김
56 **베이컨 수필집** 프랜시스 베이컨 / 김길중 옮김
★▲ 57 **인형의 집** 헨리크 입센 / 안동민 옮김
★ 58 **소송** 프란츠 카프카 / 김현성 옮김
★▲ 59 **테스** 토마스 하디 / 이종구 옮김
★▽ 60 **리어왕** 윌리엄 셰익스피어 / 이종구 옮김
61 **라쇼몽** 아쿠타가와 류노스케 / 김영식 옮김
▲▽ 62 **프랑켄슈타인** 메리 셸리 / 임종기 옮김
▲●▽ 63 **등대로** 버지니아 울프 / 이숙자 옮김
64 **명상록** 마르쿠스 아우렐리우스 / 이덕형 옮김
65 **가든 파티** 캐서린 맨스필드 / 이덕형 옮김
66 **투명인간** H. G. 웰스 / 임종기 옮김
67 **게르트루트** 헤르만 헤세 / 송영택 옮김
68 **피가로의 결혼** 보마르셰 / 민희식 옮김

(뒷면 계속)

★ 69 **팡세** 블레즈 파스칼 / 하동훈 옮김
70 **한국 단편 소설선** 김동인 외
71 **지킬 박사와 하이드** 로버트 L. 스티븐슨 / 김세미 옮김
▲ 72 **밤으로의 긴 여로** 유진 오닐 / 박윤정 옮김
★▲▽ 73 **허클베리 핀의 모험** 마크 트웨인 / 이덕형 옮김
74 **이선 프롬** 이디스 워튼 / 손영미 옮김
75 **크리스마스 캐럴** 찰스 디킨슨 / 김세미 옮김
★▲ 76 **파우스트** 요한 볼프강 폰 괴테 / 정경석 옮김
▲ 77 **야성의 부름** 잭 런던 / 임종기 옮김
★▲ 78 **고도를 기다리며** 사뮈엘 베케트 / 홍복유 옮김
★▲▽ 79 **걸리버 여행기** 조너선 스위프트 / 박용수 옮김
80 **톰 소여의 모험** 마크 트웨인 / 이덕형 옮김
★▲▽ 81 **오만과 편견** 제인 오스틴 / 박용수 옮김
★▽ 82 **오셀로 · 템페스트** 윌리엄 셰익스피어 / 오화섭 옮김
★ 83 **맥베스** 윌리엄 셰익스피어 / 이종구 옮김
▽ 84 **순수의 시대** 이디스 워튼 / 이미선 옮김
★ 85 **차라투스트라는 이렇게 말했다** 니체 / 황문수 옮김
★ 86 **그리스 로마 신화** 에디스 해밀턴 / 장왕록 옮김
87 **모로 박사의 섬** H. G. 웰스 / 한동훈 옮김
88 **유토피아** 토머스 모어 / 김남우 옮김
★▲ 89 **로빈슨 크루소** 대니얼 디포 / 이덕형 옮김
90 **자기만의 방** 버지니아 울프 / 정윤조 옮김
▲ 91 **월든** 헨리 D. 소로 / 이덕형 옮김
92 **나는 고양이로소이다** 나쓰메 소세키 / 김영식 옮김
★ 93 **폭풍의 언덕** 에밀리 브론테 / 이덕형 옮김
★▲ 94 **스완네 쪽으로** 마르셀 프루스트 / 김인환 옮김
★ 95 **이솝 우화** 이솝 / 이덕형 옮김
★ 96 **페스트** 알베르 카뮈 / 이휘영 옮김
▲ 97 **도리언 그레이의 초상** 오스카 와일드 / 임종기 옮김
98 **기러기** 모리 오가이 / 김영식 옮김
★▲ 99 **제인 에어 1** 샬럿 브론테 / 이덕형 옮김
★▲100 **제인 에어 2** 샬럿 브론테 / 이덕형 옮김
101 **방황** 루쉰 / 정석원 옮김
102 **타임머신** H. G. 웰스 / 임종기 옮김
●103 **보이지 않는 인간 1** 랠프 엘리슨 / 송무 옮김
●104 **보이지 않는 인간 2** 랠프 엘리슨 / 송무 옮김
▲105 **훌륭한 군인** 포드 매덕스 포드 / 손영미 옮김
106 **수레바퀴 아래서** 헤르만 헤세 / 송영택 옮김
▲107 **죄와 벌 1** 표도르 도스토옙스키 / 김학수 옮김
▲108 **죄와 벌 2** 표도르 도스토옙스키 / 김학수 옮김
109 **밤의 노예** 미셸 오스트 / 이재형 옮김
110 **바다여 바다여 1** 아이리스 머독 / 안정효 옮김
111 **바다여 바다여 2** 아이리스 머독 / 안정효 옮김
112 **부활 1** 레프 톨스토이 / 김학수 옮김
113 **부활 2** 레프 톨스토이 / 김학수 옮김
▲●114 **그들의 눈은 신을 보고 있었다**
조라 닐 허스턴 / 이미선 옮김
115 **약속** 프리드리히 뒤렌마트 / 차경아 옮김
116 **제니의 초상** 로버트 네이선 / 이덕희 옮김
117 **트로일러스와 크리세이드**
제프리 초서 / 김영남 옮김
118 **사람은 무엇으로 사는가**
레프 톨스토이 / 이순영 옮김
119 **전락** 알베르 카뮈 / 이휘영 옮김
120 **독일인의 사랑** 막스 뮐러 / 차경아 옮김
121 **릴케 단편선** R. M. 릴케 / 송영택 옮김
122 **이반 일리치의 죽음** 레프 톨스토이 / 이순영 옮
123 **판사와 형리** F. 뒤렌마트 / 차경아 옮김
124 **보트 위의 세 남자** 제롬 K. 제롬 / 김이선 옮김
125 **자전거를 탄 세 남자** 제롬 K. 제롬 / 김이선 옮
126 **사랑하는 하느님 이야기** R. M. 릴케 / 송영택 옮
127 **그리스인 조르바** 니코스 카잔차키스 / 이재형 옮
128 **여자 없는 남자들** 어니스트 헤밍웨이 / 이종인 옮
129 **사양** 다자이 오사무 / 오유리 옮김
130 **슌킨 이야기** 다니자키 준이치로 / 김영식 옮김
131 **실종자** 프란츠 카프카 / 송경은 옮김
132 **시지프 신화** 알베르 카뮈 / 이가림 옮김
133 **장미의 기적** 장 주네 / 박형섭 옮김
134 **진주** 존 스타인벡 / 김승욱 옮김
135 **황야의 이리** 헤르만 헤세 / 장혜경 옮김